T0402007

El Filatelista

Nicolas Feuz

El Filatelista

Traducción de José Antonio Soriano Marco

Papel certificado por el Forest Stewardship Council®

Título original: *Le Philateliste*
Primera edición en castellano: enero de 2025

Printed in Spain – Impreso en España

ISBN: 978-84-10299-12-2
Depósito legal: B-19230-2024

Compuesto en Arca Edinet, S. L.
Impreso en Unigraf, Móstoles (Madrid)

AL99122

El romance perfecto es el que se mantiene únicamente por correo.

George Bernard Shaw

Prólogo
(Primera parte)

En la espalda del hombre, las casillas blancas se alternaban con las rojas: era un tablero sanguinolento.

Sus gritos habían cesado; respiraba con pesadez. Los jadeos resonaban entre las paredes de piedra del viejo sótano. En el techo, un fluorescente en las últimas crepitaba, iluminando débil e intermitentemente el suelo de fría y húmeda gravilla. Alrededor, envueltas en la penumbra, viejas máquinas de imprenta en desuso se oxidaban desde hacía años. Su propietario no había tenido ánimos para mandarlas a la chatarrería.

Una corriente de aire gélido atravesó la sala; el hombre se estremeció de pies a cabeza. Estaba totalmente desnudo, atado al estilo *shibari* alrededor de un potro de gimnasia. Con el torso aplastado contra el cuero y las piernas y los brazos atados a las cuatro patas metálicas, indefenso ante cualquier vejación, temblaba como una hoja. Pero el frío era una liberación, anestesiaba el dolor. Su torturador no le había ahorrado nada.

—¿Por qué haces esto? —murmuró el hombre con dificultad babeando sangre entre jadeo y jadeo.

—Lo hago por ella.

Desde que el hombre había vuelto en sí en el fondo del sótano en aquella lamentable postura, su verdugo no había sido muy locuaz.

—¿Dónde está?

—Ahí al lado. Puede que ya haya despertado y nos esté oyendo.

Los últimos recuerdos del hombre acababan en Delémont: una calle oscura y desierta de la capital del Jura, la noche, la nieve, el frío, el silencio. Luego, un agujero negro. ¿Cuánto tiempo había estado inconsciente?

—¿Dónde estoy? ¿Qué es este sitio?

El torturador no iba a responder a esa pregunta. El hombre oyó crujir la gravilla bajo sus pasos, lentos y regulares. Crepitación del fluorescente, nueva corriente de aire helado. Los zapatos enfundados en calzas blancas de polipropileno se detuvieron ante sus ojos.

El verdugo se acuclilló frente a su víctima y le levantó la cabeza con brusquedad tirándole del pelo hacia arriba. Iba completamente de blanco, con guantes y capucha, como los que usa la policía científica en el escenario de un crimen para proteger las huellas. Los ojos medio cerrados del hombre se clavaron en los del torturador a través del grueso cristal amarillo de sus gafas de protección. En la mirada del verdugo no había ni odio ni compasión. No expresaba ninguna emoción humana.

—¡Bebe! —le ordenó pegándole a los labios el gollete de una cantimplora.

El hombre bebió un trago, se atragantó, tosió y escupió parte del líquido.

—¡Vete al infierno! —farfulló entre dos hipidos.

No tenía sed, no había parado de beber desde que había vuelto en sí en aquel sótano. Dos litros, puede que tres. Sentía el organismo saturado. En el estómago y los intestinos notaba el gorgoteo de toda el agua que había ingerido y que no conseguía evacuar. Su vejiga estaba llena a reventar y la uretra hinchada hasta la punta del pene. Pero algo no la dejaba salir.

Los dolores en su abdomen comprimido contra el cuero y su glande obstruido por una fuerza invisible eran tan lancinantes como los de su espalda, desollada para formar un damero.

—¡Bebe! —insistió el torturador hundiéndole el gollete de la cantimplora en la boca—. Es importante.

¿Importante? ¡Qué estupidez! En la brumosa mente del hombre, ya nada tenía importancia. Sintió que un chorro de agua helada descendía hasta su estómago e, inmediatamente, una arcada le trajo del esófago un sabor a sangre.

«¡Sobre todo, no vomites!».

Ya había regurgitado la carne que su verdugo le había obligado a tragar. Luego, había tenido que volver a ingerirla sin masticarla. El amasijo sanguinolento se había deslizado una vez más por su garganta como una gran ostra caliente.

—Bien... —dijo su torturador—. ¿Seguimos?

—¡No..., eso no! —suplicó el hombre al límite de sus fuerzas.

Pero sabía que era inútil. Había sido una pregunta retórica.

El verdugo se irguió y dio unos pasos hasta su costado. El hombre oyó el ruido del aparato, idéntico al de una máquina de afeitar.

El zumbido resonó en el sótano, mezclado con los chasquidos del fluorescente. Esta vez no habría preliminares, ni amasamientos ni drenaje para despegar la piel y activar la circulación de la sangre. El torturador se limitaría a continuar la tarea donde la había dejado.

La hoja del dermatomo, una especie de pelador de verduras eléctrico que servía para retirar jirones de piel utilizables como injertos, entró en contacto con una zona intacta de la espalda. El hombre soltó un alarido de dolor al tiempo que el trozo de piel, un cuadradito ligeramente rosado de unos pocos centímetros se separaba de la dermis en carne viva.

—Veinticuatro —anunció el verdugo—. Quedan ocho.

Y repitió la operación ocho veces. Ocho alaridos, ocho láminas de piel de idéntico tamaño. Treinta y dos casillas blancas y otras tantas sanguinolentas.

Satisfecho con el resultado, el torturador dejó el dermatomo en el herrumbroso borde de una vieja prensa de imprenta; luego, volvió a acuclillarse frente a la víctima. El hombre seguía consciente, pero al borde del desmayo. Una vez más, el verdugo lo agarró por el pelo y le levantó la cabeza.

—Más agua no —suplicó el hombre débilmente.

—Ya no la necesitas.

—¡Eres un enfermo! Y ese nombre..., ¿por qué?

El torturador sonrió.

—Mi nombre no importa.

Un día, la policía averiguaría cómo se llamaba en realidad. Pero, entretanto, seguro que le ponían uno de esos apodos ridículos, como solían hacer con los asesinos en serie cuya identidad se ignoraba. Ya estaba viendo los grandes titulares.

El Coleccionista.

El Cartero.

U otra sandez por el estilo.

Suspiró.

—Ahora lo único que importa es que has perdido —añadió—. Jaque mate.

Y, tras sacar la hoja de una navaja automática, con un movimiento rápido y preciso, la hundió profundamente en la garganta de la víctima y se la rebanó de oreja a oreja.

Así era como acababan los cerdos.

En la habitación de al lado, la mujer había oído el último grito del hombre. Luego, tratando de escuchar pegada a la puerta, percibió sus gemidos, su respiración trabajosa y un vago diálogo, sin conseguir comprender las frases intercambiadas. Después, volvió a hacerse el silencio.

A ella también la torturaba un dolor en el vientre. Pero por otro motivo.

Prólogo
(Segunda parte)

La nieve caía sin descanso sobre la Suiza romanda y parte de la vecina Francia desde hacía dos días. Una gruesa capa de oro blanco cubría los inmensos campos del Gros-de-Vaud. Los operarios trabajaban sin descanso para dejar expeditas las carreteras comarcales y la autopista Yverdon-Lausana.

Maxime Dutoit, natural y vecino de Le Sentier, en el corazón del valle de Joux, estaba habituado a las condiciones invernales extremas. Se sabía el trayecto de memoria. Todos los días bordeaba por el sudeste la laguna de alta montaña encajada entre dos pliegues del Jura y, sin dignarse siquiera mirar sus negras aguas a punto de congelarse, descendía a la llanura por el puerto del Mollendruz.

El enorme SUV avanzaba rápidamente en la noche prematura, las escobillas barrían el parabrisas a toda velocidad, los faros se esforzaban en perforar la blanca cortina de copos, el asfalto había desaparecido bajo una alfombra resbaladiza. Rouge FM anunciaba alteraciones del tráfico en todo el territorio valdense y aconsejaba prudencia a los conductores si no podían quedarse en casa.

Dutoit atravesó Mont-la-Ville, hizo un alto en L'Isle, donde compró colines y embutido para la pausa de medianoche, y reanudó la marcha en dirección a Cossonay. A partir de ese momento, el tráfico se volvió más denso, sobre todo en sentido contrario: la gente regresaba a casa tras una larga jornada. Dutoit, en cambio, trabajaba de noche.

Durante el descenso hacia Penthalaz, el coche quedó atrapado en un atasco provocado por una máquina quitanieves. Dutoit soltó un juramento, pero no tenía más remedio que resignarse. Bajó la ventanilla del conductor y encendió un cigarrillo. Un aire glacial invadió el habitáculo.

Rouge FM emitía un viejo éxito de los años ochenta, «Careless Whisper», de George Michael. Dutoit apagó la radio: odiaba aquella canción. Con ella, sus padres se habían conocido, querido y odiado, y su madre había acabado pagándolo con la vida.

Tras cruzar el puente sobre el Venoge, el SUV tomó la carretera hacia Lausana. A la salida de Penthalaz, Dutoit se desvió a la izquierda y pasó de largo junto a la cola de vehículos que seguía pacientemente a la quitanieves. Luego, torció al norte en dirección a Daillens.

Dutoit llevaba cinco años trabajando en el centro logístico de paquetes postales de Daillens. Su turno preferido era el nocturno, de las seis de la tarde a las tres de la mañana, porque le permitía dedicarse a otras cosas durante el día. Al fin y al cabo, era joven y necesitaba pocas horas de sueño. Además, el ambiente del turno de noche tenía algo especial.

Dutoit dejó el coche en el aparcamiento reservado a los empleados y se dirigió con paso rápido al torno metálico de seguridad, que cruzó acercando su credencial.

A su derecha, tras la cortina de copos, se extendía la hilera de muelles de carga iluminados y numerados donde los camiones y las furgonetas dejaban su mercancía.

Porche de hormigón, doble puerta deslizante de cristal... Dutoit pasó del frío al calor. En el vestíbulo principal, la recepcionista lo saludó a través del cristal. A continuación, Dutoit realizó una serie de actos rutinarios: vestirse —uniforme gris, chaleco amarillo con el logotipo de la empresa y botas de seguridad—, fichar y, antes de entrar en la gran nave, abrir con la credencial la cerradura electrónica.

En el inmenso almacén, tan grande como cuatro campos de fútbol, la cadena de clasificación, que medía más de dos kilómetros, daba vueltas y zigzagueaba con un ruido sordo y continuo para canalizar una media de doscientos mil paquetes diarios, o incluso más en ese periodo de finales de año. Las correderas, los transportadores de rodillo, las cadenas de bandejas y las cintas transportadoras provistas de escáneres, células de lectura automática de direcciones y cambios de agujas formaban una maraña de vías y cruzamientos que no tenía nada que envidiar al centro de clasificación de equipajes de un aeropuerto internacional. Como para marear a cualquiera.

Mientras se dirigía hacia su puesto de trabajo, Dutoit se cruzó con un compañero que conducía una carretilla elevadora y lo saludó con un gesto de la mano. Luego, pasó ante la «clínica», una salita reservada a la reparación de los paquetes dañados y la apertura de los envíos cuyos destinatarios no se habían podido identificar. Su superior, Antoine Cottier, no estaba.

Entre los muelles de descarga y el inicio de las cintas transportadoras, Dutoit vio varias RX atestadas de paquetes, esperándolo. En la jerga postal, RX era la abreviatura de Rollbox, la típica jaula metálica con ruedas para mover paquetes. El trabajo de Dutoit consistía en dejar en la cinta transportadora únicamente los que no corrían riesgo de atascarse. Los bultos demasiado grandes o pesados partían hacia la sección de triaje manual.

Esa tarde, Dutoit dejó en la cinta una caja de aspecto normal, con un sello normal y una dirección normal, en absoluto sospechosa. El paquetito pasó sin problema el control del primer escáner, que registró sus dimensiones y su peso. A continuación, las células de lectura de la cadena de triaje lo guiaron a través del laberinto automatizado hasta el transportador de rodillos correspondiente al muelle de expedición ferroviaria «Ginebra Rail».

Dentro del paquete, algo había empezado a derretirse.

1984

—¿Sam?

La voz de su abuela resonó en la granja. El niño sabía lo que significaba: era la hora de ir a la escuela. Pero no tenía ningunas ganas. En la escuela lo llamaban «el Paleto» y lo humillaban sin cesar. Porque era el único que vivía en una finca agrícola y le costaba quitarse los acres y persistentes olores propios del lugar. El sobrepeso y la ropa raída y llena de manchas tampoco ayudaban.

—Sam, ¿estás listo?

El niño soltó un suspiro.

—Ya voy... —respondió al fin de muy mal humor.

En la pila del lavabo, flotaba un montón de trocitos de papel, recortados de los sobres o las postales que su abuela guardaba en el granero en viejas cajas de zapatos. En los últimos meses, Sam había desarrollado una verdadera pasión por los sellos de correos.

Había aprendido diferentes técnicas para despegarlos, tras leer en algún sitio que había que evitar el agua caliente y el vapor. Bastaban unos centímetros de agua fría en el fondo del lavabo, los sellos quedaban flotando boca arriba en la superficie; luego, había que esperar a que los bordes se empaparan.

—¡Sam! ¡Vas a llegar tarde!

«Ya lo sé...».

No sería la primera vez. Así al menos evitaría encontrarse con Sylvain y sus esbirros en el patio de la escuela.

Con ayuda de unas pinzas de depilación, despegó los sellos uno tras otro con sumo cuidado. A continuación, los fue colocando boca abajo sobre una hoja de papel absorbente y, tras cubrirlos con otra, puso encima una pila de libros gruesos, para mantenerlos bien planos mientras se secaban.

Esa tarde, al volver de la escuela, los guardaría en sus álbumes de coleccionista siguiendo el sistema de clasificación del catálogo Zumstein, la biblia de los filatelistas.

Sam caminaba a campo traviesa hacia el bosque de Onex bajo un sol de plomo.

Su caso era un poco especial, pero conocido por la dirección de la escuela Les Tattes. Sam había perdido a su madre dos años antes y su padre vivía en Onex, en un edificio de la rue des Evaux. Legalmente, Sam también estaba domiciliado allí, pero su padre, inspector de la policía cantonal, no tenía tiempo para ocuparse de él. Trabajaba en Ginebra, en la jefatura del bulevar Carl-Vogt, al otro lado del Arve, con horarios irregulares incompatibles con la educación de un niño de diez años.

Para disgusto de sus progenitores, el padre de Sam no había querido continuar con la granja familiar, situada a orillas de Ródano, en el vecino municipio de Lancy. Hijo único, como su padre, Sam vivía con sus abuelos desde hacía dos años, pero seguía yendo a la escuela primaria en Onex.

En los últimos quince años, Onex y Lancy habían experimentado un crecimiento urbano sin precedentes. Cuando los abuelos de Sam murieran, si su finca acababa vendiéndose por falta de sucesor, posiblemente la recalificaran como zona habitable de alta densidad.

A veces, Sam oía discutir a sus abuelos con su padre por aquel espinoso asunto, pero la discusión solía acabar pronto. El niño no comprendía gran cosa, pero, en realidad, el tema no le interesaba mucho.

Sam tenía tres pasiones. Naturalmente, los sellos. Había conseguido reunir la colección casi completa de los *Pro Juventute* desde 1912 y soñaba, como todo buen filatelista, con encontrar un día un codiciado *Rayon* o un *Colombe de Bâle*.

Pero, gracias a Toni, su único amigo en clase, también había descubierto la informática y los videojuegos. Toni vivía cerca del parque de Les Evaux, en un barrio un poco más acomodado de Onex, localidad habitada mayormente por familias de clase obrera, a menudo desfavorecidas desde el punto de vista social. Toni, que coleccionaba las consolas, acababa de descubrirle a Sam el flamante *Mario Bros. Special*. Pero es que, además, para su cumpleaños le habían regalado un ordenador Commodore 64 con toda una serie de juegos recién salidos al mercado. Con su amigo, Sam desarrollaba sus conocimientos sobre las nuevas tecnologías, un mundo del que su padre y sus retrógrados abuelos no querían ni oír hablar.

Desde el principio de esa semana, Toni estaba enfermo. Sam no sabía nada de él: sus abuelos no le dejaban ir a casa de su amigo ni llamarlo. El teléfono era caro. La ausencia de Toni aumentaba la aversión de Sam a la escuela. Sin su amigo a su lado, sabía que estaría a merced de Sylvain Ansermet y sus secuaces. En dos años, Sam había desarrollado varias técnicas para eludirlos. Algunas habían funcionado y otras no tanto. Pero ese día no tenía escapatoria. Los matones de la escuela no lo perdonarían a la salida, debía encontrar el modo de evitarlos sí o sí. El día anterior, le había hecho un corte de mangas a Sylvain por la espalda. Por desgracia para él, un chico de su pandilla lo había visto y denunciado a su jefe, que lo había perseguido corriendo hasta las proximidades de la granja de Lancy.

—¡Mañana me las pagarás, cerdo seboso! —le había gritado Sylvain en el momento en que Sam entraba en casa.

Lo único que aún animaba a Sam a ir a la escuela era Princesa, su tercera pasión.

Princesa, una compañera de su clase, era la chica más popular de la escuela Les Tattes. Todo el mundo la llamaba así, y ella no ocultaba que le gustaba. Todos los chicos la cortejaban, pero Princesa aún no había salido con ninguno. Atraído por su belleza salvaje y su fama de inaccesible, Sam se había enamorado locamente de ella. Era su secreto, que no le había contado a nadie, ni siquiera a Toni. Porque sabía que no tenía ninguna posibilidad.

Al llegar al lindero del bosque, bordeó una hilera de huertos, rodeó el estadio Les Tattes y entró en el aparcamiento próximo a la escuela. Consultó su reloj y vio que había llegado con diez minutos de adelanto. Había caminado demasiado rápido.

Con un nudo en la boca del estómago, esperó a que sonara el timbre escondido detrás de una furgoneta de reparto, a buena distancia del centro. Entraría el último.

De lejos, observó a los alumnos que ya habían llegado al patio. Los más pequeños corrían, chillaban y se peleaban. Los mayores cambiaban cromos Panini de la Eurocopa del 84, cuya fase final se estaba jugando en Francia. Sam divisó a Sylvain y su banda debajo de un árbol. Reían, se burlaban de los coleccionistas y, de vez en cuando, amenazaban a algún chaval más pequeño que se había atrevido a entrar en «su» zona.

Luego, Sam vio a Princesa. Su esbelto y atlético cuerpo de bailarina, y su largo pelo trigueño, recogido en dos trenzas. Desde su escondite, el chico apenas distinguía los ojos de su amada, claros como diamantes.

El corazón le dio un vuelco. Sonriendo con todos los dientes, Princesa atravesaba el patio en dirección al «árbol de los capullos», como lo llamaba él. ¿Por qué iba hacia ellos?

La vio llegar junto al grupo dando alegres saltitos y, luego, arrojarse al cuello del líder y depositar un dulce beso en sus labios. Sonó el timbre. Cogidos de la mano, Princesa y Sylvain se dirigieron hacia la entrada del edificio.

El corazón de Sam se partió en mil pedazos.

Primer día

1

Como era de esperar, el puente de Le Mont-Blanc estaba abarrotado. En las horas punta, en Ginebra había los mismos atascos que en París, solo que aquello era Suiza, país del respeto y la discreción, al que, como era sabido, los famosos acudían a recargar las pilas; no los abordaban en la calle, los dejaban en paz. Y en las calzadas, ídem de ídem: ni adelantos extemporáneos ni bocinazos. Los embotellamientos ginebrinos eran tan famosos como los lioneses, pero no tenían el mismo encanto. La gente esperaba sin impacientarse demasiado. Formaba parte de lo cotidiano.

Para los forasteros, circular por Ginebra era una pesadilla. La gente que venía a trabajar a diario prefería el tren, también abarrotado, y los ginebrinos, cuando podían, solían optar por la bicicleta, el ciclomotor o la moto.

Por lo general, Ana Bartomeu también se decantaba por las dos ruedas, pero hacía varios días que la meteorología no lo hacía aconsejable. Ana miraba pensativa la ensenada que se extendía a su derecha y los Bains des Pâquis, difuminados por las volutas de nieve. El lago Lemán lucía sus colores invernales, del azul humo al verde espuma de mar. El Jet d'Eau, la emblemática fuente de la ciudad, no funcionaba.

En las orillas y sobre las barandillas del puente, se habían formado placas horizontales de hielo, forjadas por un fuerte cierzo.

Para Ana, Ginebra era la más francesa de las ciudades suizas: se paralizaba con las primeras nieves. En cinco minutos, su vehículo no había avanzado más que veinte metros sobre la calzada cubierta de hielo, y muchos automovilistas no estaban equipados con neumáticos de invierno. Tras los volantes, el pánico se adivinaba en sus rostros.

En mitad del puente, el teléfono de Ana empezó a sonar a través de la conexión bluetooth del coche. Era la central de policía. Descolgó y respondió:

—Bartomeu.

—Buenas tardes, inspectora, la pongo con el comisario Gygli. Le ruego que espere unos segundos, permanezca en línea.

La conversación quedó en espera. Ana maldijo para sus adentros e instintivamente se llevó la mano a la chaqueta acolchada, a la altura del pecho izquierdo.

«¡Joder, Yannick! Sabes que me he tomado la tarde libre...».

Y no había sido para ir de compras entre las fiestas, sino por algo grave, ya se lo había dicho a su jefe. Había abandonado las dependencias del bulevar Carl-Vogt a mediodía en dirección a Eaux-Vives. En la consulta, había esperado y, luego, se había sometido a una serie de exámenes. El veredicto había llegado a media tarde. Todavía conmocionada, Ana había regresado a su coche, en el aparcamiento del Mont-Blanc. Ahora volvía a casa, a Versoix, y en ese preciso instante solo deseaba una cosa: tumbarse en el sofá delante de la tele con una gran caja de bombones y Lucifer ronroneando a sus pies. Si iba a morir, mejor hacerlo en buena compañía y con el estómago lleno de dulces.

La voz de Gygli resonó en el habitáculo.

—Hola, Annie.

Era su alias en la brigada, una broma interna que la perseguía desde el día en que, tomando el aperitivo con los compañeros, uno de ellos, un poco bebido, la había comparado con la Annie Wilkes de *Misery*. Era verdad que, desde que había cogido peso, mucho peso, Ana se parecía un poco a la actriz Kathy Bates.

—¿Qué quieres, Hurón?

Gygli, que la conocía bien, comprendió al instante que no estaba de humor para charlas.

—¿Qué te ha dicho el cardiólogo?
—No sabía que te importara...
—Annie, por favor...
—Si no me operan pronto, la palmaré. ¿Te basta con eso?
—¿Cuándo...?
—Pasado mañana tengo cita en el hospital para la carnicería. Pero no me has llamado por eso, ¿verdad?
Gygli se aclaró la garganta.
—Lo siento de veras, pero...
—Pero ¿qué?
—Ya sabes que entre Navidad y Año Nuevo andamos cortos de personal... ¿Podrías...?
—¡Venga, suéltalo!
—Nos han llamado por un paquete sospechoso. No tengo a nadie disponible.
—¿Desde cuándo se encarga la Brigada Criminal de los paquetes sospechosos? Llama a los artificieros.
—No, no, no es una alerta de bomba.
—Entonces ¿qué es?
—Algo un poco más especial... No sé si es serio o no. Prefiero que lo compruebes sobre el terreno. La alerta la ha dado un empleado de Correos.
—¿De qué sucursal?
—La de Balexert, en el centro comercial.
Ana oyó un claxon. Detrás de ella, el conductor se impacientaba. Miró hacia delante. La fila de vehículos había avanzado. Pisó el acelerador.
—¿Qué ocurre?
—Nada, un gilipollas al volante.
—¿Dónde estás?
—En el puente de Le Mont-Blanc. Volviendo a casa.
El comisario guardó silencio unos instantes.
—Sabes que no te lo pediría si tuviera a alguien a mano —dijo al fin—. Realmente, estoy con la soga al cuello. Hazme ese favor, solo tienes que desviarte un poco...

—¿Un poco? ¿Con esta nieve y esta circulación? ¿Me tomas por idiota?

—No me atrevería.

Esta vez, fue Ana quien se quedó callada.

—¿No puedes mandar a Morin?

—Está de vacaciones.

—Pues a Mitch. Correos le traerá recuerdos.

—Sabes perfectamente que está suspendido. La IGS jamás permitiría que vuelva a mandarlo sobre el terreno. Todavía no.

—¿Y tú? ¿Por qué no vas tú?

—No me toques las narices, Annie. Tengo que organizarlo todo aquí.

Ana suspiró.

—¡Eres un tocapelotas, Hurón!

Y colgó.

Una nueva racha de nieve barrió la ensenada. El coche avanzó otros tres metros penosamente. Ana bajó el parasol y miró la foto de Lucille. Tomada cinco años antes, cuando Lucille y ella estaban en Estupefacientes, hablaba de los buenos tiempos, de una felicidad pretérita.

Eran los tiempos de la libertad, de la improvisación, del coqueteo con la línea roja y de las victorias. Aquella noche, la brigada había incautado cien kilos de cocaína en el almacén de un mayorista de café, en la otra punta de la ciudad, y más de un millón de francos en metálico en la caja fuerte de un abogado corporativo. Habían caído cabezas incluso en las más altas esferas de las finanzas y la política. Tras meses de escuchas, vigilancias e infiltraciones, Lucille, Ana y sus compañeros habían celebrado el éxito de la operación.

Corrió el alcohol. En las dependencias de la brigada, un compañero borracho sacó la pistola y disparó varias veces a la papelera, el entablado carcomido y una vieja pared.

Para hacer una gracia. Con tan mala pata que una bala agujereó el sistema de escuchas y se cargó el ordenador. Otra rebotó y acabó en el pie de Morin. Por suerte, una herida leve, pero el tirador beodo se puso al volante para llevarlo al hospital. Y, cuando los gendarmes le pidieron que soplara, les partió la cara. Sencillamente. Eran los tiempos de la despreocupación y el todo vale.

La policía ginebrina también era la más francesa de las policías suizas. Una pálida copia de las películas de Olivier Marchal. Sus miembros se creían los amos del mundo, los señores de la mugre y el fango. A algunos les habría gustado que fuera cosa de otros tiempos, pero continuaba siendo así.

Para Ana, había sido la época del amor desenfrenado. En aquella foto, pesaba treinta kilos menos. Una miss, guapa, delgada, radiante. Y, sobre todo, inconsciente. Por Lucille, lo dejó todo de un día para otro, marido e hijos, la vida familiar estable y tradicional que siempre había conocido. Para ella, un incendio. Para ellos, un cataclismo.

Luego, la Inspección General de Servicios (IGS), unidad de asuntos internos, metió las narices en las prácticas de la brigada. Volvieron a rodar cabezas, pero esta vez en el otro bando. Y, de la noche a la mañana, Lucille desapareció sin dejar rastro ni dar la menor explicación.

Cada vez que Ana la miraba, aquella foto era como un electrochoque, como la raya de coca que habría querido meterse, como la bofetada de calor antes del descenso a los infiernos.

«Te echo de menos, Lucille... ¿Dónde estás, maldita sea?».

Un nuevo bocinazo la sacó de su breve viaje al pasado. Le enseñó el dedo al conductor que la seguía, bajó la ventanilla, dejó la mano fuera y, sintiendo que el frío le entumecía los dedos de inmediato, fijó el girofaro en el techo del vehículo camuflado.

—¡Mira que eres tocapelotas, Hurón!

Con el faro azul y la sirena de dos tonos encendidos, el coche de Ana abandonó la doble fila y remontó el puente de Le Mont-Blanc en dirección a la estación de Cornavin y el centro comercial Balexert por un imaginario carril central cubierto de hielo.

2

Lausana, unos días antes.

Vivíamos en un mundo en el que pronto habría tantos perversos narcisistas como rupturas de pareja. Era el fenómeno de moda, comparable a la sobreabundancia de niños con alto potencial intelectual en las aulas. La normalidad, si es que eso ha existido alguna vez, se había convertido en excepción.

En un primer momento, el fenómeno API había provocado desafíos entre las mamás que esperaban a sus vástagos a la salida de la escuela. Para ver la que tenía el hijo más inteligente. Luego, cuando a esas mamás les habían explicado que el diagnóstico implicaba más bien un hándicap para su hijo, se había convertido en una excusa para justificar el fracaso escolar: «Mi hijo es superdotado, se aburre en clase». Treinta años antes, a esos niños se les llamaba zoquetes.

Con los perversos narcisistas, pasaba tres cuartos de lo mismo. Se empleaba la expresión a troche y moche, sin ton ni son, la gente la utilizaba para consolarse diciéndose que el cónyuge que lo había dejado —o al que había dejado— entraba en esa categoría. Pero se olvidaba el hecho de que, en psiquiatría moderna, el concepto «perverso narcisista» no existía.

Para los psiquiatras, solo había individuos narcisistas por un lado y relaciones perversas por otro. Una relación amorosa implicaba generalmente a dos personas, y una ruptura sentimental rara vez era responsabilidad solo de una de las dos.

Pero Veronika Dabrowska estaba convencida: Sam era un perverso narcisista. Desde hacía una hora, daba vueltas como una peonza por su pequeño estudio abuhardillado, en el último piso de un edificio vetusto y mal caldeado del casco antiguo de Lausana. Teléfono en mano, esperaba con impaciencia que Yves Morin volviera a llamarla.

De cuando en cuando, apartaba un poco la cortina y observaba la calle, convencida de que Sam estaba allí, en alguna parte, escondido en la esquina de una calleja oscura, vigilándola y saboreando el miedo que conseguía infundirle. Pero Vero no distinguía nada en la gélida noche. En la capital valdense soplaba un viento siberiano. Abajo, a la derecha, la place de La Palud estaba cubierta de nieve y desierta. Enfrente, en la rue Mercerie, no quedaban en el halo de las farolas más que las huellas de la gente que había preferido huir del frío y refugiarse en casa. A la izquierda, las escaleras del Mercado, también desiertas, y, más arriba, recortándose contra el cielo salpicado de copos, el campanario iluminado de la catedral. Esa noche, poca gente oiría cantar las horas al vigía.

Vero no veía a nadie. Sin embargo, sabía que Sam estaba allí. Espiándola. Dejó caer la cortina y miró la pantalla de su móvil, desesperantemente apagada.

«¡Llámame, Yves! ¡Te lo suplico, amor mío!».

¿Cómo había podido equivocarse tanto con Sam?

No lo entendía. Una y otra vez, repasaba en su cabeza el hilo de lo sucedido en los últimos seis meses. Al comienzo de su relación, era tan encantador...

En sus primeras conversaciones, no se lo había ocultado: en la escuela, fue un mal estudiante. Ni niño prodigio ni genio encubierto. Si había salido adelante en la vida había sido a base de voluntad y perseverancia. Esa sinceridad la había convencido rápidamente para iniciar una relación virtual con él.

Al principio, desconfiaba un poco. En internet, los timos amorosos estaban a la orden del día, alguna amiga suya ya había caído en la trampa, y ella se mantuvo alerta. Pero fueron pasando los meses, y Sam no hablaba de problemas de dinero ni le pedía un céntimo. Al revés, decía que vivía con desahogo y, cuando ella le confesó que le costaba llegar a fin de mes, incluso se ofreció a ayudarla económicamente. Por orgullo, rechazó la oferta.

Sam se fue ganando su confianza, y poco a poco Vero se abrió a él en todo lo relacionado con su vida privada. Sam, mucho menos. Ella vivía en Lausana; él, en Ginebra. Ella trabajaba como bibliotecaria; él, como impresor. Compartían el amor por los buenos libros, tenían más o menos la misma edad, ambos acababan de salir de un doloroso divorcio y frecuentaban los portales de citas. Ella no tenía hijos; él, tampoco. Eso era prácticamente todo lo que sabía de Sam.

Él sabía mucho más de ella: su dirección, dónde trabajaba, la marca de su coche, sus horarios de trabajo, sus costumbres, sus aficiones, sus gustos en el vestir, la comida, el amor... Sabía lo que medía, lo que pesaba, el color de sus ojos y su pelo... Ella tenía una verdadera foto de perfil; él no.

Para acompañar el suyo, Sam había optado por poner la imagen de un viejo sello de correos que mostraba una paloma blanca sobre fondo rojo, con el escudo del cantón de Bâle-Ville y las palabras «Stadt-Post-Basel». Siempre se había negado a mandarle una foto suya, argumentando que un amor sincero no se basaba en el físico.

Un día, Vero insistió, y él le respondió que podía ir a verla, pero que, si lo hacía, estarían ligados por un pacto sellado de por vida. Esas misteriosas palabras le resultaron inquietantes; dudó y, por fin, le respondió que aún no estaba preparada para recibir a un hombre en casa. Para no herirlo, le propuso una solución intermedia: un encuentro sin compromiso en un café de Lausana. Sam rechazó la idea, y Vero prefirió poner fin a su relación virtual.

Y ahí empezaron los problemas. Sam no aceptó la ruptura. Volvía a la carga una y otra vez, y le puso un apodo que, en otras circunstancias, a ella le habría parecido encantador. Le escribió que le había dedicado seis meses de su existencia, durante los que no había pasado un solo día sin que le mandara mensajes, que ella había entrado en su vida y que no saldría de ella así como así. Que era suya.

Vero acabó bloqueándolo. Pero al día siguiente él reapareció con un nuevo perfil y la acusó de haberlo dejado por otro. Vero lo negó y volvió a bloquearlo. Al segundo perfil, lo acompañó una retahíla de insultos: zorra, golfa, mala puta... Y, a renglón seguido, una serie de amenazas apenas veladas: «Si yo no puedo tenerte, ningún otro te tendrá».

Vero acabó acudiendo a la comisaría, donde puso una denuncia contra él. A los investigadores, que le pidieron detalles, fue incapaz de darles un apellido ni ninguna otra información sobre la identidad de su acosador. Y, cuando quiso enseñárselos, los mensajes del chat habían desaparecido. Los diversos perfiles de Sam, también. A Vero no se le había ocurrido hacer capturas de pantalla.

Un mes después, recibió un aviso de no admisión a trámite de la denuncia emitido por la Fiscalía del distrito de Lausana.

El móvil vibró en su mano. Vero dio un respingo y miró la pantalla, intranquila. De Sam se podía esperar cualquier cosa.

«¡Yves! ¡Al fin!».

Vero aceptó la llamada, pero no le dejó hablar.

—¿Cuándo llegas?

—Estoy en camino. ¿Qué ocurre?

—Sam...

Morin se quedó callado. Vero podía oír de fondo el ruido de su coche.

—¿Ese cabrón, otra vez?

—Estoy segura de que no anda lejos.

—De acuerdo. Ante todo, no salgas de casa. Llego en veinte minutos.

—¿Dónde estás ahora?

—Acercándome a la salida Lausana-Vennes. Las carreteras no están en buenas condiciones, pero ya no hay demasiado tráfico.

—Date prisa, amor mío.

—Enseguida llego, princesa.

—¡No me llames así, no tiene gracia, ya te lo he dicho! —exclamó Vero, horrorizada.

—Vale... Pero es verdad que te pega.

Vero suspiró. Estaba molesta con él por jugar con sus nervios. «Princesa» era el apodo que le había puesto Sam.

3

Ana Bartomeu temía aquella nueva operación, la segunda en tres años, después de un primer infarto. Padecía insuficiencia cardiaca desde que, hacía cinco, su vida había saltado en pedazos cuando la IGS descargó su ira contra la Brigada de Estupefacientes. Ella no había salido muy mal parada, pero la habían trasladado a la Criminal. Y Lucille había desaparecido. En aquel asunto, Ana lo había perdido casi todo.

Su marido había pedido el divorcio y ya no le hablaba. Ella había cambiado la casa familiar, con piscina y vistas al lago en un exclusivo barrio de Collonge-Bellerive, por un triste piso de tres habitaciones en Versoix. Aunque cobraba un buen sueldo, habría podido pedir una pensión alimenticia, porque su marido, que trabajaba en el mundo de las finanzas, ganaba diez veces más. Pero, cuando el juez civil le recordó que tenía ese derecho, Ana lo rechazó. Por amor propio, seguramente. Y quizá también porque asumía toda la responsabilidad de esa abrupta ruptura. Sus hijos, que se habían criado en un ambiente de amor y privilegios, habían digerido muy mal aquel súbito cataclismo familiar: de pronto, su madre los abandonaba para embarcarse en una historia de amor como una cría egocéntrica y, a continuación, verse arrastrada a un marasmo profesional degradante; y su padre, desamparado al principio, había acabado lanzándose a un divorcio devastador, ávido de venganza. Los hijos habían elegido bando: el del padre agraviado y la decencia. Después de todo aquello, Ana ya no existía para ellos. Pero ¿acaso podía reprochárselo?

Una crisis de los cuarenta a los cincuenta, un flechazo por su compañera Lucille, seis meses de inconsciencia, de regreso a la adolescencia, de felicidad ciega. Y luego, la nada.

Ana se había atrincherado en aquel pisito vulgar, con Lucifer y toneladas de comida basura. En el mundo, no le quedaba más que su gato, un frigorífico que le habría puesto los pelos de punta a cualquier dietista, amigos que se contaban con los dedos de una mano y su trabajo. Padecía insomnio y las pocas horas en que tenía la sensación de dormir de verdad no eran reparadoras. Primero, su sobrepeso había empezado a provocar espantosos ronquidos, que habían hecho huir al único hombre al que se había llevado a casa en cinco años. Un rollo de una sola noche. Luego, habían llegado las apneas del sueño, criminales, que la dejaban cada vez más cansada, más gorda y más hosca.

La nueva Annie Wilkes, sin lugar a dudas. Y si había algo de lo que se sentía capaz en ese preciso instante era de partirle los tobillos a su jefe a martillazos.

«¡Joder, Hurón! ¡Qué tocapelotas eres!».

Iba a echar de menos *L'amour est dans le pré*, el único *reality show* durante el que podía fantasear un poco esperanzada con hombres que quizá aún se dignaran mirarla con deseo.

Puente de Le Mont-Blanc, rue de Chantepoulet... Los coches patinaban entre las rodadas y se apartaban con dificultad al oír la sirena de la policía. Ana se pegó a un tranvía de los TPG, los Transportes Públicos de Ginebra, que arrastraba volutas de nieve a su paso. A través de la cortina de copos, el faro de emergencia lanzaba destellos en la oscuridad y teñía de azul los montículos blancos que cubrían las aceras. La luz estroboscópica bañó fugazmente la fachada de la basílica de Notre-Dame y, más allá, a la derecha, la place Cornavin.

Cuando los conductores tardaban en apartarse, Ana, exasperada, añadía a las señales acústicas y visuales ráfagas con las luces largas, aunque nadie aparte de ella hubiera decidido que su misión era urgente. Pero, después de todo, también sus compañeros ponían a veces el girofaro y la sirena para ir a tomar un café a la otra punta de la ciudad.

La gestión del estrés no era el fuerte de Ana, ya se lo habían dicho su médico y, más tarde, el cardiólogo: si no volvía a coger las riendas de su vida rápidamente, si no perdía peso, si no hacía un poco de ejercicio, aunque no fuera más que un breve paseo diario, si no descansaba, le daban pocas posibilidades de vivir hasta la jubilación.

De todas formas, Ana no conseguía proyectarse tan lejos. ¿Para qué? ¿Para acabar su vida completamente sola? ¿Y que un día encontraran su cadáver descompuesto en su piso, semanas después de su fallecimiento, porque nadie la había echado de menos y lo único que había alertado a los vecinos había sido el hedor? Esa vida no tenía ningún sentido.

«Sí, doctor, muy bien, doctor», respondía siempre. Pasado mañana iría al hospital, ¡claro que sí! Le desobstruirían la arteria, le colocarían un nuevo stent y le darían el alta esa misma tarde. Y, a continuación, se lanzaría sobre una bolsa de patatas fritas y se la comería delante de la tele, acariciando a Lucifer. La vida seguiría su curso hasta la próxima alerta cardiaca. Y, como siempre, esperaba que esa vez fuera la buena.

El coche camuflado cruzó el túnel bajo las vías del tren, avanzó por la rue de la Servette y tomó la carretera de Meyrin hasta Balexert.

Ir hasta el aparcamiento cubierto del centro comercial era una pérdida de tiempo. Ana torció hacia la avenida Louis-Casaï, dio media vuelta en una intersección y aparcó justo delante de la entrada principal, en la acera, al lado de un coche de la gendarmería.

La gente entraba y salía con sus compras. La zona no se había desalojado, el Hurón no le había mentido, no se trataba de una alerta de bomba. Nadie prestaba atención a la intervención de la policía, que allí no era nada extraordinario. Cada día, y más aún durante las Navidades, las tiendas del centro comercial eran blanco de los ladrones.

Ana apagó el motor y salió al frío de la calle. Respiró hondo y el aire helado le inundó los pulmones. Enseguida tenía el pelo cubierto de copos de nieve, que se fundían al contacto con su frente. Soltó una bocanada de vaho lentamente, como si le hubiera dado una buena calada a un cigarrillo, y se dirigió hacia las puertas de cristal. Al entrar, el contraste con el aire caliente le produjo un hormigueo en la piel.

La oficina de correos estaba nada más entrar al vestíbulo principal, a la derecha. Tíquet en mano, los clientes hacían cola tranquilamente a la espera de que su número apareciera en el monitor y les indicara una ventanilla. Al parecer, ignoraban el motivo de la presencia policial. No así los empleados, menos sonrientes que de costumbre. Pero quizá se debiera a la afluencia de público; era final de mes, habían llegado los sueldos y también las facturas. La jornada había sido larga y solo pensaban en una cosa: irse a casa.

Detrás de las ventanillas, Ana vio a un compañero de la gendarmería en el umbral de la puerta de acceso a la zona reservada al personal. Rodeó el vestíbulo y el extremo del mostrador, y se acercó a él.

—Hola, ¿dónde es?

—En el almacén de la lista de correos...

—Enséñamelo.

Ana lo siguió hasta un cuarto sin ventanas iluminado por fluorescentes. Dentro, otro gendarme hablaba con una mujer que llevaba la chaqueta de uniforme de Correos. La pared que tenían enfrente estaba ocupada por compartimentos metálicos sin puerta que contenían paquetes. De uno de ellos, rezumaba un líquido rojo, oscuro y viscoso.

4

Lausana.

Yves Morin dejó el coche en la place de La Riponne.

Como todos los aparcamientos públicos de noche, aquel era siniestro a más no poder. Iluminación reducida al mínimo, decorado gris, pilares de hormigón con franjas amarillas y negras, el ruido lejano de un motor y ni un alma.

Morin —sus compañeros siempre lo llamaban por el apellido, así que casi había olvidado su nombre de pila—, soltero empedernido, multiplicaba las conquistas femeninas. Una en cada puerto y unas cuantas en Ginebra. A las que vivían en la ciudad natal de Calvino, las veía alternativamente, por la noche o durante el día. Siempre se le ocurría alguna excusa para ausentarse del trabajo.

Morin aprovechaba las vacaciones para ver a las demás, las que vivían en provincias, como le gustaba decir cuando se refería a los demás cantones romandos, como buen ginebrino. Las engatusaba con escapadas de dos días, lo que le permitía verlas a todas en un par de semanas. Una chica por cantón.

Esa tarde, ante la llamada desesperada de Vero, Morin había cancelado la cita con Élise, la de Sion. Una urgencia del trabajo, le había mentido una vez más. Volvería a llamarla. Aunque no había ocultado su decepción, Élise se había mostrado comprensiva. Lo esperaría.

Morin sacó la pistola de la guantera, comprobó que había una bala en la recámara y, luego, deslizó el arma en la funda que colgaba de su cinturón. Se abrochó la chaqueta de plumón hasta el cuello para guardar la discreción y se dirigió a la salida.

Sus pasos resonaban en la penumbra. Un fluorescente crepitaba sobre una hilera de vehículos. Leves corrientes de aire frío recorrían el aparcamiento desierto.

Morin dio un pequeño rodeo hasta la plaza que Vero alquilaba por meses. Allí estaba el pequeño Volkswagen negro, aparcado con la parte posterior hacia el muro. Frente al parachoques delantero, alguien había pintado en el suelo la palabra LOVE, seguida de un corazón, con un aerosol rojo. Un grafiti más, un grafiti sinónimo de acoso, un grafiti de Sam.

Morin sintió que una ola de adrenalina lo inundaba. La ira se iba apoderando de él. Necesitaba tranquilizarse a toda costa, reflexionar con la cabeza fría, pero no podía. Temió darse de bruces con Sam. La situación podía degenerar en un abrir y cerrar de ojos, y la bala de la recámara, alcanzar el blanco sin advertencia previa. Y le sería muy difícil alegar legítima defensa.

Morin salió del aparcamiento de La Riponne por el acceso sur, frente al Espace Arlaud y la estación de metro Maurice-Béjart, de la línea 2. A lo largo de la escalera mecánica que subía a la plaza, otro grafiti con pintura roja y similares características: TQM. Sam había sembrado de mensajitos siniestros el trayecto de la plaza de garaje a la casa de Vero, que ya no podía dar un paso por la calle sin recordar la presencia furtiva de su acosador.

Al llegar a la plaza, se cubrió la cabeza con la capucha y se enfrentó a la tempestad de nieve. Mientras se dirigía hacia la rue Madeleine, tuvo la desagradable sensación de que lo seguían. Avanzó unos cuantos pasos más y, de pronto, se volvió. El hombre que caminaba tras él dio un respigo y se detuvo. Morin lo escrutó. Era un tipo joven, fornido, vestido con chándal y unas deportivas recién salidas de la zapatería.

—¿Qué quieres? —le ladró el policía, pese a no estar en su jurisdicción.

Temblando, el desconocido se llevó el índice y el corazón a los labios y, en un francés macarrónico, tartamudeó:

—¿Ci..., cigarrillo?

—No fumo —respondió Morin secamente—. ¡Vamos, largo!

El hombre no se hizo de rogar; dio media vuelta y se metió en una calleja.

La escena habría podido resultar chocante. Pero a un veterano de Estupefacientes no se la daban. Las apariencias engañaban. El tipo se había lanzado sobre el primer viandante con la esperanza de reducir su stock de bolitas de cocaína. Con aquel tiempo, los clientes se quedaban en casa. Pero la cara y la reacción de Morin le habían dejado claro que él, de consumidor, nada.

Cuando el camello desapareció, el policía estuvo a punto de echarse a reír, de los nervios, más que otra cosa.

Morin bajó la rue Madeleine hasta la place de La Palud, cubierta de nieve. Los pocos adoquines visibles relucían como pastillas de jabón. En el muro de una joyería y, un poco más abajo, en el de una librería cristiana, otros dos grafitis rojos, siempre los mismos: un LOVE y un TQM.

Morin cruzó la plaza y pasó ante la fuente de la Justicia. Los colores habitualmente vibrantes de la columna y la estatua habían desaparecido bajo una capa de escarcha, y la pila estaba cubierta de hielo.

Siguió andando hacia las escaleras del Mercado, entró en un edificio antiguo, a su izquierda, se limpió las suelas mojadas de los zapatos en una gran esterilla raída y subió la escalera hasta el cuarto piso.

Apenas llamó con los nudillos, oyó deslizarse la tapa de la mirilla y, acto seguido, el ruido de una triple cerradura al girar. La puerta se entreabrió, y apareció la cara de Vero, con los párpados hinchados por el llanto y lágrimas en las mejillas. La mujer quiso quitar la cadena, pero necesitó dos intentos, porque temblaba de puro nerviosa. Por fin, abrió la puerta de par en par y se arrojó a los brazos de Morin.

5

El líquido rojo y viscoso se escurría del paquete y goteaba sobre los estantes inferiores.

—¿Es sangre? —preguntó Ana, incrédula.

—Tiene toda la pinta —respondió un gendarme.

—¿Han abierto el paquete?

—No.

—Hemos preferido esperar a que llegara usted —terció la empleada de Correos—. Me presento: Iza Mestre, directora de la sucursal.

—Han hecho bien —dijo Ana acercándose al compartimento, que tenía a la altura de la cara.

—¿Llamamos a la Científica? —preguntó el otro gendarme.

Ana se volvió hacia él. Sabía que debía verificar la solidez del asunto antes de molestar a la Brigada de Policía Técnica y Científica.

—Todavía no —respondió—. Primero quiero asegurarme de que no se trata de una broma pesada. O de un frasco de sangre falsa que se ha volcado. ¿Para quién es el paquete?

—Una empresa relojera que está cerrada durante las Navidades.

«Relojes...». En principio, no había ninguna razón para que aquello fuera sangre falsa.

Ana repasó sus vagos conocimientos en la materia, pensó en la anodización o la pasivación de las piezas, un tratamiento superficial del aluminio o el titanio que servía para crear una capa protectora del material en bruto o coloreado. Esa técnica implicaba baños, pero Ana ignoraba la composición de los líquidos en los que se sumergían los componentes.

Hundió las manos en los bolsillos de la chaqueta, sacó unos guantes de látex y se los puso. Nunca se desplazaba sin un par nuevo, ya fuera para proteger huellas, cachear a personas o registrar viviendas. En el pasado, había tenido que enfrentarse muy a menudo a la insalubridad de las viviendas de los toxicómanos.

Antes de coger el paquete, se volvió hacia uno de los gendarmes.

—Haz dos o tres fotos del compartimento.

Ni «por favor» ni nada parecido, una simple orden. El gendarme tomó las fotos con su móvil y, acto seguido, Ana levantó con precaución el paquetito, colocado sobre una pila de correo. La cara inferior de la caja estaba empapada de la misma sustancia, que había mojado las cartas y los compartimentos inferiores.

—Fotos —ordenó la inspectora.

El gendarme obedeció. Luego, Ana dejó el paquete en el suelo y se volvió hacia la directora de la sucursal.

—¿Tiene un cúter?

La mujer salió y, al cabo de unos segundos, regresó con el objeto solicitado, que tendió a la inspectora. Ana sacó la hoja con un movimiento del pulgar y la deslizó con cuidado por las tiras de cinta de embalar que aseguraban el paquete. Terminada la operación, apartó las solapas para dejar al descubierto el contenido.

La directora de la sucursal se llevó las manos a la boca, horrorizada, y ahogó un grito. Uno de los gendarmes palideció; el otro murmuró:

—¿Qué es esa cosa?

—Un motivo para llamar a la Científica —respondió Ana—. ¿Te encargas?

—Ahora mismo.

—Y diles que vengan con el forense. Y que no tarden.

—De acuerdo.

El gendarme salió de la sala, móvil en mano.

—Tú, haz fotos —le ordenó Ana a su compañero—. Y no vayas a potar... —Se volvió hacia la directora—. ¿Cuándo cierran?

La mujer consultó su reloj.

—Dentro de una hora —balbuceó.

—Es mucho tiempo. Mande a casa a los clientes sin darles explicaciones y cierre el garito.

—¿Y los empleados?

Ana pensó unos instantes.

—Que se queden por aquí, pero no dentro. Dígales que vayan a tomar algo o a echar un pitillo, lo que sea. Pero que estén localizables, seguramente tendré preguntas que hacerles.

La mujer asintió y salió a su vez. Ana se volvió hacia el gendarme que fotografiaba el contenido del paquete. Sudaba y estaba tan blanco como el fluorescente.

—¿Has acabado?

—Sí. Pero ¿qué es eso?

—Ya nos lo dirá el forense.

—De acuerdo. ¿Y ahora qué hacemos?

—Esperar.

El segundo gendarme también había abandonado el almacén. Ana le había dado permiso para ir al lavabo, seguramente a vomitar. Si era así, no lo quería en el escenario del crimen. Además, le había encargado una tarea: hacer una lista de todos los empleados de la sucursal, con su horario de trabajo de ese día y el anterior.

Ana se había quedado sola con el paquete. No iba a volver a tocarlo. Probablemente, también ella debería haber abandonado el almacén, pero, con la de idas y venidas que habría habido durante el día, concluyó que no serviría de nada. El suelo ya estaba contaminado por las huellas de numerosas personas inocentes.

El pequeño desvío que le había pedido que diera el Hurón amenazaba con adquirir proporciones inesperadas. Ana maldijo a su jefe una vez más. No podría encargarse de una investigación como aquella en solitario, y menos con la perspectiva de una operación dentro de dos días. Necesitaba una pareja. Y cuanto antes, mejor.

Llamar al Hurón era perder el tiempo, ya sabía su respuesta. Los efectivos, los descansos, las vacaciones, la monserga de las Navidades... Pero sabía quién estaría dispuesto a acortar sus vacaciones por ella y para algo así: Morin, un compañero en el que confiaba ciegamente. Marcó su número y dejó que el teléfono sonara varias veces. Pero Morin no contestó.

6

Lausana.

Yves Morin le dio un beso en la frente a Vero y entró en el piso. Todavía temblando, la mujer lo agarró de la manga de la chaqueta.

—¿Dónde te habías metido? ¡Te estaba esperando! —exclamó con las lágrimas todavía húmedas en las mejillas.

—Tenía que hacer un recado.

—¿Un recado?

Morin advirtió que Vero lo miraba con suspicacia.

—Un regalo de Navidad —recalcó—. No estaba con otra.

—¿Me lo juras?

Él le sonrió.

—Te lo prometo.

—¡No, júramelo!

—Es lo mismo.

—No, no es lo mismo. Se promete ante los hombres. Ante Dios, se jura.

Morin suspiró.

—Yo no creo en Dios.

—Ni en los hombres... —rezongó Veronika Dabrowska—. Tú solo crees en las mujeres.

—Lo que debería gustarle a una feminista como tú, ¿no?

—No cuando las tratas así. No soy estúpida, ¿sabes? Si de verdad me quisieras...

—Pero si te quiero...

—¡Déjalo! Lo único que te gusta de mí es mi culo. Uno entre tantos.

Morin la rodeó con los brazos, le plantó las manos en las nalgas y la atrajo hacia sí para besarla. Ella respondió a su beso. Morin la miró a los ojos.

—No me gusta que estés celosa.

—Te encanta.

Morin se apartó, se quitó la chaqueta y los zapatos y los dejó en el vestíbulo. Luego, cruzó el pisito, se detuvo ante la ventana del salón y apartó la cortina. Entre la place de La Palud, la rue Mercerie y las escaleras del Mercado, no se veía un alma. Un decorado fantasmagórico a lo Tim Burton. La noche, el alumbrado público y la nieve, que seguía cayendo en el halo de las farolas.

—¿Dónde has visto a Sam? —preguntó con voz seria.

—No lo he visto. Pero estoy segura de que está ahí, en algún sitio, espiándonos. Corre la cortina, por favor.

—Nada de eso. Si nos está observando, hay que demostrarle que no le tenemos miedo. Se pondrá aún más celoso, y la gente celosa pierde el sentido de la realidad. Cometerá un error y se mostrará.

Morin le dio unas palmaditas al arma que llevaba en el cinturón.

—Pero no estás en tu jurisdicción... —objetó Vero, temerosa.

—La legítima defensa no entiende de jurisdicciones. Y, si he comprendido bien lo que me has dicho hace un rato por teléfono, la policía de Lausana no ha hecho gran cosa para protegerte.

Vero bajó los ojos.

—No —dijo con voz débil—. Creen que estoy loca. Y no son los únicos.

—¿Quién más lo piensa?

—Los fiscales, los jueces, los abogados...

Vero cruzó el salón, lleno de estanterías y libros de todos los géneros: literatura general, novelas policiacas, libros juveniles, en francés, en inglés, en ruso... De un estante consagrado a los autores suizos, cogió un sobre, que le tendió. Llevaba el sello de la Fiscalía del distrito de Lausana. El policía ginebrino sacó el auto de inadmisión que contenía.

—Es el tercero en medio año —le explicó Vero—. La primera vez, no tenía ninguna prueba. La segunda, seguí los consejos de la policía e hice capturas de los mensajes de Sam antes de que los borrara. Pero, cuando llegué a la comisaría para poner la denuncia, las capturas habían desaparecido de mi móvil. No entendía nada. Les dije que seguramente Sam se había introducido a distancia en mi teléfono para borrarlas, pero no me creyeron. Ni siquiera se dignaron pedirle a su departamento informático que examinara el aparato. Comprendí que, por lo que a ellos respectaba, estaba totalmente paranoica.

—¿Y la tercera?

—Es esta. Tres autos, tres fiscales diferentes. Los policías fotografiaron todos los grafitis entre mi plaza de aparcamiento y mi casa...

—¿Y las cámaras de vigilancia del aparcamiento de La Riponne?

—Seguí tu consejo y se lo comenté. Las examinaron, pero...

—¿Pero?

—Se volvieron contra mí. No se ve más que una silueta, no se sabe si de hombre o de mujer.

—Aun así, es una prueba de que alguien te acosa, ¿no?

Vero empezó a temblar y tartamudear.

—Yves..., ya no sé qué hacer... ¡Esa persona llevaba mi ropa!

—¿Cómo?

—¡Sam llevaba mi puta ropa, mis vaqueros con flores grandes y mi chaqueta con el pin del décimo aniversario de la biblioteca! Ha estado aquí al menos dos veces, para robarlos y para volver a dejarlos en su sitio. La policía registró mi casa y los encontró en mi armario. En este auto, el fiscal dice que quien pinta esos grafitis soy yo. Pero no es verdad, ¡te lo juro! Ahora tengo que pagar las costas por la denuncia, y la fiscalía me informa de que se ha abierto un procedimiento penal contra mí por inducir a error a la Justicia. ¡Me van a condenar! —exclamó, y se derrumbó en el sofá deshecha en llanto.

Morin leyó por encima el auto, que confirmaba las palabras de Vero.

—¿Has hablado con tu abogado?

—Él también me toma por loca, ha renunciado a defenderme. Hoy he ido a ver a otro. Ha sido muy amable, se ha mostrado optimista, pero en el fondo no sé si me cree o solo le interesa cobrar los honorarios.

—¿Qué te ha dicho?

—Que se iba de vacaciones a una estación de esquí, pero que a su regreso daría prioridad a mi caso. Ha hablado del tribunal civil, de una orden de alejamiento...

Morin enarcó las cejas, extrañado.

—¿Una orden de alejamiento? ¿Contra un fulano cuya identidad se desconoce? No soy un especialista en derecho civil, pero me parece una salida de pata de banco.

Vero volvió a echarse a llorar. Morin se sentó a su lado y la rodeó con los brazos.

—Ayúdame... —le suplicó ella.

—Encontraremos una solución.

7

En el centro comercial de Balexert, la gente se paraba ante las puertas de cristal de la sucursal y observaba, intrigada, el baile de los policías en el interior. Luego, seguía su camino hacia la salida, nada entusiasmada, a todas luces, por la idea de enfrentarse a la tormenta de nieve.

A la altura de las ventanillas, una cinta de balizamiento con la leyenda ATENCIÓN, PRUEBAS separaba la sala principal de la zona reservada al personal. De vez en cuando, detrás de las cintas rojiblancas colocadas por la Científica, se veía pasar fugazmente a uno de sus agentes con un mono blanco integral.

La inspectora Bartomeu, los dos gendarmes y la directora de la sucursal se habían retirado a la sala. Ana ya había interrogado a tres empleados que trabajaban en ventanilla, pero sus declaraciones no aportaban nada útil, de modo que había prescindido de redactar los atestados. Se limitaría a resumirlas en su informe.

La cuestión de la videovigilancia del centro comercial también se había resuelto enseguida. El paquete no se había depositado en Balexert. Gracias al sistema Post Tracking, el código de barras revelaba que lo habían expedido dos días antes desde una sucursal de Lausana, que había pasado por el centro de clasificación de Daillens y que había llegado a Ginebra en tren.

La policía cantonal de Vaud había recibido la orden de requisar las eventuales imágenes de vídeo de la oficina en cuestión, pero puede que ya fuera demasiado tarde. Buena parte de los datos digitales de ese tipo no se conservaban más de cuarenta y ocho horas.

La directora estaba llamando al siguiente empleado que debía volver a la sucursal. Entretanto, Ana releía el mensaje de texto que había recibido de Morin poco antes.

«Hola, guapa, las vacaciones son sagradas. Si es realmente urgente, mándame un mensaje, y te llamo en cuanto pueda. ¡Muac!».

Morin y sus vacaciones... Conque sagradas, ¿eh? Ana sabía perfectamente a qué —o más bien a quién— las dedicaba: a un tour por sus amantes en la Suiza romanda. Gracias a Dios, había pocas probabilidades de que ella participara. Morin le había echado los tejos una noche de copas. En esa época, ella aún tenía una cintura de avispa. No necesitó defenderse. Se encargó Lucille. Puñetazo en pleno hocico, labio partido y etilómetro que vuelve a cero de golpe. Morin lo había comprendido y se había disculpado con las dos.

Desde entonces, las cosas estaban claras entre ellos. La confianza se había restablecido. Y, de todas formas, hoy Ana ya no respondía a los criterios físicos de Morin.

Leyó el texto por tercera vez y revisó rápidamente el historial de sus intercambios de mensajes. Además de ser un plasta con sus vacaciones, Morin no se rompía la cabeza para contestarle: dos veces el mismo mensaje con unos días de intervalo. Copiar y pegar. La primera vez, lo había llamado para pedirle una simple información, nada urgente que no pudiera esperar a que volviera al trabajo. Pero esa noche era diferente. Realmente, necesitaba un compañero.

Se disponía a responderle, cuando alguien dio unos golpecitos en las puertas de cristal de la sucursal. Ana volvió la cabeza y reconoció al comisario Yannick Gygli, acompañado por el forense del Centro Universitario Romando de Medicina Legal (CURML). «El doctor... ¿Cómo era?». Ya no recordaba su nombre, un chico nuevo cuyo título universitario aún debía de tener la tinta fresca. Uno de los gendarmes les abrió.

—Joder, Hurón, ¿qué cojones haces aquí? —rezongó Ana.

—Sigo siendo tu jefe, Annie. Tenía un hueco. ¿De qué se trata?

Ana le resumió la situación.

—¿Se puede ver el paquete?

—Hay que esperar la luz verde de la Científica.

—¿Puedes preguntarles? —se impacientó Gygli.

Ana torció el gesto, pero prefirió no replicar y se acercó a la cinta perimetral.

—¿Han acabado? —le preguntó a uno de los hombres de blanco.

—Casi.

—El Hurón pregunta si puede venir con el forense.

El investigador de la Científica se volvió hacia un compañero, que respondió en su lugar:

—¿Por qué no? El escenario ya estaba totalmente contaminado antes de que llegáramos. Y, de todas formas, dadas las circunstancias, las marcas de suelas y las huellas dactilares de los compartimentos no sirven de nada.

—¿Y el paquete?

—Vengan, se lo voy a explicar.

Ana se volvió hacia Gygli y el forense, y les hizo señas de que se acercaran. Los tres pasaron por debajo de las cintas, rodearon el mostrador de las ventanillas y entraron en un despacho. El paquete manchado estaba encima de una mesita, abierto.

—Para empezar, les confirmo que es sangre —dijo el inspector de la Científica—. Hemos tomado muestras de la caja y del interior. Una vez en el laboratorio, tomaremos otras por debajo del sello, pero me imagino el resultado. Desde que se introdujeron los sellos autoadhesivos y ya no hay que lamerlos para pegarlos, la probabilidad de encontrar ADN es mucho menor. Dicho esto, en casos excepcionales, puede ocurrir que encontremos un poco, con una huella dactilar muy parcial, si el autor ha tocado la parte adhesiva.

—Ya no es muy habitual utilizar sellos para paquetes que se depositan en la ventanilla —le hizo notar Ana.

—Efectivamente. Además, en este paquete solo hay uno, cuyo valor no cubre el coste del envío. El remitente debió de pagar una tasa adicional. Al parecer, el sello pertenece a una serie limitada. —El rectangulito de papel mostraba un corazón de un rojo brillante sobre fondo blanco—. Me pregunto si el sello no será un mensaje —añadió el investigador de la Científica.

—¿Un mensaje? —preguntó Gygli, extrañado.

—Relacionado con el que hemos encontrado dentro del paquete.

Las manos enguantadas dejaron sobre la mesa una hoja de papel empapada de sangre. Pese a las manchas rojo oscuro, aún se podía leer: «El corazón es la sede de las emociones, las pasiones y la inteligencia».

—Platón —dijo el Hurón con orgullo.

—Aristóteles —lo corrigió el forense, casi apurado.

—Y lo del paquete —dijo Ana—, ¿es un corazón?

Todos se inclinaron hacia la caja y miraron dentro. En el fondo, descansaba un órgano fresco, todavía lleno de sangre.

—No —respondió el forense—. A priori, diría que es un estómago.

—¿Animal?

—No, humano.

8

Lausana.

La solución ideada por Morin pasaba por el dormitorio. Después de todo, siempre que se veían, o sea, muy de tarde en tarde, acababan en la cama. A Vero le gustaba el sexo y tenía que reconocer que Morin era un buen amante, aunque a veces le habría gustado que le ofreciera algo más: una relación estable y proyectos en común.

Ya había tanteado el terreno. ¿Compartir piso? Ella trabajaba en Lausana y él, en Ginebra. A Vero no le habría disgustado regresar a la ciudad de su infancia, pero percibía la reticencia de Morin a la idea de que se mudara a la otra punta del lago Lemán. Y él se resistía a instalarse en Lausana, siempre había dicho que estaba obligado a vivir donde trabajaba. Un día, Vero había encontrado en internet una directiva de la policía —la OS PRS.19.06— que consideraba la libertad de residencia un principio básico. Morin le había salido con que él era una de las excepciones. Vero lo había creído a medias.

¿Hijos? Ella siempre había querido tenerlos, y su reloj biológico corría. Para él, era un tema tabú.

—¿Me quieres? —le preguntó Vero.

Morin acababa de correrse y rodar hasta el otro lado de la cama sudando y resoplando como un buey.

—Claro que te quiero.

Vero, tensa ante la idea de que Sam pudiera oírlos, espiarlos, incluso grabarlos haciéndolo, no había disfrutado. Sam era muy capaz, estaba convencida. Sam era un enfermo.

Pero esa era precisamente la idea de Morin: volverlo aún más loco para que cometiera un error y se dejara ver.

Que la pistola estuviera encima de la mesilla también había contribuido a que Vero se bloqueara. En otras circunstancias, seguramente lo habría encontrado excitante, pero, en aquella ocasión, el hecho de saber que Morin la tenía allí por un motivo concreto, que estaba dispuesto a utilizarla a la menor intrusión de Sam en el piso, era demasiado para ella.

—¿Crees que nos ha oído? —susurró como si Sam los estuviera escuchando.

—Eso espero —respondió Morin, elevando la voz a propósito, y soltó una carcajada.

—¿De qué te ríes? —cuchicheó ella—. No es divertido.

—A mí me lo parece.

Vero creyó percibir una pizca de ironía en su tono.

—¿Tú tampoco me crees? ¿Es eso? Piensas que estoy loca y simplemente te has aprovechado de la situación para echarme un polvo...

Morin suspiró.

—Claro que no. Te creo.

—Entonces ¿por qué te ríes?

—Porque..., francamente..., estamos en un cuarto piso, la puerta del edificio se cierra automáticamente a las diez y, es verdad, dudo que nos haya visto u oído. Pero te creo, princesa...

—¡No me llames así!

—Perdona... Te creo: Sam existe. Y vamos a encontrarlo.

Morin se levantó y se dirigió al cuarto de baño, desnudo.

—¿No coges el arma? —le preguntó Vero, asombrada—. Nunca se sabe...

Morin suspiró, se esforzó en sonreír, volvió sobre sus pasos y, Glock 19 en mano, se dirigió de nuevo al lavabo.

Morin miraba su imagen en el espejo. Sus abdominales ya no eran los de la adolescencia, le sobraban unos cuantos kilos y tenía menos pelo y una barba incipiente y entrecana. Se acercaba a los cincuenta y se sentía un poco más cansado, sobre todo en el trabajo. Pero, en lo tocante al sexo, no podía quejarse. Todo funcionaba de maravilla; era un auténtico toro, todavía capaz de varias montas en una sola noche.

El chaval granujiento de su juventud, al que las chicas evitaban, había desaparecido sin dejar rastro. Hoy era todo lo contrario.

A Morin le gustaba Vero. Era una entre otras, sí, pero estaba más bien en la parte alta de la lista. Experimentada y al mismo tiempo un poco mojigata, no era una fiera en la cama. Pero interpretaba un papel. Las rusas a las que Morin frecuentaba en Suiza solían tener ese lado incongruente, maneras de muchachita amante del dinero y la buena vida, pero también una fragilidad que la guerra de Ucrania había reforzado. Decían odiar a Putin a causa de ese conflicto, pero a menudo era por salvar la cara y para unirse al bando de las víctimas.

Vero se parecía mucho a esas mujeres, aunque no tenía aquel acento eslavo tan cantarín, tan dulce a los oídos de Morin. Nacida en Suiza en una familia de clase media establecida en Ginebra desde hacía dos generaciones, nunca había tenido que hacer esfuerzos para integrarse. Había estudiado una carrera, hablaba varios idiomas y le habían confiado la gestión de una biblioteca pública.

Morin se acariciaba el miembro flácido delante del espejo diciéndose que de buena gana volvería a subirse a la montaña rusa, cuando en el piso sonó un grito estridente. Dio un respingo, saltó sobre su arma y corrió al dormitorio.

Arrodillada al pie de la cama, Vero temblaba con las lágrimas resbalándole por la cara.

—¿Qué pasa?

—Está ahí.

—Ahí, ¿dónde? —preguntó Morin.

Ella extendió un tembloroso dedo índice hacia el cabecero de la cama.

—Al otro lado de la pared. He oído...

—¿Qué?

—Una voz. Me ha dicho...

Vero estalló en sollozos. Morin se arrodilló junto a ella y la estrechó entre sus brazos, con el puño todavía apretado sobre la culata de la Glock.

—¿Qué has oído?

—Ha dicho... «te estoy viendo».

Morin se levantó y se acercó a la pared. La examinó rápidamente, pero no notó nada anormal; luego, pegó la oreja al papel pintado; no se oía nada.

—¿Qué hay detrás de esta pared?

—Otro piso —respondió Vero con voz trémula.

—¿Y quién vive en él?

—Nadie. El último inquilino se marchó hace un mes. Está en obras —explicó Vero.

Ante sus asustados ojos, Morin se vistió a toda prisa y, pistola en mano, echó a correr en calcetines hacia la puerta de entrada.

9

En el fondo de la caja, el estómago humano se parecía un poco a una enorme judía roja, una larva gigante o un feto desmesurado en la décima semana de gestación.

Ana retrocedió, se llevó las manos al pecho y buscó una silla para sentarse. Le costaba respirar. Gygli se dio cuenta.

—¿Todo bien, Annie? ¿Necesitas vomitar? Te he conocido más resistente a los escenarios repugnantes.

—Vete a la mierda, Hurón —resolló la inspectora pesadamente—. Mi estómago está bastante mejor que ese. Es el corazón...

El comisario se puso serio.

—¿Quieres que te lleve al médico?

—Acabo de salir de allí.

—Me refería a urgencias.

—Se me pasará.

—¿Estás segura?

—¡Te he dicho que se me pasará! No es la primera vez que me ocurre, controlo. Solo necesito descansar un poco.

—Entonces, vete a casa.

—Luego.

—¡No, ahora! —dijo Gygli, enfadado.

—Pero aquí aún hay tajo...

—Nosotros nos ocupamos.

Ana lo fulminó con la mirada.

—Me jodes un permiso por este caso, ¿y ahora me retiras de él?

—No te retiro. Lo urgente está hecho, los valdenses se ocupan de la sucursal de Lausana y aquí el asunto queda en manos de la Policía Científica y del forense, ¿verdad, doctor?

El médico asintió.

—¿Un problema cardiaco? —preguntó.

—Una arteria obstruida, me abren pasado mañana.

—No debería bromear con eso, inspectora. Yo en su lugar saldría disparado hacia urgencias.

—Pero usted no está en mi lugar. Se me pasará.

—Como quiera. Respeto las sabias decisiones de mis pacientes.

—Todos sus pacientes están muertos, doctor.

—No todos —respondió el joven médico con una sonrisa—. Los forenses también examinamos a los preventivos y a víctimas vivas.

Dicho lo cual, Gygli ordenó a la inspectora que se fuera a casa. Ana comprendió que no tenía elección: era eso o la ambulancia. Su jefe le dio cita a la mañana siguiente en Carl-Vogt para hacer balance de la situación.

Ana Bartomeu tardó veinte minutos más de lo habitual en llegar a Versoix. Por suerte, ya apenas había tráfico, pero la carretera estaba en mal estado.

Su apartamento, en el camino Ami-Argand, daba a las vías del tren. Más allá, la escuela del mismo nombre y un poco de verde oculto bajo la nieve. No se veía el lago.

Ana se quitó la chaqueta de plumón y los zapatos, fue al cuarto de baño y se tomó dos aspirinas con un vaso de agua. Luego, hizo la inevitable visita a la cocina, antes de tumbarse en el sofá del salón con suficientes provisiones.

Lucifer conocía el ritual. Se desperezó, bajó de su árbol para gatos y empezó a frotarse contra ella ronroneando. Ana abrió en primer lugar un paquete de salchichas, como aperitivo, que compartió con él. Luego, patatas fritas, cacahuetes y una tableta de chocolate de doscientos gramos. Un verdadero festín. Sabía que al día siguiente no quedaría nada.

Miró las fotos enmarcadas que colgaban a ambos lados de la tele. A la izquierda, una, ya antigua, de sus hijos. Luis, de diecinueve años, aún vivía con su padre; Paola, de veinte, compartía piso con su novio. Que ella supiera, porque no los veía desde hacía cuatro años. Nunca la llamaban y ya no respondían a sus mensajes, incluso la habían bloqueado en la mayoría de las aplicaciones de mensajería. Su resentimiento no tenía visos de apaciguarse. A la derecha, una imagen de Lucille y ella en los buenos tiempos.

Puso la tele, fue cambiando de canal y, como no encontró nada interesante, acabó viendo *L'amour est dans le pré* en replay. Los protagonistas respiraban falsedad: un campesino bretón recibía en su casa a dos pibonazos parisinos, una cantante fracasada y una modelo en declive, las dos, a ojos vista, necesitadas de publicidad. Era patético, pero divertido.

Al cabo de una hora de embrutecimiento y comida basura, Ana pensó en Morin. Se le había olvidado mandarle otro mensaje diciéndole que lo necesitaba de verdad en aquel caso. Estuvo a punto de llamarlo, pero cambió de idea. Aquello podía esperar hasta el día siguiente.

10

Lausana.

Encogida bajo el picardías, Vero se atrevió a echar un vistazo al rellano, hacia el que su amante había salido en tromba. La puerta de al lado cedió a la tercera embestida del hombro de Morin. Vero iba a acercarse, pero él la contuvo con un gesto y, sin bajar la guardia, se apartó de una eventual línea de tiro y esperó unos segundos más en el rellano. Con el arma en la mano y lista para usarla, se aventuró al fin a mirar al interior.

La bombilla del pasillo iluminaba débilmente la entrada. Suciedad y polvo. El parquet estaba cubierto de numerosas huellas impresas por suelas anchas con dibujos bastos, seguramente de los albañiles. Ningún mueble. Del techo colgaban cables eléctricos en los lugares destinados a las lámparas.

Más allá, la oscuridad.

Y el silencio.

Morin se sacó el móvil del bolsillo y activó la linterna. Guiando el haz de luz con la mano izquierda y con la derecha crispada sobre la Glock, avanzó lentamente en la penumbra.

El parquet crujía bajo sus pies. A través de los calcetines, sentía las asperezas de los trozos de yeso desprendidos del techo y las paredes.

Hacía frío; debían de haber cerrado los radiadores hasta que acabaran las obras.

El piso tenía la misma distribución que el de Veronika, pero invertida. A la izquierda, la cocina y el baño, vacíos. Enfrente, el salón: nadie. A la derecha, un dormitorio. Entró.

También vacío. Flotaba un leve olor a moho. El papel pintado estaba medio despegado.

Morin inspeccionó rápidamente el polvoriento suelo en busca de huellas recientes de pasos, sin éxito. Los albañiles debían de haber estado trabajando todo el día. A continuación, escudriñó la pared medianera con el dormitorio de Vero y deslizó la mano por el papel pintado en busca de un agujero, un micrófono o una minicámara. Pero no encontró nada anormal.

A su espalda, sonó un crujido. Se volvió y apuntó el arma hacia la puerta de la habitación. La silueta que se recortaba en el vestíbulo dio un respingo. Baja, delgada, pelo largo y rubio.

—¡Joder, Vero! —le susurró Morin—. ¡Te he dicho que volvieras a casa!

Ella, petrificada, acabó extendiendo un brazo tembloroso hacia la puerta del piso en obras.

—Creo que está en la escalera —murmuró.

Morin se llevó el índice a los labios para indicarle que guardara silencio, pasó junto a ella y salió al rellano. Miró con precaución por encima de la barandilla. La escalera estaba iluminada en cada planta. No se oía ningún ruido.

De pronto, la puerta de la calle resonó en el patio.

Morin cruzó el piso de Vero a toda velocidad, abrió la ventana del salón y se asomó fuera. Un hombre vestido de negro y cubierto con una capucha acababa de salir del edificio y, con las manos en los bolsillos, caminaba hacia la place de La Palud.

Morin corrió hacia la escalera, estuvo a punto de derribar a Vero y bajó los peldaños de cuatro en cuatro. Abrió la puerta del edificio y se lanzó a la calle, pero resbaló y no se cayó de milagro.

—¡Mierda! ¡Joder!

No llevaba ni zapatos ni chaqueta. La nieve empezó a calarle los calcetines y el frío lo envolvió, pero la adrenalina no tardó en contrarrestarlo.

Vero, que había corrido hasta la ventana abierta, lo vio esprintando hacia la fuente de la Justicia, donde resbaló de nuevo, se quitó los calcetines empapados y los arrojó a la pila. Una sombra atrajo la mirada de Vero.

—¡Yves! —gritó—. ¡Está allí!

Morin alzó la cabeza hacia ella y siguió la dirección que le señalaba su índice extendido. Acabó distinguiendo a la figura negra, que apretaba el paso por la rue du Pont. La silueta torció a la derecha y desapareció.

Morin echó a correr de nuevo, pero aflojó el paso al acercarse a la esquina de la rue Centrale. Ya no notaba los pies. Tenía los vaqueros y la camisa mojados, y el pelo también. Tiritaba sin darse cuenta. Sus jadeos llenaban el aire de vaho.

Los copos seguían tejiendo una cortina blanca sobre la ciudad. Un coche pasó por la rue Centrale en dirección al puente Bessières.

El hombre de negro estaba a unos cincuenta metros, a la altura de la place Pépinet. Caminaba hacia el Grand-Pont, sin volverse.

Morin apretó el paso, pero sin correr, para no atraer la atención del objetivo. Pasó ante el café Le Central en el momento en que una pareja salía de él. Eran las primeras personas que veía desde que había salido de casa de Vero. Parecían sorprendidos de ver a un hombre sin abrigo, divertidos al advertir que iba descalzo y, por fin, asustados al darse cuenta de que sostenía una pistola. Sin decir palabra, dieron media vuelta a toda prisa y volvieron a entrar en el café.

Ahora el hombre de negro caminaba sin prisa, como si ignorara que lo seguían. Morin redujo la distancia que los separaba.

Si cruzaban el puente, estarían en la place de l'Europe y, luego, entrarían en el barrio del Flon, lleno de bares y discotecas. Tenía que actuar pronto porque, un poco más adelante, el riesgo de que hubiera gente era demasiado elevado.

Esperó a encontrarse en la penumbra, resguardado por los grandes arcos de piedra, se arrojó sobre la espalda de su presa y le rodeó el cuello con el brazo izquierdo. Se oyó un grito ahogado.

Morin aplicó el cañón del arma sobre la sien derecha del hombre de negro y ejerció presión con el brazo izquierdo para obligarlo a tenderse boca arriba. Cuando lo tuvo en el suelo, se irguió y le apuntó a la cabeza con la Glock. Los dos hombres se miraron a los ojos. Los de Morin estaban inyectados en sangre; los del otro, asustados.

—No... No... —balbuceó el hombre, un chico rubio casi adolescente—. ¡No llevo dinero!

—¡No juegues conmigo! —le gritó Morin—. Sé quién eres, Sam.

—¿Sam? No... Me llamo Loïc.

—¡Déjate de gilipolleces! ¿Quieres que te meta una bala entre los ojos?

—¡No! ¡Yo no he hecho nada!

—¿A Vero tampoco le has hecho nada?

—¿Vero? No conozco a ninguna Vero...

—La mujer de la place de La Palud. Te he visto salir de su edificio.

—Pero... si yo estaba en casa de...

De pronto, bajo el gran arco, resonó otra voz.

—¡Suelte la pistola!

Morin se volvió. Un policía joven de uniforme había sacado su arma y le apuntaba. Un poco más atrás, un coche de la policía urbana. El girofaro se encendió y arrojó destellos azules sobre los grandes arcos de piedra. Otro agente uniformado, de más edad, salió del habitáculo con la mano sobre la pistolera. Morin alzó los brazos.

—Soy de la casa, muchachos.

—Suelte la pistola —repitió el policía joven.

Su compañero sostenía una radio y estaba haciendo una llamada. Morin suspiró y arrojó la Glock a la nieve, a unos metros de él.

—¡Al suelo! —le ordenó el agente, un poco nervioso—. Tiéndase boca abajo, con las manos sobre la cabeza.

—Espere...

—¡Obedezca!

Morin cedió. Se arrodilló, se puso las manos sobre la cabeza y gruñó:

—Estáis cometiendo un error, muchachos. A quien tenéis que detener es a él, no a mí.

1984

—¿Sam?

La voz de la profesora resonó en el aula. El chico ni siquiera se había dado cuenta de que sus compañeros se habían quedado callados y lo miraban fijamente. Era la tercera vez que la profesora lo llamaba.

Sam el Paleto alzó la cabeza. La señora Leresche esperaba una respuesta. Sam, que no había oído la pregunta, notó que se ponía rojo.

—Parece un lechoncito recién nacido —cuchicheó Philou detrás de él.

Risitas poco discretas. Los gilipollas de siempre... La profesora pidió silencio.

—Sam, te he hecho una pregunta. —El chico clavó los ojos en el cuaderno de matemáticas, que no había abierto en todo el curso, y pasó las páginas sin saber muy bien dónde detenerse—. Sam —dijo la mujer con voz paciente—, la respuesta no está en tu cuaderno, sino en tu mano derecha.

El chico miró el pequeño punzón de bricolaje en su mano, cerró el cuaderno y vio los agujeritos que había hecho en la tapa. Un rectángulo perfecto: un sello.

Lo había hecho inconscientemente. Desde que había entrado en la escuela, su mente estaba en otra parte.

Al sonar el timbre, se había acercado a sus compañeros, que ya estaban en fila india en el pasillo, frente al aula, y se había puesto el último discretamente. Delante de él, Philou, un miembro de la banda de Sylvain Ansermet, se había girado, olisqueando el aire con cara de asco, y había soltado: «Aquí huele a estiércol». A su lado, otro chico se había reído. Era un comentario habitual; Sam ni se inmutó.

En la cola, delante de aquellos dos gilipollas, unas chicas chismorreaban en voz baja. Sam había aguzado el oído. No hablaban de él, pero sus palabras eran como puñaladas en su corazón.

—¿Has visto? Princesa sale con Sylvain.

—Ya, si hasta la ha besado en la boca...

—¡Puaj!

—¿Ah, sí? Pues a mí me gustaría probar. Además, Sylvain es muy guapo. ¡Qué suerte tiene esa!

—Sam —dijo la profesora, que empezaba a impacientarse—, no estamos en manualidades. Cuando acabe la clase, me traes el cuaderno.

El niño sabía lo que eso significaba: una nota más para que la firmaran sus abuelos. Ellos se lo dirían a su padre, y su padre lo castigaría. Prohibido tocar las cajas de sellos e ir a casa de Toni.

Sam no respondió. Volvió la cabeza hacia el asiento de al lado, vacío, y suspiró. Toni estaba enfermo desde el principio de la semana. Su amigo había decorado el protector de hule de su pupitre con pegatinas de Albator y Goldorak, unos dibujos animados japoneses que le encantaban. Sam no podía verlos en casa, porque a sus abuelos les parecían demasiado violentos.

—¿Qué te pasa, Paleto? —le susurró el chico sentado detrás de él—. ¿Estás triste porque has perdido a tu cerdita?

La pulla funcionó más allá de las expectativas de Philou. En ese momento, Sam no comprendió que se refería a Toni. Para un nieto de campesinos, una cerdita designaba ante todo a una mamá. Y Sam había perdido a la suya dos años antes.

Al instante, apretó el punzón en el puño con la punta hacia abajo, se volvió rápidamente y lanzó un golpe. El punzón se clavó en el pupitre del gilipollas, a un centímetro de sus dedos. Asustado, Philou se echó hacia atrás y cayó de espaldas al suelo. Los otros chicos gritaron; la maestra ladró:

—Pero ¿te has vuelto loco? ¡Sam, coge tus cosas ahora mismo y vete a tu casa!

Con la cara roja como un tomate, el chico se levantó y se dirigió hacia la puerta con paso pesado. Ya no escuchaba a la señora Leresche, aunque le llegaban palabras sueltas: «padres», «director», «expulsión»... En el aula, algunos reían por lo bajo, otros lo miraban con ojos como platos, todavía asombrados por lo que había hecho. Sam buscó la mirada indiferente de Princesa. La beldad tenía en la mano un rotulador rojo. Había dibujado un corazón en su pupitre, con el nombre de su enamorado en el centro.

Sam abandonó la escuela Les Tattes diez minutos antes de que sonara el timbre. No hay mal que por bien no venga: aunque no lo había hecho a propósito, había encontrado el modo de evitar a Sylvain y sus esbirros a la salida. La amenaza proferida el día anterior por el jefe de la banda aún resonaba en su cabeza: «¡Mañana me las pagarás, cerdo seboso!».

Miró su reloj. Avivó el paso, bordeó el aparcamiento, rodeó el estadio Les Tattes y se dirigió hacia el bosque de Onex. A su derecha, la hilera de huertos próximos al lindero. Robó unas cuantas frambuesas que sobresalían por el lado del camino.

Hacía calor, estaba sudando. La camiseta, que se le pegaba al cuerpo rollizo, tenía dos grandes aureolas bajo las axilas. Sam notaba las gotas de transpiración que se acumulaban en su espalda, debajo de la mochila, y le resbalaban a lo largo de la columna vertebral. Con su físico, incluso caminar sin forzar el paso se convertía en un verdadero ejercicio de resistencia. Se detuvo para coger un poco de aire, se comió una frambuesa y se internó en la sombra de los árboles.

El arroyo de Les Grandes Communes atravesaba el bosque y señalaba la frontera entre Onex y Lancy. Sam lo bordeó hasta la orilla del Ródano. El rumor del agua tenía algo relajante, que casi le hizo olvidar sus penas. Cuando aún vivía con sus padres, le gustaba jugar en aquel sitio, construir presas con piedras, ramas secas y barro, arrojar hojas a la corriente y seguirlas a lo largo de la orilla, como si fueran canoas diminutas que debían enfrentarse a las curvas, los escollos y los rápidos.

Pero ese día Sam no estaba de humor para eso. Tenía que llegar a casa sin demora.

Un crujido a su derecha atrajo su atención. Volvió la cabeza y vio a cuatro chicos mayores que él sentados en tocones, fumando cigarrillos. Al reconocerlos, palideció.

—¿Qué, cerdo seboso? —exclamó Sylvain Ansermet apagando su colilla contra una raíz—. ¿De verdad creías que ibas a librarte de nosotros?

Segundo día

11

La despertó una notificación del móvil. Como tantas otras veces, Ana se había quedado dormida en el sofá del salón, y la tele se había puesto en espera automáticamente. Lucifer, ovillado en el hueco de su axila, dormía.

Ana se incorporó con dificultad y se desperezó. Le crujieron las articulaciones. En la mesita baja, los envoltorios vacíos le recordaron el motivo de su ardor de estómago. Eructó ruidosamente, hizo una mueca al percibir su fétido aliento, se levantó y fue hacia la cocina con los ojos medio cerrados. Lucifer la siguió maullando: tenía hambre.

Ana cambió el agua de la máquina de café y se hizo un expreso, que se bebió de un trago y que fue seguido de un segundo café. Luego, llenó de pienso el cuenco del gato y leyó sus mensajes.

Solo tenía uno, del Hurón: «Te esperamos en la quinta». Nada de Morin, pero no la sorprendía. Ella no había respondido a su último mensaje.

Miró por la ventana. Todavía era de noche, pero, bajo el resplandor de las farolas, el paisaje estaba blanco. Seguía nevando un poco, aunque menos que el día anterior. Versoix se despertaba, eran poco más de las seis. Una ducha, un rápido cepillado de dientes y, luego, se pondría en camino y se enfrentaría a los atascos de rigor.

El café olía raro. Ana lo atribuyó a la comida basura de la noche anterior, pero acabó comprendiendo que se trataba de otra cosa: aún tenía pegado a los pelos de las fosas nasales el olor a hierro de la sangre. En la sucursal, no le había prestado atención; seguramente, estaba demasiado acostumbrada a él, como todos sus compañeros de la

Criminal. Pero el olor de la sangre era tenaz. No lo eliminaba nada, salvo el paso del tiempo.

Ana tardó más de una hora en llegar al barrio de La Jonction. La jefatura de Carl-Vogt albergaba varios departamentos de la Policía Judicial. En uso desde 1966, el edificio de cristal con armazón metálica pintada de marrón y barrotes en las ventanas de la planta baja había quedado obsoleto. Se preveía una mudanza, pero hacía tanto tiempo que los jefes hablaban de ella que Ana ya no la esperaba.

La Casa Grande —las dependencias de la Criminal y Estupefacientes en la jerga policial— ocupaba la quinta planta. Muchos aspiraban a trabajar en ella, más aún desde la limpieza a fondo que había hecho la IGS hacía cinco años. Pero aquella gran escabechina no era el único asunto que había empañado la reputación de la policía de Ginebra en la última década.

¡Había habido tantos! Estaban los compañeros de la BO —la Brigada de Observación—, a los que no se les había ocurrido nada mejor que llevar mujeres a sus dependencias para organizar una bacanal. O los veteranos que habían querido impresionar a dos aspirantes de la academia de policía de Savatan durante una falsa persecución por la ciudad, con el girofaro y la sirena a todo trapo, y después habían mentido sobre las circunstancias de su accidente de tráfico. Más tarde, el jefe del taller había comprobado que los daños del vehículo no se correspondían con sus declaraciones y los había denunciado.

Sospechas de agresión, de corrupción, de oscuros vínculos con el mundo de la prostitución, de amenazas entre compañeros... Y muchos otros asuntos, como el de la agente fuera de servicio que había sacado la placa y amenazado a una farmacéutica con volver con diez compañeros para detenerla porque se había negado a venderle un medicamento sin receta. La imagen de la institución se había deteriorado con el paso de los años.

El fiscal general del cantón de Ginebra lo había convertido en su caballo de batalla, y las relaciones entre la policía y el ministerio fiscal se habían tensado, a diferencia de las que existían en los demás cantones romandos, más serenas y envidiables. Sin embargo, también los fiscales ginebrinos arrastraban algún que otro escándalo, y entre los entendidos del mundillo se murmuraba que unos y otros harían mejor barriendo delante de su puerta en lugar de alimentar una guerra que solo beneficiaba a los malhechores.

Ana encontró a Yannick Gygli en las dependencias de la Criminal. Dos investigadores se habían unido a él: Stéphane Fivaz, miembro de la Científica y presente en Balexert la tarde anterior, y Emmanuel Junod, especialista en informática.

Sobre Junod, corría un rumor: había inventado una nueva baliza GPS indetectable, utilizada por los servicios de información de la Confederación para la protección diplomática en el marco del conflicto ucraniano. Manu, como lo llamaban todos, era un genio. Se aseguraba que no había obstáculo informático que se le resistiera. Cortejado por la Policía Judicial Federal, permanecía fiel a su cantón nativo, uno de los pocos en los que los sueldos superaban a los de la Confederación.

—¿Empiezas tú, Manu? —le preguntó el Hurón.

—Yo seré breve —respondió el informático—. He recibido las grabaciones de las videocámaras de la sucursal de Lausana. La buena noticia es que hemos tenido mucha potra. Las oficinas de correos no están equipadas con cámaras, salvo en casos especiales. Bueno, ¡pues allí había una! La mala, que las imágenes son de muy poca calidad. Intentaré mejorar la nitidez.

—Seguro que lo consigues. Lo tuyo son los milagros.

—No puedo prometer nada. —Junod volvió la pantalla de su ordenador portátil hacia Ana—. El día y la hora de la operación aparecen aquí —le dijo—. Se ve a alguien que llega a la sucursal, deja el paquete en el mostrador, paga la sobretasa, en metálico, por supuesto, y vuelve a irse. Con el chaquetón grueso y la capucha, resulta imposible saber si es un hombre o una mujer. A petición nuestra, los compañeros de Lausana identificaron a la empleada de la ventanilla y hablaron con ella, pero la mujer no pudo darles más información.

—Hay que tener en cuenta —intervino Gygli— que en este periodo de fiestas y de final de mes los empleados de Correos ven desfilar a diez veces más gente de lo habitual.

—Está claro. En cambio, lo interesante es que la silueta que se ve en esta imagen le ha recordado un caso reciente a un compañero de Vaud con el que he hablado por teléfono esta mañana. Un asunto de grafitis en un contexto de violencia de género. Por ahora, no sé más. Hará indagaciones y me volverá a llamar hoy. Bueno, por mi parte, eso es todo.

—Gracias, Manu —dijo el Hurón—. ¿Stéph?

—Por la mía, he avanzado bastante —afirmó el investigador de la Científica—. Hemos enviado las pruebas de ADN al CURML; estoy esperando los resultados. Los he pedido con el criterio de máxima urgencia; será un poco más caro, pero la fiscal ha dado su conformidad.

—¿Quién es? —quiso saber Ana.

—Sonia Vino.

—Estupendo, no es muy tocapelotas.

—En cuanto a la cita de Aristóteles —continuó Fivaz—, podremos hacer una comparación de la letra, siempre que obtengáis muestras durante la investigación. También podemos intentar datar la tinta empleada, pero no sé si merece la pena en esta fase.

—¿Qué dice la fiscal? —preguntó Gygli.

—Tenemos luz verde, de momento lo deja en nuestras manos.

—Vale. ¿Y el sello?

—Ahí empieza lo interesante.

—¿Huellas? —aventuró Ana.

—No, ninguna. Era de esperar. Pero es una falsificación.

—¿Una falsificación?

—Sí, pero no en papel. Lo confeccionaron con piel humana.

12

Le Mont-sur-Lausanne, unos días antes.

Yves Morin prácticamente no había pegado ojo. Con la luz encendida en el calabozo, no era fácil. Pero además sus vecinos de derecha e izquierda no habían parado de vociferar en toda la noche. Camellos que la DFD, la División de Flagrantes Delitos de la Brigada de Estupefacientes, había detenido durante la noche en el marco de la operación Strada, creada años antes para perseguir los delitos reincidentes: traficantes de calle, robos y pequeños delincuentes.

El centro de La Blécherette, el CB, como lo llamaban en el argot, era la sede de la policía cantonal de Vaud, situada en un barrio elevado de la ciudad próximo a Le Mont-sur-Lausanne. El problema de la detención en el CB era bien conocida. En sí misma, la custodia policial por un máximo de cuarenta y ocho horas —la detención provisional, como se llamaba en Suiza— no planteaba problemas. Pero la sobrepoblación carcelaria en los centros ordinarios obligaba a las autoridades a ordenar el cumplimiento de las penas cortas en los calabozos del CB y de la jefatura de policía de Lausana. Los medios hablaban de las «celdas de la vergüenza»: mucha gente pasaba más de diez o veinte días en aquellos tabucos.

El Consejo de Estado había tomado medidas para mejorar las condiciones de detención de los condenados. Ahora la luz permanecía apagada durante la noche, y la asistencia médica estaba garantizada los siete días de la semana. Pero, para el Tribunal Federal, no era suficiente: el artículo 3 de la Convención Europea de Derechos Humanos, que prohibía la tortura y el trato degradante, no se respetaba. Las indemnizaciones por daño moral estaban a la orden del día, e incluso se hablaba de conceder reducciones de pena.

En lo que respectaba a Morin, se le había aplicado el tratamiento legal de la detención policial, sin favoritismos: la luz encendida, un incómodo colchón plastificado, un remedo de almohadón, una horrible manta marrón que le había llenado el cuello y los brazos de placas rojas, un retrete metálico sin tapa... Le habían retirado el cinturón y todo lo que pudiera usar para atentar contra su vida o su integridad física. Como las celdas de la jefatura de policía de la ciudad estaban llenas, lo habían llevado al CB. Las policías cantonal y municipal colaboraban regularmente, y puede que el particular estatus de Morin también hubiera tenido algo que ver con la elección de su lugar de detención.

El pestillo chirrió en la cerradura, la pesada puerta se abrió, y apareció un hombre de paisano. Morin no lo conocía.

—Hola, compañero —dijo el recién llegado—. Soy el comisario Andreas Auer. Sígueme.

Morin se levantó y salió al pasillo de las celdas. La puerta de la de al lado estaba abierta. Un inspector, sin duda de la División de Flagrantes Delitos, hablaba con su ocupante.

—Me dicen que has estado molestando toda la noche...

—¿Y qué iba a hacer, inspector? Cuando llamaba al timbre, no respondía nadie. Quería un café.

—Esto no es un hotel. ¡Venga, arriba! Vamos a la sala de interrogatorios.

—¿Podré tomarme un café?

—Ya veremos.

—¿Y un cigarrillo?

—¡No pongas a prueba mi paciencia!

—Pero, inspector —dijo la voz, exageradamente suplicante—, un café sin cigarrillo va contra los derechos humanos.

Morin y Auer pasaron ante la celda y siguieron su camino hasta la sala de cacheo. Entraron. El comisario cerró la puerta tras ellos.

—Disculpa a los compañeros del turno de noche —dijo devolviendo sus pertenencias a Morin, incluida el arma reglamentaria—. Habrían podido resolver el asunto más deprisa, pero estaban desbordados. Eres libre.

—¿No me tomas declaración? —preguntó el policía ginebrino, un poco sorprendido.

—¿Para qué? ¿Más papeleo? No vamos a ponernos zancadillas entre compañeros... Con el resumen que me han hecho los policías locales me basta. Tú tenías tus razones y yo tengo las mías. Pero, en el futuro, evita actuaciones de este tipo. Sobre todo, fuera de servicio y en otro cantón.

—¿Habéis avisado al fiscal de guardia?

—Claro que no. De lo contrario...

Morin comprendió: declaración, atestado, informe, proceso penal, posible condena, informe de la Fiscalía de Vaud a la de Ginebra, procedimiento disciplinario de la IGS y nuevo escándalo.

—¿Y el chico de anoche?

—No pondrá denuncia. Le encontraron unas cuantas pastillas de éxtasis. Salía de casa de su novia, que vive en el mismo edificio que la tuya. Cuando lo detuviste, iba a vender la droga por los alrededores del Mad. He llegado a un acuerdo con él. No lo denunciaremos. A cambio...

—Él cierra el pico —completó Morin.

—Eso es.

—Joder, la cagué pero bien.

—Yo no te juzgo, compañero. Y, por supuesto, folla con quien quieras. Pero permíteme un pequeño consejo: desconfía de Veronika Dabrowska.

—¿La conoces?

—Un poco. Te está esperando en el vestíbulo.

—¿Está aquí?

—Estuvo llamando al 117 toda la noche para decir que habías desaparecido y que seguramente su acosador imaginario te había asesinado. Un tal Sam. Quería poner una denuncia, pero la invitamos a dirigirse a la policía urbana.

—¿Por qué?

—Reparto de competencias entre policía cantonal y policía urbana: les pasamos la patata caliente. Pero en este caso además hay una directiva de la fiscalía con relación a Dabrowska. Los fiscales la conocen bien y me temo que la han catalogado como...

—¿Loca? —apuntó Morin.

—Prefiero el término «querellante patológica con tendencias paranoicas».

13

—¿Piel humana? —exclamó Ana.

Stéphane Fivaz abrió dos fotografías del falso sello postal en la pantalla de su ordenador. Ana las miró una después de otra.

—En la primera —explicó el investigador de la Científica—, mientras el sello está pegado al paquete que encontramos en Balexert, es difícil notar nada. El parecido con un sello auténtico es casi perfecto. En cambio, en la segunda, tras despegarlo...

—El sello es ligeramente transparente —constató Ana.

—Exacto.

—Entonces, si lo he entendido bien, un enfermo ha utilizado la piel de alguien para imprimir un falso sello casi perfecto...

—Eso es.

—Pero... —Ana pensó un instante, antes de preguntar—: ¿No hay un monopolio federal sobre la impresión de sellos postales? ¿No es tan difícil reproducirlos como falsificar billetes de banco?

—Con los adelantos tecnológicos, ya no me sorprende nada —terció Gygli—. Pero es una cuestión que tendremos que resolver.

«Que tendré que resolver», tradujo Ana en su fuero interno. Sabía que, a partir de esa mañana, el Hurón dejaría de implicarse personalmente en la investigación y volvería a sus tareas administrativas.

—¿Y el ADN de la piel? —preguntó la inspectora—. ¿Es el mismo que el del estómago encontrado en el paquete?

—Lo están analizando —respondió Fivaz—. Todavía no puedo contestarte, espero noticias del CURML.

—¿Cuándo podríamos tener el resultado?

—Dado el criterio de máxima urgencia concedido por la fiscal, durante el día de hoy.

—Perfecto. ¿Y el tatuaje del sello? ¿*Ante* o *post mortem*?

El policía de la Científica sonrió.

—Eso no es competencia mía, sino del forense. El paquete y su contenido están en su poder, y el sello, también. ¡Hombre! Hablando del rey de Roma...

En la esquina inferior derecha de la pantalla, había aparecido una ventanita, que anunciaba un correo del médico. Fivaz atrajo el ordenador hacia sí y leyó el mensaje.

—La autopsia del estómago ha terminado —dijo—, nos esperan en el CURML. Parece que las sorpresas no han acabado...

—¿Qué ocurre? —quiso saber Gygli.

—El matasanos no añade nada, prefiere explicárnoslo allí.

—Muy bien, id vosotros tres —dijo el Hurón—. Yo no os acompaño, tengo trabajo. Pero mantenedme al corriente.

—Yo tampoco hace falta que vaya —dijo el informático cerrando su propio ordenador—. Trabajaré con las grabaciones de la sucursal de Lausana.

Junod y Fivaz abandonaron la quinta planta, el primero para encerrarse en su antro, digno de un hacker, y el segundo para ir a su despacho de la Científica,, donde quería coger la cámara fotográfica y material antes de dirigirse al CURML. Ana lo esperaría en su coche en diez minutos. Una vez sola con su jefe en la sala de reuniones, intentó una maniobra arriesgada.

—Para este caso, necesito un compañero sí o sí —dijo—. Sola no podré. He intentado hablar por teléfono con

Morin, pero no responde. Lo he pensado bien y he encontrado al hombre adecuado. Pero no te va a gustar.

—¿Quién?

—Mitch.

El Hurón suspiró.

—Ya hemos hablado de eso, Annie. La respuesta es no.

—¿Por la IGS?

—Exactamente. Está suspendido hasta el final de la investigación sobre el caso Rosselet, y yo no puedo ir contra esa decisión.

—Pero la fiscal sí podría, ¿no? Estoy segura de que ella encontraría argumentos.

—¿Cuáles?

—Antes de ser poli, Mitch trabajó mucho tiempo en Correos. Conoce ese mundo a la perfección.

Tres meses antes, el inspector Michel Sautter —apodado Mitch en la Casa Grande— había formado equipo con su compañero Yves Morin en un caso de secuestro. El caso Rosselet, como se lo conocía habitualmente, aún daba que hablar.

En principio, era una situación fuera de lo normal para el común de los mortales, pero de lo más vulgar para dos polis próximos a la cincuentena que acumulaban más de cuarenta años de servicio entre los dos.

El señor y la señora Rosselet, también cincuentones, multiplicaban los episodios de violencia conyugal desde que su hijo, mayor de edad, había dejado el hogar. Una decena de llamadas a la policía en cuatro años, a menudo procedentes del vecindario, y tres denuncias presentadas por la mujer y retiradas. Todas menos una.

Aquel matrimonio de Carouge había tomado por costumbre beber, acusarse mutuamente de adulterio, insultarse, amenazarse con el divorcio, odiarse y pegarse. Y, luego, deshacerse en disculpas, perdonarse y quererse otra vez. Y, para celebrar el nuevo amor, volver a beber.

A medida que las intervenciones policiales se sucedían, los Rosselet perdían credibilidad ante los agentes, cansados de volver a empezar cada vez el mismo asunto, tomar las mismas declaraciones y redactar el mismo informe. Todo para acabar, en la mayoría de las ocasiones, en el archivo del caso por parte de la fiscalía y, en una sola, en dos condenas que, a todas luces, no habían servido de nada. Los amantes infernales rechazaban cualquier ayuda exterior de los servicios especializados.

Hacía tres meses, Mitch y Morin se habían desplazado a la rue Saint-Victor, acordonada por la gendarmería. Rosselet retenía a su mujer prisionera en el domicilio conyugal y amenazaba con matarla con un cuchillo y suicidarse a continuación. Delante del edificio, se encontraban los hombres de negro del GI, el Grupo de Intervención. En el cantón de Vaud lo llamaban «el Dardo»; en Friburgo, «el Grif»; en Neuchâtel, «el Cougar«; en Jura, «el Gite»; y en Berna, «la Unidad Genciana». Pero, en los cantones de Valais y Ginebra, el GI no tenía apodo.

La intervención se desarrolló sin novedad. Rosselet fue detenido y su mujer puesta a buen recaudo. Durante las posteriores declaraciones, el marido acusó al inspector Morin de ser el amante de su mujer. Ella lo negó sin mucha convicción; Morin, con firmeza. Pero Mitch no los creyó, no se chupaba el dedo: Charlotte Rosselet solo era un nombre más a añadir a la lista de conquistas de su compañero.

Pese a no tener pruebas de esa relación, la jefatura retiró a Morin del caso. Por precaución, le dijeron. En su momento, él lo recibió muy mal. Pero, a la vista de lo que sucedió después, esa medida lo salvó del escándalo.

Mitch tomó declaración a la señora Rosselet. La mujer se negó a poner una nueva denuncia y se hizo responsable de todo lo ocurrido. Muy afectada, declaró casi mecánicamente que había puesto a su marido en el disparadero, que él no lo había podido evitar, que la víctima era él. Juró que no volvería a pasar, que había pedido cita para una terapia de pareja y que convencería a su marido para que participara. Añadió que se querían, y Mitch sintió que quizá intentaba convencerse a sí misma.

Mitch habló con el fiscal. Al final, de común acuerdo, se decidió que, al terminar el periodo de detención preventiva, Rosselet saldría en libertad con una simple orden de alejamiento temporal del domicilio de ambos. Al fin y al cabo, la señora Rosselet había hablado de intentar trabajar sobre sus desavenencias, y la prisión provisional podía reforzar el sentimiento de injusticia del marido y comprometer la terapia.

Dos días tras la liberación de Rosselet, la gendarmería francesa encontró a la pareja muerta. El marido se había suicidado arrojándose desde los acantilados de Salève, después de haber asesinado a su mujer. El cuerpo de Charlotte Rosselet, cosido a cuchilladas, fue hallado en la cabina del teleférico.

Poco después, el hijo del matrimonio puso una querella contra el ministerio fiscal y la policía, que, según él, no habían tomado las decisiones y medidas adecuadas para impedir la tragedia. Muy afectado por la situación, el fiscal ginebrino dimitió. En cuanto a Mitch, el IGS lo suspendió de sus funciones mientras se realizaba la investigación. Tras la recusación del conjunto de la fiscalía ginebrina, la instrucción de la querella del hijo había sido confiada a un fiscal de otro cantón, un tal Norbert Jemsen, de la jurisdicción de Neuchâtel.

El comisario Yannick Gygli soltó un suspiro y concluyó:

—Está bien, Annie, intentaré convencer a la fiscal Vino para que anule la decisión de la IGS y permita a Mitch apoyarte en este caso. Pero no te hagas ilusiones, ya sé la respuesta.

14

Le Mont-sur-Lausanne.

Morin encontró a Vero en el vestíbulo del CB. Estaba llorando. La rodeó con los brazos. Vero le había comprado a toda prisa calcetines y un par de zapatos en una tienda del centro. Morin se los puso y, sin decir palabra, se la llevó hacia la salida.

Nevaba. El aparcamiento de la policía estaba medio vacío debido a las fiestas de Navidad.

—No me creen —gimió Vero.

—Lo sé. ¿Has venido en coche?

—Sí.

Morin sacó el móvil, se alejó unos metros e hizo una llamada. Vero no oyó la conversación. Morin volvió a su lado sin cortar la llamada y le preguntó:

—¿A qué taller sueles llevar el coche?

—Amag Crissier. ¿Por qué?

—¿Dónde está exactamente?

—Al lado del Léman Centre.

—¿Has oído? —preguntó Morin a través del móvil. Vero se secó los ojos, atenta a la continuación de la conversación—. ¿A qué hora puedes estar allí? —dijo Morin, y, tras un breve silencio, añadió—: Vale, nos vemos allí a las once. Debes llegar antes que nosotros. Si tienes algún problema por el camino, avísame. Gracias, Manu, te debo una.

Y colgó.

—¿Me lo explicas?

—Ahora no, lo siento. Tenemos que ocupar más de hora y media. Vamos a comportarnos como si todo fuera normal. He pasado una noche espantosa en una celda de mierda y me han soltado casi disculpándose. ¿Qué harías tú en mi lugar?

Vero se sorbió la nariz y se secó las lágrimas.

—Iría a tomar algo para celebrarlo —dijo irónicamente con una sonrisa triste.

—Es justo lo que vamos a hacer. ¿Dónde tienes el coche?

Cruzaron el aparcamiento del CB. El pequeño Volkswagen negro ya estaba cubierto de oro blanco. Morin barrió rápidamente los cristales con el dorso del brazo y se acercó a Vero, que se disponía a sentarse al volante.

—Conduzco yo —dijo—. Tú estás demasiado nerviosa. Una vez dentro, charlamos de esto y de lo otro. Podemos hablar de Sam; en realidad, lo normal sería que lo hiciéramos. Pero ni una palabra sobre el taller, ¿de acuerdo?

Vero lo miró con dos signos de interrogación en los ojos, que no tardaron en iluminarse cuando comprendió a Morin: sospechaba que había un micrófono.

—¿De verdad crees que...?

—No lo sé.

Salieron del aparcamiento y giraron a la derecha, en dirección a Le Mont-sur-Lausanne. Morin paró en una gasolinera. Vero iba a decirle que el depósito estaba a tres tercios de su capacidad, pero Morin se inclinó hacia ella y la besó en la boca. Cuando retrocedió con una sonrisa y los ojos fijos en los suyos, Vero comprendió que debía callar.

Morin se apeó, añadió cinco litros del surtidor, entró a la tienda para pagar y regresó con el periódico *24 heures* bajo el brazo. Luego, volvió a arrancar y, evitando las arterias principales, atravesó zonas rurales por carreteras secundarias. Hablaron un poco de Sam y de la incompetencia de los policías. Vero no era muy buena actriz, tendía a sobreactuar. Morin optó por poner fin a la conversación.

—Necesito un café —dijo señalando un centro comercial a su izquierda.

Vero se echó a reír.

—¿El Migros de Romanel? Esperaba algo un poco más romántico.

—Lo siento, princesa, por aquí no conozco muchos sitios. Aprovecharemos para hacer unas compras.

Vero hizo caso omiso del sobrenombre, diciéndose que, después de todo, Morin debía de saber lo que hacía y que quizá la había llamado así adrede, para irritar a Sam.

Estuvieron cincuenta minutos en el centro comercial. Se tomaron un café charlando de cosas triviales: a su alrededor había demasiada gente para tratar temas serios. Luego, compraron pan, queso y algo de fruta para la cena.

A continuación, reanudaron la marcha en dirección a Lausana. Antes de llegar a la autopista, el motor del pequeño Volkswagen empezó a toser, avanzaban a trompicones. Morin miró por el retrovisor. El coche iba dejando una estela de humo.

—¿Qué ocurre? —preguntó Vero, preocupada.

—No lo sé. Esto no es normal. ¿Te ha pasado otras veces?

—No, nunca.

—Quizá deberíamos ir a un taller, ¿no crees? ¿A cuál sueles ir?

Morin le sonrió. Vero comprendió.

—A Amag Crissier.

—Muy bien, pues vamos.

Ella no le hizo más preguntas.

Amag Crissier era un concesionario de Volkswagen, Audi y Seat como tantos otros de la Suiza romanda. La parte delantera, acristalada y espaciosa, estaba dedicada al *showroom* y la posterior, más discreta, al taller mecánico.

Morin entró directamente en el taller con el coche. Un hombre vestido con mono de trabajo le indicó un sitio libre encima de un elevador. Morin se fijó en las marcas del suelo, alineó las ruedas con los raíles y estacionó sobre el aparato hidráulico. Luego, salió con Vero del vehículo.

Se dirigieron hacia el mecánico, al que, ante los sorprendidos ojos de Vero, Morin saludó con un caluroso apretón de manos.

—¿Ningún problema? —le preguntó Morin.

—Ninguno —respondió el hombre—. El jefe del taller se ha mostrado cooperativo y muy discreto.

Morin hizo un gesto con la barbilla hacia el coche de Vero.

—Míramelo con lupa.

—¿Qué busco?

—De todo. Baliza GPS, micrófonos, programas espía, todo lo que se te ocurra. ¿Has traído la máquina?

—Sí. ¿La instalo en el maletero?

—Como siempre. Eres un genio, Manu, no sé qué haría sin ti.

El hombre del mono sonrió, se alejó en dirección al coche y accionó el elevador. Vero se acercó a Morin.

—Y ahora ¿me lo explicas? —le preguntó en voz baja.

15

El Centro Universitario Romando de Medicina Legal estaba en la calle Michel-Servet, detrás del hospital. Con óptimas condiciones de circulación, rarísimas en Ginebra, el trayecto desde Carl-Vogt se hacía en diez minutos bordeando el Arve. Ana y Stéphane emplearon casi una hora.

El CURML contaba con siete sedes repartidas por toda la Suiza francófona. Se habían abierto filiales en Nyon, Rennaz, Yverdon, Givisiez y Delémont, y también se habían creado sinergias con el hospital de Sion, pero solo se realizaban autopsias en las dos principales sedes, la lausanesa y la ginebrina.

Los dos policías entraron en el edificio E y atravesaron la esclusa de seguridad: tres puertas metálicas rojas integradas en una gran pared de cristal que dividía el pasillo en dos. El forense los esperaba en su despacho, en la planta octava. Los invitó a tomar asiento, descolgó el teléfono y pidió tres cafés.

—Tengo las respuestas a dos de sus preguntas de esta mañana —dijo—. Empezaré dándoselas y me guardaré la sorpresa para el final. ¿Les parece bien? —Ana y Stéphane asintieron con la cabeza, impacientes por oír al forense, que continuó—: Primero, el falso sello. La extracción de la piel fue casi perfecta, imposible de realizar de forma artesanal con un cuchillo u otro objeto cortante de uso cotidiano, por afilado que estuviera. Mis compañeros y yo hemos llegado a la conclusión de que el autor utilizó un dermatomo, un aparato profesional que sirve para obtener piel para injertos. Se usa principalmente para tratar a grandes quemados, pero no solo.

—Imagino que no es un aparato fácil de conseguir... —dijo Ana.

—Teóricamente, no —respondió el forense—, pero ya saben que hoy en día en internet se puede comprar cualquier cosa. El problema no es tanto conseguirlo, sino saberlo utilizar correctamente. O el autor ha recibido formación, o se ha entrenado hasta obtener este resultado.

—¿*Post mortem?* —preguntó Stéphane.

—*Ante mortem.* La operación se efectuó sobre una persona viva; en el momento de la retirada, los vasos sangraban.

—¿Y la imagen del sello?

—*Post mortem.* No es un tatuaje propiamente dicho, el autor no utilizó agujas. El dibujo se hizo mediante una impresora láser de muy alta definición. Un aparato profesional. Sobre piel viva, habría provocado quemaduras y microsangrados. No es el caso.

—¿Quién puede tener conocimientos tanto para utilizar un dermatomo como para realizar una falsificación tan perfecta como esa? —preguntó Ana.

—Eso tendrá que averiguarlo usted, inspectora. Yo me limito a hacer constataciones científicas.

Llamaron a la puerta del despacho, y un joven secretario entró con una bandeja y tres cafés. El forense le dio las gracias, y el chico se fue. Luego, el médico se volvió hacia la pantalla de su ordenador y continuó:

—Eso, por lo que respecta a su primera pregunta. La segunda: la UGF acaba de enviarme los primeros resultados sobre el ADN.

La UGF era la Unidad de Genética Forense del CURML. El forense imprimió dos copias de un sucinto informe y se las entregó a sus interlocutores.

—Como podrán ver, las muestras tomadas del estómago y de la piel del sello presentan alelos idénticos: provienen de una misma y única persona de sexo masculino. El problema es que ese ADN no está registrado en la base de datos federal. Lo único que podríamos hacer en estos momentos es intentar un fenotipaje, pero...

—... la ley que lo autoriza aún no ha entrado en vigor —completó Fivaz.

—Exacto, aunque es cuestión de días.

Los dos científicos comprendieron que Ana se había perdido y esperaba una explicación. Su compañero de la Científica se animó a dársela:

—En la actualidad, la ley sobre el ADN solo permite definir el sexo del autor de un delito. Con la tipificación fenotípica, también se podrá saber el color de sus ojos y su pelo, su edad y su origen étnico. Políticamente, este último punto no gusta ni a la izquierda ni a los Verdes. En cualquier caso, la técnica del fenotipaje aún no está totalmente a punto y probablemente nunca será una prueba absoluta, al menos en un futuro próximo. Pero, quién sabe, dentro de unos años quizá incluso se pueda reconstruir el rostro de alguien gracias a su ADN. Imagínate todos los casos pendientes que se podrían resolver mediante esta técnica. Algunos autores de homicidios, atracos, incendios y otros delitos graves que se han escabullido entre las mallas de la red tienen motivos para preocuparse.

—No imaginaba que se pudiera saber la edad de una persona gracias a su ADN —admitió Ana, asombrada.

—Con unos tres años de margen, sí. El ADN envejece a la vez que el cuerpo. En cambio, nunca se podrá determinar lo que dependa de factores externos como la alimentación o la salud: la altura de una persona, su peso, etcétera.

El forense se levantó y se frotó las manos con una expresión satisfecha.

—Bueno, ¿pasamos a la sorpresa?

Ana y Stéphane lo siguieron por los pasillos de la URMF, la Unidad Romanda de Medicina Forense. Antes de entrar en la sala de autopsias, se pusieron una bata, una cofia, calcetines y guantes.

El forense sacó una bandeja de acero inoxidable de una cámara frigorífica. Contenía un amasijo de carne: los restos del estómago. Una vez diseccionada, la porción del tubo digestivo ya no parecía una bolsa.

—Los tejidos presentan todas las características de una congelación seguida de una descongelación. Probablemente, eso explica que la sangre no goteara del paquete hasta que estuvo en las dependencias caldeadas de la oficina de Balexert. —El forense cogió un escalpelo y una pinza de depilar, levantó el órgano y señaló las dos porciones del tubo digestivo seccionadas en cada extremo—. Esto es el esófago, y esto, el duodeno. Los separan veinticinco centímetros; así pues, estamos ante el estómago de un hombre adulto.

A continuación, apartó los bordes de una larga incisión practicada durante la autopsia para dejar al descubierto el contenido del estómago. Los restos de una papilla negruzca y maloliente hirieron el olfato de los dos policías, que también vieron un poco de sangre y, en medio, una especie de gruesa larva sucia, indefinible.

—La muerte, la ablación del estómago y la congelación del órgano debieron de producirse muy poco después de la última «comida» de la víctima, lo que impidió que los jugos gástricos realizaran la digestión.

—¿Y esa cosa? —preguntó Ana señalando la gran larva.

—Esa cosa, como la llama usted, es la sorpresa. Fue ingerida, sin masticar, por el dueño de este estómago. Indica que en este caso no hay una sola víctima, sino quizá tres. Es un feto humano.

16

Crissier.

En el taller mecánico, el hombre del mono se había situado debajo del Volkswagen y, con una linterna, inspeccionaba minuciosamente el chasis y los guardabarros.

—¿Qué? ¿Me lo explicas? —insistió Vero.

Morin le sonrió.

—Te presento a Manu.

—¿Conocías a un mecánico de Amag Crissier y no me has dicho nada?

—Este chico no es mecánico, es poli. Es un compañero, un colega, un genio de la informática y la tecnología. Ha venido de Ginebra. De vez en cuando, nos hacemos pequeños favores.

—Pero... ¿y el dueño del taller?

—Ya has oído a Manu: se ha mostrado comprensivo. Una placa de policía suele abrir puertas.

—¿Qué le has hecho a mi coche?

—Nada grave, tranquila. Le he echado un poco de diésel a la gasolina. Eso hace que el coche tosa y eche humo, pero es inofensivo para el motor, si no te pasas con la dosis.

—¿Y para qué?

—Para que, si Sam nos seguía, no le extrañara que fuéramos a un taller. Si no, podría haber desconfiado.

Vero se quedó boquiabierta. Morin había pensado en todo. Su gesto la conmovió.

—Entonces ¿me crees? ¿No me tomas por una loca, como todos los demás?

—Por supuesto que te creo. Vamos a atrapar a ese cabrón.

Como le había pedido Morin, Manu Junod lo miró todo con lupa. Tras una hora larga de inspección, volvió junto a ellos limpiándose las grasientas manos con un trapo.

—Baliza GPS —confirmó.

—¿Dónde?

—Conectada a la batería y bien camuflada. Una técnica propia de la poli, no de un simple aficionado.

—¿La has dejado donde estaba?

—Por supuesto.

—¿Algo más?

—No. El resto del vehículo está limpio. Podéis iros a casa, he vaciado el depósito y vuelto a llenarlo de gasolina.

—¿Y la máquina?

—Instalada en el maletero. Puedes utilizarla desde el asiento del acompañante.

—Perfecto. Aparcaremos en la rue Mercerie, delante de casa de Vero. Reúnete allí con nosotros, pero no nos sigas. Deja el coche en La Riponne, te esperaremos en el piso. Sobre todo, no hay que despertar las sospechas de ese tipo si está por allí. Y espero que esté.

Una vez en casa de Vero, Junod la inspeccionó con un detector de micrófonos y cámaras. Examinó la televisión, el ordenador, el teléfono, incluso un altavoz bluetooth. Desatornilló las lámparas de techo y, luego, volvió a ponerlas en su sitio.

—Nada —dictaminó.

—¿Y la pared del dormitorio?

—Ya la he examinado. Nada. ¿Se puede pasar al otro lado?

Fueron al piso vecino, en obras. Junod inspeccionó escrupulosamente la pared medianera con el dormitorio de Vero y se detuvo en un detalle. Morin se acercó.

—¿Has encontrado algo?

—Aquí.

Junod señalaba un punto de la pared, polvoriento pero aparentemente intacto.

—No veo nada —dijo Morin.

—Mira bien.

El inspector se acercó hasta que sus ojos quedaron a unos pocos centímetros del muro y distinguió un agujero minúsculo, del tamaño de una cabeza de alfiler.

—¿Qué es?

—La única vez que he visto un orificio así en una pared fue cuando participé en una investigación conjunta con la PJF. Una técnica de perforación inédita.

—¿La Policía Judicial Federal?

—Sí. La Brigada de Observación de la PJF había pinchado un piso de esta manera, con el micrófono más discreto que jamás haya visto.

Morin se volvió hacia Vero.

—Ve a coger tus cosas, nos largamos.

—¿Y qué cojo? —preguntó la chica, un poco sorprendida.

—Ropa para dos o tres días y un neceser.

—¿Dónde vamos?

—Te llevo de vacaciones.

Comprendiendo que no le diría nada más, Vero soltó un suspiro y regresó a su apartamento. Cuando estuvieron solos, Junod le preguntó a Morin:

—¿Confías en ella?

—¿Qué quieres decir?

—Una baliza colocada al estilo de la policía, un micrófono de tecnología punta que no se ha comercializado... ¿Estás seguro de que tu amiga no te está liando? ¿De que no está implicada en alguna investigación federal?

—Es bibliotecaria.

—¿Y eso qué? No sería la primera vez que detenemos a profes o asistentes sociales a los que jamás habríamos creído capaces de ciertos tipos de tráfico. Además, es rusa, ¿no?

Morin frunció el ceño.

—Un prejuicio estúpido —gruñó—. Nació en Suiza, su padre era profesor en Ginebra.

—Puede, pero a veces los prejuicios tienen una base real. ¿Qué mejor para el gobierno o la mafia rusa (lo sé, vas a decirme que son lo mismo) que recurrir a ciudadanos establecidos en el extranjero desde hace varias generaciones para evitar sospechas?

—Es ridículo —lo atajó Morin—. Confío en ella.

Junod sonrió.

—Muy bien, era lo que necesitaba oír. Los amigos de mis amigos son mis amigos. De todas formas, mi trabajo acaba aquí. Me vuelvo a Ginebra, tengo curro esperándome. Espero que sepas lo que haces. Y no tardes demasiado en devolverme la máquina, se supone que no podemos usarla para asuntos privados. Ya sabes a qué nos arriesgamos si se enteran los de arriba.

—Gracias, Manu. Te debo una.

17

Ana se marchó del CURML a pie. Le había dejado el coche a Fivaz para que pudiera volver a Carl-Voigt, ella no se sentía con ánimos, al menos de momento. Si hacía falta, se las arreglaría con el transporte público. El Hurón le había mandado un mensaje: la fiscal se negaba a interceder ante la IGS para que anulara la suspensión de Mitch. Ana había vuelto a intentar hablar con Morin, sin éxito.

Arrebujada en la chaqueta de plumón, con el fular alrededor del cuello y las manos en los bolsillos, caminaba un poco al azar por las aceras cubiertas de nieve en dirección al casco antiguo. El cardiólogo le había aconsejado ese ejercicio al menos media hora al día. Hasta ahora nunca le había hecho caso. Su sobrepeso no ayudaba, le dolía la espalda, se ahogaba enseguida y las articulaciones la martirizaban.

Pero el frío aniquilaba todos sus dolores. Y obligaba a su mente a focalizarse en otra cosa. Las imágenes desfilaban por su cabeza: la sangre que goteaba del compartimento, el estómago en la caja, el sello de piel humana y, ahora, aquel feto casi intacto, que había pasado de un saco amniótico a una bolsa gástrica llena de comida a medio digerir.

¿Qué enfermo podía haber cometido semejante atrocidad?

¿Y por qué?

Pero ¿habría un porqué? Un loco no precisaba necesariamente un móvil, aunque Ana estaba convencida de que la minuciosidad de la escenificación, las precauciones que había tomado el autor y la cita de Aristóteles sobre el corazón denotaban cierta inteligencia y la voluntad hábilmente orquestada de enviar un mensaje.

Pero ¿cuál?

¿Quiénes eran los padres de la criatura en gestación? Su madre ¿seguía con vida? ¿Había sufrido un aborto espontáneo? ¿O le habían arrancado aquel embrión del mismo modo que le habían extirpado el estómago al desconocido de sexo masculino? El forense intentaría resolver esas dos últimas incógnitas —y también otras, como el ADN del feto—, pero tardaría algún tiempo. Como siempre.

Ana bordeó el parque de Les Bastions por la rue Saint-Léger. A través de la rala vegetación invernal, el imponente edificio de la Biblioteca de Ginebra, una de las principales y más antiguas bibliotecas públicas generalistas de Suiza, dominaba aquel vasto espacio de relajación y ocio conocido en otros tiempos como la «Belle Promenade». Muy frecuentado en la estación cálida, en esos momentos el parque estaba casi desierto. Un poco más adelante, a la derecha, estaba el Consulado General de Francia; luego, el palacio del Ateneo, sede y propiedad de la Société des Arts, cuyo suntuoso exterior recordaba los más prestigiosos edificios parisinos. Ana recorrió un pequeño túnel de piedra bajo la calle del mismo nombre y, a continuación, subió trabajosamente la calle serpenteante que llevaba a la place de Le Bourg-de-Four. Corazón de la ciudad vieja, próxima a la catedral de Saint-Pierre, la plaza en forma de reloj de arena albergaba un buen número de establecimientos públicos. Y también el Palacio de Justicia, que Ana conocía bien de los tiempos en que aún era la sede de la fiscalía y los juzgados de instrucción.

Se detuvo un momento y miró a su alrededor, jadeando. Le gustaba aquel sitio en pleno invierno, aquel espacio liberado de las terrazas abarrotadas de la época estival, con sus árboles desnudos y cubiertos de escarcha, y su fuente adornada con encajes de hielo.

Su hija Paola vivía no muy lejos de allí, con su novio. Su padre le había encontrado un piso en el tranquilo y codiciado barrio de Les Tranchées, a un tiro de piedra de la iglesia rusa. Una vivienda totalmente renovada, en un edificio con carácter, con vistas a la ciudad vieja, el lago y el Jet d'Eau. Alto standing, demasiado alto para una chica de veinte años. Desde el divorcio, el padre mimaba a sus hijos todavía más que en los tiempos de la vida en común, y hacía ostentación de su poder y su dinero para aumentar su ascendiente sobre ellos. No les hacía ningún bien, y Ana no se había privado de decírselo, pero nadie la había escuchado. En aquella historia, ella era la mala.

Desde el divorcio, su exmarido había adoctrinado a los niños y utilizado todos los argumentos para conseguir que Ana perdiera la custodia sobre ellos, hasta acabar con sus ganas de verla. Ella nunca había podido ejercer su derecho de visita, fijado no obstante por el tribunal civil. El juez le había explicado que, dada la edad de sus hijos, tenían derecho a decidir. Debido a sus problemas en el trabajo, que habían menoscabado su credibilidad como madre responsable y su propia autoestima, y también de la depresión en que se había hundido tras la desaparición de Lucille, había arrojado la toalla. Como autocastigo.

Cuatro años ya sin noticias de Paola, salvo muy de cuando en cuando a través de un tercero: alguien que se había cruzado con ella en la calle por casualidad y que se lo había dicho a Ana. Pero era poco habitual; de la última vez, hacía varios meses. Hasta podía ser abuela y no haberse enterado.

Sintió que se le hacía un nudo en la boca del estómago y se presionó el abdomen con las manos. Se moría de ganas de cruzar los bulevares Dalcroze y Helvétique, llamar al timbre de Paola y estrecharla entre sus brazos.

Se miró las manos y el protuberante abdomen, que desde luego no tenía el encanto del de una embarazada. Pensó en el feto, en aquel pequeño ser, víctima también él de la locura humana. La vida era tan corta... Y para algunos aún más que para otros. La suya estaba tocando a su fin, lo presentía.

Al pasar ante el Museo de Arte e Historia, Ana ya sabía cómo la recibiría su hija. Pero una fuerza invisible la arrastraba hacia el barrio de Les Tranchées.

Una vocecilla interior le susurraba que diera media vuelta; otra, que probara suerte. Después de todo, habían pasado cinco años desde que se había ido de casa, y, según decían, el tiempo lo curaba todo. Paola había heredado su carácter, y quizá su orgullo le impedía dar el primer paso.

Con mano temblorosa y vacilante, llamó al interfono de la entrada del edificio y esperó unos segundos, que le parecieron horas. Por un instante, estuvo a punto de dar media vuelta y huir a toda prisa de aquel sitio, que sentía hostil.

El interfono crepitó.

—¿Sí?

Ana reconoció la voz de su hija.

—Soy... tu madre.

Hubo un largo silencio; luego, ruido de pasos y un intercambio de frases medio ahogadas, que no comprendió. Por fin, una voz de hombre sustituyó a la de Paola. Ana comprendió que era el novio de su hija.

—¿Señora Bartomeu?

—Sí, quería hablar con Paola.

—Ella no quiere hablar con usted. Lo siento.

—¿Podría escucharme, al menos?

Nuevo silencio.

—No, lo lamento —respondió al fin la voz masculina—. Debería irse. Paola dice que, si no, llamará a la policía.

«Pero qué gilipollas... —pensó Ana—. ¡La policía soy yo!».

Oyó un clic: fin la conversación. Volvió a la dura realidad: el tiempo no había curado nada. Mentira.

Con un nudo en el estómago y al borde de las lágrimas, Ana regresó al casco antiguo. Le costó Dios y ayuda concentrarse en la misión que se había fijado. Al fin y al cabo, si había caminado hasta allí no había sido al azar ni para ver a su hija, ¡una idea de lo más estúpida!

Una calleja empedrada y resbaladiza descendía desde Bourg-de-Four hacia la zona comercial de la ciudad baja, a lo largo de los muros fortificados del mirador Agrippa-d'Aubigné.

Ana seguía fustigándose por haber sido tan ingenua con su hija, cuando divisó la puerta del garito que buscaba. Una escalera exterior, una puerta al nivel del sótano, un letrero discreto. Interior en penumbra, un leve tufo a marihuana, humo en abundancia... El propietario ya había recibido dos avisos de cierre administrativo, pero, gracias a su abogado, se había librado con sendas multas aleccionadoras. Estaba claro que la espada de Damocles que pendía sobre su cabeza no pesaba mucho.

Ana se cruzó con algunas caras conocidas, toxicómanos a los que había detenido en su época en Estupefacientes. No la reconocieron; normal, había cambiado mucho.

La cerveza corría en abundancia sobre un fondo de música grunge de los años noventa. Detrás de la barra, los ojos del camarero rezumaban THC. Los de la camarera que se desplazaba por la sala también lanzaban un mensaje claro, aunque distinto. Lo suyo era la heroína. Ana imaginaba las marcas de los pinchazos bajo las mangas de su jersey ajustado. Estaba más flaca que una anoréxica.

Atravesó la sala llena de humo. Al fondo, vio a un hombre solo, medio derrumbado sobre un viejo banco corrido de madera. O más bien lo que quedaba de un hombre vencido por el alcohol. Delante de él, una pinta medio vacía, seguramente la décima del día. No eran más que las tres de la tarde.

Ana suspiró. Su hija, el novio de su hija... podían irse todos al carajo. La fiscal Sonia Vino, también. Se acercó y se detuvo ante la mesa del hombre, que alzó hacia ella unos ojos turbios y cansados.

—Hola, Mitch. ¿Podemos hablar?

18

Lausana.

Cuando Junod se marchó, Vero y Morin esperaron media hora y, luego, abandonaron el piso y fueron a por el coche en la rue Mercerie.

—Deja la maleta en el asiento trasero —dijo Morin—. El maletero está lleno.

Vero comprendió: la famosa máquina que había instalado Manu.

—¿Conduces tú?

—No, ponte al volante. Pero no arranques aún. Espera mis instrucciones.

Subieron. En el asiento del acompañante, Morin abrió un pequeño ordenador portátil, conectado a la máquina mediante un cable que recorría el habitáculo. Abrió un programa y empezó a teclear.

—¿Qué es eso? —le preguntó Vero.

—Un IMSI-catcher.

—¿Y para qué sirve?

Morin introdujo un identificador y una clave, y el programa arrancó.

—Hoy en día todo el mundo tiene un teléfono móvil. Si se sabe el número de alguien, se pueden oír sus conversaciones, interceptar sus mensajes y todos sus movimientos en internet y, sobre todo, localizarlo. Pero ni tú ni yo sabemos el número de Sam. Este aparato nos lo va a decir.

—¿Cómo?

—El IMSI-catcher es una antena privada más potente que las de los operadores telefónicos. Cuando lo pones en marcha, anula al instante las antenas oficiales de la zona, y todos los aparatos que están en ella se conectan automáticamente a la máquina. Dicho de otro modo, «atrapas» los números IMSI, de ahí el nombre de esta joyita. Pero no hay que utilizarlo demasiado tiempo si no quieres perturbar el tráfico de las telecomunicaciones.

Vero abrió los ojos como platos. No estaba segura de haberlo entendido. Morin encendió la máquina y la apagó un cuarto de hora después.

—¡Ya está! —dijo.

—¿Tenemos su número?

—Todavía no. Pero, si Sam está en la zona, su número debe ser uno de estos. —Consultó el resultado—. Hay quince mil seiscientos veintitrés números registrados —concluyó.

Vero estuvo a punto de echarse a reír.

—¿Y cómo hacemos para averiguar cuál es el de Sam?

—Paciencia, princesa... Arranca.

—¿Adónde vamos?

—A la autopista, en dirección a Ginebra.

La nieve había dejado de caer, pero seguía cubriendo la calzada. Vero conducía con precaución, aunque era incapaz de ocultar su estrés. Rodearon la catedral, pasaron por detrás del palacio de Rumine y bajaron hacia la place de La Riponne. Luego, se dirigieron hacia La Pontaise y el aeropuerto Lausana-Blécherette.

En la autopista, la circulación era lenta, pero aún no se había formado un auténtico atasco, no era la hora punta. En cambio, la vía contraria estaba paralizada debido a las salidas por las vacaciones. Todo el mundo se dirigía al Valais y las estaciones de esquí para pasar allí las fiestas de fin de año.

Al acercarse al intercambiador de Villars-Sainte-Croix, Morin indicó a Vero que torciera a la izquierda, en dirección a Yverdon-Neuchâtel.

—¿No vamos a Ginebra?

—No. Y no mires por el retrovisor cada dos por tres.

—No puedo evitarlo —gimió la chica—. Estoy segura de que nos sigue.

—Eso espero. Porque, si no nos sigue, todo esto no servirá de nada. Pero seguramente no va justo detrás de nosotros. La baliza GPS le permite dejar cierta distancia entre su coche y el nuestro para evitar que lo descubramos.

Durante unos veinte kilómetros, la autopista bordeaba los distritos principalmente agrícolas del Gros-de-Vaud y el Nord Vaudois, inmensas extensiones de campos blancos hasta donde alcanzaba la vista. Debido a las condiciones meteorológicas, los conductores circulaban con precaución; los camioneros ponían las cadenas a sus tráileres en el área de descanso de Bavois. En las estacas que delimitaban los campos, se veían aquí y allí rapaces hambrientas. De vez en cuando, un tímido rayo de sol atravesaba el manto de nubes y reverberaba en la nieve.

Morin y Vero cruzaron el pueblo de Chavornay y, en el enlace de Essert-Pittet, tomaron la dirección Vallorbe-Besançon. La autopista pasaba por un largo puente y luego ascendía campo a través hacia la frontera francesa. A la derecha, un conjunto de edificios protegidos con alambre de púas: los Établissements de la Plaine de l'Orbe, uno de los mayores centros penitenciarios de la Suiza romanda, custodiaban entre sus muros a los presos más peligrosos.

—El futuro hogar de Sam —dijo Vero medio en broma.

—No si lo mato antes —rezongó Morin y le señaló un panel indicador—. Coge la próxima salida.

Así lo hizo Vero.

—¿Adónde vamos?

—A tomar algo.

A Morin le gustaba crear suspense.

Orbe era una pequeña ciudad de siete mil habitantes encaramada en una colina a cuyo pie discurría el río que le daba nombre. Con su castillo, sus antiguos molinos y su pasarela, era un sitio cargado de historia.

Siguiendo las indicaciones de Morin, Vero aparcó el Volkswagen en la place du Marché, cerca del ayuntamiento y la fuente de Le Banneret. Vieron un bar abierto en la Grand-Rue, a un tiro de piedra del coche, entraron y pidieron dos cafés.

—¿Qué hacemos aquí? —preguntó Vero en un cuchicheo.

No podía dejar de mirar a los clientes, aunque era ridículo porque todos estaban allí antes de que ellos entraran, ninguno podía ser Sam.

—Le daremos tiempo para que llegue —respondió Morin—. Luego, volveremos a utilizar el IMSI-catcher.

—¿Por qué?

—Porque es poco probable que varias personas hayan hecho el mismo viaje que nosotros al mismo tiempo que nosotros. Por eso quería evitar una ciudad grande como Yverdon, demasiado arriesgada en términos de probabilidades. Y también, a la inversa, una región totalmente desierta, donde Sam pudiera permanecer a suficiente distancia para no entrar en el área que cubre la máquina.

Vero seguía sin entender el plan de Morin. Aquella tecnología la superaba. Se tomaron el café, se quedaron media hora más en el bar y, luego, volvieron al coche.

En el habitáculo, Morin encendió el portátil y repitió el mismo ritual que en Lausana.

—Dos mil trescientos sesenta y siete números registrados —anunció al fin.

—No es que hayamos adelantado mucho... —opinó Vero, que cada vez comprendía menos la lógica de aquel aparato.

—No te precipites, princesa. Ahora, el ordenador cruza automáticamente las dos listas y... —Morin apretó un botón, y la máquina hizo el trabajo en un segundo—. Cuatro números... —constató el inspector, casi con asombro.

—¿Y eso qué quiere decir?

—Que cuatro de los números que estaban en el sector de la antena que cubre tu casa ahora están aquí, en Orbe. El mío, el tuyo y... ¡otros dos!

19

Ana y Mitch estaban pegados el uno al otro en el rellano del tercer piso de un edificio moderno.

—¿Te apetece follar? —farfulló él con los ojos medio cerrados.

—No, la verdad es que no.

Ana buscaba en los bolsillos del pantalón de su compañero.

—Mi polla está más a la izquierda.

—Déjate de gilipolleces. ¿Dónde tienes las llaves?

Habían tardado veinte minutos en recorrer los cien metros que separaban el bar de mala muerte del piso de Mitch, en la rue de Rive. Estaba borracho y apenas se tenía en pie; ella lo había llevado como había podido. No es que pesara mucho, quizá la mitad que Ana, pero le dolía la espalda y él era un peso muerto. De no ser por ella, seguramente se habría derrumbado en la calle y dormido sobre un montón de nieve.

Tras la salida del trabajo, la rue de Rive se transformaba en un hormiguero gigantesco, en un ballet de pingüinos endomingados. Bajo un dosel de luces navideñas a cuál más suntuosa, banqueros, joyeros, abogados de empresa y otros ricachones aprovechaban para hacer las últimas compras a toda prisa antes de coger un taxi o el tranvía, o meterse en un aparcamiento para volver a casa.

Ana y Mitch se habían cruzado varias veces con gente que los había mirado mal. Ana había hecho caso omiso, aunque se imaginaba lo que pensaban: «¿Has visto al alcohólico y la gorda, borrachos como una cuba a media tarde? Estos parásitos celebran la Navidad a su manera, a costa de los contribuyentes. Me daría pena si no me cabreara tanto».

Bolsillo del pantalón, tintineo metálico, manojo de llaves... Ana abrió la puerta con la mano izquierda sin dejar de sujetar a Mitch con el brazo derecho. «¡Joder, lo que pesa este animal, aunque no pase de los sesenta kilos!».

Lo arrastró directamente al cuarto de baño y lo sentó vestido en el plato de la ducha italiana.

—Si quieres follar —barbotó él con una sonrisa cansada—, tendrás que quitarme el pantalón...

Ana giró el grifo a la derecha y se apartó. El agua fría empezó a caer del techo. Mitch gritó, se debatió débilmente y, por fin, se rindió. Cuando estuvo empapado, empezó a tiritar y sollozar.

—Joder, Annie... —gimió como un niño—. ¿Qué haces tú aquí?

Ana le lanzó una toalla.

—Cámbiate y ven al salón, tenemos que hablar.

Ana había dejado dos vasos de agua encima de la mesita baja, con una aspirina junto al de Mitch. Desordenado y bastante sucio, el piso apestaba a cerrado. Nadie había hecho limpieza desde hacía mucho tiempo.

—Perdón por el caos —dijo el inquilino del piso, que acababa de aparecer en el umbral de la puerta.

Iba descalzo y con el pelo mojado, y se había puesto un pantalón y una camiseta limpios pero arrugados. Fue a la cocina, abrió el frigorífico y buscó una cerveza, pero no encontró ninguna. En el fregadero, cascos de botella.

—Las he vaciado —dijo Ana.

—¿Por qué?

—Te necesito espabilado.

—Nadie necesita a un asesino.

—Tú no has asesinado a nadie.

—Claro que sí. Si hubiera sabido convencer al fiscal para que tomara la decisión correcta, mandar a la cárcel a Rosselet en vez de dejarlo en libertad, su mujer y él seguirían vivos.

—¿Y tú qué sabes? Nadie puede saberlo, y menos los gilipollas de la IGS. Puede que el marido se hubiera colgado en la celda.

—Al menos, su mujer habría sobrevivido.

—O no. Puede que la prisión provisional hubiera exacerbado su ira, que no hubiera soportado que lo sometieran a una evaluación psiquiátrica, que lo tomaran por un loco. Además, ¿cuánto tiempo habría podido tenerlo encerrado el fiscal? ¿Dos meses, tres máximo? ¿Y después? Lo habrían soltado y los habrían encontrado muertos en Salève igualmente.

—Tú tampoco lo sabes.

—Nadie lo puede saber. La psiquiatría no es una ciencia exacta y la Justicia tampoco. Tienes que aceptarlo y pasar página.

Mitch se sentó a su lado, cogió la aspirina y se la tomó con un poco de agua.

—Para ti es fácil decirlo, no lo has vivido.

—Todos tenemos trapos sucios, unos más feos que otros, a veces, escondidos en el fondo de un armario.

El tsunami que se había abatido sobre Estupefacientes cinco años antes había estado a punto de arramblar también con ella. Había barrido a varios de sus compañeros y se había llevado a Lucille por el desagüe. Apaleo de camellos en los Bains de Pâquis, expulsiones ilegales a Francia, desaparición de secuestrados, droga y dinero, seguimientos transfronterizos en el Léman Express y, luego, incluso por las calles de Annemasse sin avisar a las autoridades francesas, y muchas otras cosas más. Ana había conocido todas esas prácticas de primera mano.

—¿En qué punto está el caso Rosselet? —preguntó—. ¿Has tenido noticias del fiscal de Neuchâtel?

Mitch sonrió y bebió un trago de agua.

—Aún no ha tomado ninguna decisión, pero es majo ese Jemsen. Muy humano, no como algunos de aquí, que ya podrían aprender de él. Me tomó declaración en presencia de su secretaria judicial, una tal Flavie Keller, también muy maja. Más bien me tranquilizaron, pero...

—No lo suficiente para aliviar tu conciencia.

—Eso mismo. De todas maneras, mi vida está jodida. No tardaré en quedarme sin trabajo, mi novia me ha dejado...

—¡Ah!, pero ¿tenías novia?

Ana nunca lo había visto con una chica. En realidad, se dio cuenta de que nunca se había interesado realmente por la vida privada de Mitch. Como muchos de sus compañeros, había acabado pensando que era homosexual. Un prejuicio estúpido.

—Bueno, para ella no era algo serio. Pero yo estaba colado. Nunca he tenido suerte con las mujeres. No tendría suerte ni contigo, Annie.

Ana frunció el ceño.

—¿Cómo debo entender eso?

Mitch se dio cuenta de su torpeza.

—Oye, perdona, no es lo que quería decir... Yo...

—¡Claro que sí! Y tienes razón. En cinco años, no he echado más que un polvo, y no fue precisamente memorable. Si te dijera que me da igual, mentiría. Pero, francamente, cuando veo mi cuerpo en el espejo, ni yo follaría conmigo. Dicho lo cual, tienes razón sobre otra cosa: tampoco estoy tan desesperada como para acostarme contigo.

Mitch sonrió.

—Vale, empate, quedamos en tablas. Pero quizá a partir de un malentendido... ¡Tranquila, es broma! Cambiando de tema, sigo sin entender qué haces aquí, aparte de jugar a ser el hada madrina de Alcohólicos Anónimos. ¿De qué querías hablarme?

20

Orbe.

Morin volvió a cerrar el portátil y lo deslizó debajo del asiento del acompañante. Frente al volante, Vero estaba casi tan blanca como la alfombra que cubría el pavimento de la place du Marché.

—¿Dos números? —balbuceó—. ¿Quiere eso decir que nos han seguido dos personas desde Lausana?

—No necesariamente —respondió Morin—. Puede que Sam tenga dos móviles.

Vero no podía evitar mirar a todas partes. Se adivinaba alguna silueta que cruzaba la plaza con la cabeza baja y las manos en los bolsillos, desafiando al mal tiempo.

—¡Para! —le ordenó Morin—. No es probable que esté en los alrededores. Si nos observa, lo hará de lejos.

—¿Y tú qué sabes? ¡Ese tío es un enfermo! No hace las cosas como el resto de la gente. Estoy convencida de que está muy cerca, lo siento, está jugando con nosotros y seguro que eso lo excita.

—Puede, pero en ese caso no hay que darle la sensación de que desconfiamos. Bésame como si estuvieras muy contenta de que te lleve de vacaciones. Y, luego, arrancas. —Vero se inclinó hacia él y depositó un tímido beso en sus labios—. Hazlo un poco mejor —dijo él sonriendo—; si no, va a pensar que no estás enamorada de mí.

La chica suspiró, besó a Morin con más pasión y encendió el motor.

—¿Adónde vamos?

—A un sitio lo bastante escondido y alejado de aquí para que no haya la menor posibilidad de que otra persona haga el mismo trayecto que nosotros por casualidad. Cuando estemos allí, haremos un tercer rastreo con la máquina y veremos si sigue habiendo cuatro números.

—¿Y si es así?

—Aún tengo dos comodines que me permitirán afinar las búsquedas: una llamada a un amigo y esto.

Morin le enseñó una especie de pistola con una placa triangular en el lugar que debería haber ocupado el cañón. Parecía un modelo en miniatura de ala delta colocado sobre la empuñadura de un arma corta.

—¿Qué es?

—Una antena portátil conectada al IMSI-catcher. Permite localizar un teléfono dentro de un radio de diez metros.

—Podríamos usarla aquí, ¿no?

—Paciencia, princesa, paciencia.

Salieron de Orbe, tomaron la autopista y volvieron a pasar frente a los EPO. Cubiertos de nieve, los edificios y los muros exteriores de la prisión se mimetizaban con el resto de la planicie: inmensas extensiones agrícolas hasta donde alcanzaba la vista. En la mente de Vero, encierro y libertad se codeaban, un poco como los gulags perdidos en medio de la tundra siberiana. En la intersección de Essert-Pittet tomaron la dirección de Yverdon. Un largo puente vial en obras atravesaba el campo al oeste de la ciudad. A la derecha, los decrépitos edificios se fundían con el gris del cielo.

Grandson, Champagne, Onnens, Concise... Las últimas localidades del cantón de Vaud desfilaron en el paisaje invernal. A la derecha, las rachas de viento levantaban roción en el lago de Neuchâtel, cuyos múltiples tonos oscilaban entre el verde y el gris. Las luces de tormenta estaban encendidas, aunque no había ni un solo barco.

Morin tecleaba en su móvil; estaba intercambiando mensajes con alguien. Vero no le preguntó nada. Parecía muy concentrado, no quería molestarlo, aunque estaba impaciente por conocer la marcha de la investigación.

Abandonaron Vaud y entraron en el cantón de Neuchâtel. En los túneles de La Béroche, Morin recibió una llamada. La cogió.

—Hola, ¿te han respondido? —La luz de los faros se intensificaba conforme se adentraban en el túnel, y Vero se quitó las gafas de sol que, minutos antes, protegían sus ojos del espejeo del lago—. De acuerdo. ¿Y el otro? —preguntó Morin. Atento, asintió con la cabeza y concluyó—: Vaya, que no hemos adelantado nada. ¿Intentas cruzar datos? —Vero miró a Morin de reojo y captó la sonrisa que le iluminó la cara fugazmente—. Eres un genio, mil gracias. Hasta luego —dijo, y cortó la llamada.

—¿Quién era? —le preguntó Vero.

—Manu. Ha recibido la información del CCIS sobre las dos conexiones.

—¿El CCIS?

—El Call Center Information System, una base de datos de la Confederación que permite obtener información sobre los usuarios de los servicios de telecomunicaciones. Uno de los dos números pertenece a una sociedad de Ginebra, Manu se informará en el registro mercantil. El otro está registrado a nombre de una persona que no existe.

—¡Es el de Sam! —exclamó la chica.

—Puede —admitió Morin.

Bordearon el lago de Neuchâtel y, luego, la región de Entre-deux-Lacs. A la derecha, con sus entramados de tuberías, sus tanques de almacenaje y sus torres de destilación, la refinería de Cressier, la única que seguía activa en Suiza, parecía una cochambrosa nave espacial de una vieja película de ciencia ficción.

Un poco más adelante, las localidades contiguas de Landeron y La Neuveville señalaban a la vez el final de la autopista y la frontera con el cantón de Berna. El lago de Bienne lucía los mismos colores que el de Neuchâtel, con aguas menos agitadas. La isla de Saint-Pierre, cuyo habitante más célebre había sido Rousseau, formaba una larga lengua de tierra salvaje medio camuflada en la grisura.

Luego, venían quince kilómetros de carretera cantonal, jalonada también por obras: velocidad reducida, numerosos radares y adelantamiento prohibido. De todas formas, las condiciones invernales no lo permitían. Atravesaron localidades de nombres con resonancias germánicas que recordaban los pueblos fantasmales de los viejos wésterns, con sus habitantes refugiados en casa debido al frío. Luego, la ciudad de Bienne, también desierta, con sus bares y tiendas alternativos, santuarios del tráfico de heroína y cocaína, según algunos.

A continuación, tomaron la Transjurane en dirección al Jura y Francia. La autopista serpenteaba a través de valles que Morin encontraba tristes y anclados en el pasado. Un ginebrino de viaje por el Jura experimentaba, poco más o menos, lo que un parisino de paso por el Berry: la desubicación del urbanita que llega a una campiña remota. A Morin no le cabía en la cabeza que ahí se pudiera vivir bien, mientras que para los nativos de la región Ginebra era sinónimo de pesadilla: demasiado ruido, estrés y contaminación. De hecho, allí la nieve era más abundante y más blanca, pero también menos opresiva que en las grandes ciudades.

La Transjurane recorría el valle de Tavannes, con sus pueblos engastados entre la montaña de Moron al norte y la de Montoz al sur a lo largo del río Birse; luego, pasaba cerca de Moutier, la pequeña ciudad motivo de disputa entre berneses y jurasianos: hoy en día, ya no se sabía si pertenecía a los unos o a los otros, debido a las sucesivas votaciones y recursos contra los resultados de las mismas.

A la salida de un largo túnel, Vero, siguiendo las indicaciones de Morin, se apartó de la autopista y se dirigió hacia Delémont, la capital del cantón del Jura. Evitaron el centro de la ciudad tomando una de las vías principales, que tenía al norte la estación de tren y bordeaba una zona industrial y comercial cuya organización urbanística dejaba bastante que desear, franquearon un buen número de rotondas y estacionaron en la carretera de Porrentruy, delante de un edificio alargado de paredes rosas y postigos blancos: el hotel La Tour Rouge. Habían salido de Orbe hacía dos horas, estaba anocheciendo. Vero apagó el motor.

—¿Y ahora qué hacemos? —preguntó.

—Dormiremos aquí. He reservado una habitación. Pero vamos a quedarnos diez minutos en el coche para que a Sam le dé tiempo a llegar al sector de la antena que cubre este barrio.

Aguardaron en un silencio opresivo. Luego, Morin se colocó el portátil sobre las rodillas y puso en funcionamiento el IMSI-catcher. Aparecieron cuatro mil seiscientos cincuenta y un números. Cuando el programa acabó de cruzar listas, solo quedaron tres. El número de la sociedad ginebrina había desaparecido.

Morin cogió la antena portátil y seleccionó el teléfono cuyo número estaba registrado con un nombre falso. El mapa que aparecía en la pantalla del ordenador señaló la posición del aparato con un punto rojo. Se encontraba en la carretera de Porrentruy, delante del hotel La Tour Rouge, en el mismo sitio en que estaba aparcado el coche de Vero.

Morin la miró. Estaba lívida; parecía aterrorizada.

21

Ana le resumió el caso a Mitch: el hallazgo del paquete en Balexert, las grabaciones de las cámaras de seguridad de Lausana, el falso sello de piel humana, el feto encontrado casi intacto en el estómago y el mensaje escrito a mano.

Mitch parecía prestarle atención, aunque, de vez en cuando lo veía echar un vistazo al frigorífico. Seguramente tenía ganas de beberse una cerveza, pero no quedaba ninguna. Cuando Ana finalizó su relato, Mitch soltó un suspiro y, con voz pastosa, le preguntó:

—¿Por qué has venido a buscarme, Annie?

—Necesito un compañero.

—Estoy en el banquillo, ya lo sabes. ¿Por qué yo y no otro?

Ana había evitado deliberadamente hablarle de Morin, sabiendo que lo odiaba desde el caso Rosselet.

—Porque conoces Correos a fondo. Podrías responder a muchas de mis preguntas y, quién sabe, incluso abrirme algunas puertas.

—¿Crees que el asesino podría trabajar en Correos?

—Aún no tengo a nadie en el punto de mira. Es una posibilidad entre otras muchas.

Mitch sonrió.

—En ese caso, yo podría entrar en la lista de sospechosos...

—Déjate de gilipolleces, hablo en serio. Pero, desde luego, estás lo bastante loco como para razonar como nuestro asesino. «El corazón es la sede de las emociones, las pasiones y la inteligencia». ¿Qué te sugiere esa frase?

Mitch se encogió de hombros.

—No sé, alguien culto, y también enamorado. Pero puede que en ese mensaje el corazón no sea el de un ser humano...

—¿En qué estás pensando?

—Tengo un vago recuerdo de mis años en Correos. En el argot de la casa, llamábamos «el corazón» al centro de clasificación de paquetes de Daillens.

—¿Por qué?

—Porque, del mismo modo que el corazón distribuye la sangre por todo el cuerpo, el centro de Daillens reparte los paquetes por todos los sectores de la Suiza romanda. Pero no acabo de ver cómo podría encajar eso en este caso, puesto que me has hablado de un solo paquete.

Ana sonrió a su vez y se lo quedó mirando, mientras trataba de disimular su admiración. Tenía la sensación de haberse reencontrado con su compañero de antes de aquel trágico caso de feminicidio. Acababa de resucitar su particular capacidad de deducción. Mitch no pensaba como el resto de la gente, iba más lejos, siempre un paso por delante.

—¿Hay algo que no me hayas contado? —le preguntó Mitch.

—Una cosa de la que me he enterado mientras venía a buscarte: la policía de Vaud ha encontrado otros dos paquetes con sellos similares.

El rostro de Mitch se iluminó.

—¿Dónde?

—El primero en Lausana, precisamente en la oficina desde la que se envió el de Balexert. Estaba en la lista de correos de una empresa de relojería cerrada por vacaciones, pero, a pesar de eso, una empleada ha recogido el correo esta mañana. El paquete estaba vacío, ningún órgano, ninguna carta escrita a mano. La mujer ha vuelto a la sucursal para preguntar por el remitente del paquete, y eso ha alertado al empleado de la ventanilla, que se ha apresurado a llamar a la policía de Vaud.

—¿Y el segundo?

—El segundo se ha descubierto gracias al lugar de expedición del primero: la sucursal de Orbe. Unos inspectores se han desplazado allí a media tarde con una orden de un fiscal de Yverdon. Han pedido a los empleados que abrieran todos los compartimentos de la lista de correos y ¡bingo! Pero el segundo paquete también estaba vacío. El mismo falso sello en ambos casos y el mismo destinatario: una empresa relojera cerrada por vacaciones. Por desgracia, en la oficina de Orbe no tienen cámara de seguridad. Gracias al Post Tracking, han podido determinar el orden de expedición de los paquetes: Orbe, Lausana, Balexert. Una sola y única persona habría tenido tiempo material para desplazarse de Orbe a Lausana.

—Y el paquete encontrado en Orbe, ¿de dónde venía?

—Ahí está el problema. Lo facturaron en Francia. Al parecer, el fiscal de Vaud se ha puesto de acuerdo con la nuestra, Sonia Vino, para que sea ella quien envíe una comisión rogatoria internacional. Ya está en curso.

Mitch se levantó, se acercó al fregadero para volver a llenarse el vaso de agua y volvió junto a Ana con el ceño fruncido.

—En tu historia hay algo que no se sostiene. No se puede mandar un paquete a Suiza desde Francia con un sello suizo.

—Buena observación... —admitió Ana con una mueca—. No conozco todos los detalles y, sobre todo, no he visto fotos de esos dos nuevos paquetes. Solo me han hablado de unos sellos que representan un corazón.

—¿Un corazón? Desde el 2000, el servicio postal francés edita una serie de sellos muy bonitos a los que llama «sellos Corazón». Cada año, encarga el diseño a un gran modisto, como Yves Saint-Laurent o Karl Lagerfeld.

—Entonces, puede que sean esos. Supongo que Fivaz ya se habrá puesto en contacto con la Policía Científica de Vaud para comparar los falsos sellos con el ADN de la piel con que se hicieron. En este punto de la investigación, aún no sabemos si estamos ante una sola víctima o si hay más.

Mitch le dio un sorbo al agua y preguntó:

—¿Y el siguiente paquete?

—¿El siguiente? —dijo Ana, desconcertada.

—Es un juego de pistas, Annie, está más claro que el agua. El asesino os lleva de aquí para allá. La policía de Vaud ha establecido la cronología de los envíos: estupendo. Déjalos que sigan. Pero ¿y tú? ¿Has comprobado si se ha enviado algún paquete desde Balexert?

Ana se quedó boquiabierta, casi avergonzada por no haber caído en ello. Por otro lado, la información sobre los paquetes de Lausana y Orbe acababa de llegarle.

—Qué estúpida... —murmuró.

Ana hizo unas cuantas llamadas desde casa de Mitch. Durante ese tiempo, él volvió al cuarto de baño para secarse el pelo y acabar de vestirse. Ana también le había insistido en que se cepillara los dientes, le apestaba el aliento a tres metros.

Cuando volvió al salón, ella aún estaba hablando por teléfono. Mitch le indicó por señas que salía un momento. Ana sospechó, tapó el micrófono del teléfono con la mano y lo miró con recelo.

«¡Nada de cerveza!», leyó Mitch en sus labios. Levantó un pulgar para tranquilizarla, sin éxito, por supuesto, y abandonó el piso. Media hora después, reapareció con dos cajas de comida tailandesa.

—¡Joder, Mitch, cuánto te quiero! —exclamó Ana al verlo—. Apenas dos horas después del envío de Lausana, ha salido otro paquete de Balexert. Tienen las imágenes del centro comercial: la misma persona que en las cámaras de Lausana. La misma ropa, aunque no se le ve la cara. Está claro que el tipo sabe dónde están las cámaras. Nunca las mira y baja la cabeza.

—¿Quién es el destinatario del paquete?

—Una empresa relojera de Annecy.

22

Delémont.

En el asiento del acompañante, Morin había desenfundado el arma. Escrutó los alrededores rápidamente, pero no vio nada. Mediante la antena portátil, barrió el espacio en torno al coche en un ángulo de trescientos sesenta grados. La intensidad de la señal no disminuía. Estrechó el círculo y dirigió la antena hacia el techo y, a continuación, hacia el chasis, lo que no tenía ningún sentido: Sam no podía estar encima de ellos y, menos aún, debajo.

La señal alcanzó la máxima intensidad cuando Morin orientó la antena hacia el asiento posterior y la detuvo frente a la maleta de Vero. La máquina no podía equivocarse.

Morin miró a Vero. Petrificada, al borde de las lágrimas, parecía un animal atrapado en una trampa. Era evidente que lo que le daba miedo en esos momentos no era la hipotética presencia de Sam en los alrededores, sino la reacción de Morin. El policía comprendió que Vero no se lo había dicho todo.

A la velocidad del rayo, dejó la antena a sus pies, enfundó la pistola, abrió la maleta, la registró sin miramientos y encontró un móvil.

—¿Me lo explicas? —ladró mostrándole el teléfono.

—No es lo que crees... —murmuró Vero entre dos sollozos.

—En estos momentos, ya no creo nada. ¡Desembucha!

—Es el móvil de una amiga, me dijo que se lo guardara... Se me... Se me había olvidado por completo que estaba ahí...

—¿En tu maleta? La has hecho esta misma tarde. ¡Mientes! ¿Sobre qué más me has mentido? ¿Sobre Sam? No existe, ¿verdad?

La cara de Vero cambió al rojo cólera.

—¡Claro que existe! ¡Todo lo que te he contado sobre él, todo lo que me ha hecho pasar, es cierto! ¡No te he mentido!

—Pero nunca lo has visto.

Vero se tranquilizó un poco y se secó las lágrimas.

—No, nunca.

Morin suspiró. Pensó un instante.

—¿De quién es este móvil? —preguntó al fin.

—Ya te lo he dicho, de una amiga.

—¿Cómo se llama?

—Irina Ivanova. Vive en Lausana, puedes comprobarlo. Es peluquera.

—¿Por qué está registrado con un nombre falso?

—Porque engaña a su marido y yo le sirvo de coartada. Soy la supuesta amiga con la que pasa un fin de semana de vez en cuando. Si el marido llama a este número, le confirmo que Irina está conmigo, eso es todo. Te lo juro.

—¿Por qué no me lo has contado en Orbe, cuando te he dicho que había cuatro números?

—Ya no pensaba en ese teléfono, mi mente estaba centrada en Sam. De todas formas, no he entendido una palabra sobre el funcionamiento de tu maldita máquina. Y, cuando me has enseñado los números, no me ha llamado la atención, porque no me sé de memoria el de este ni el nombre con el que está registrado.

Morin miraba el pequeño Samsung, perplejo. La explicación se sostenía, pero seguía sin fiarse. Odiaba que las cosas se le escaparan. Acabó tendiéndole el móvil a Vero.

—Apágalo. —Vero cogió el aparato e hizo lo que le decía—. A partir de ahora, se acabó lo de ocultarme cosas. ¿Hay algo más que no me hayas dicho?

—No —respondió Vero tímidamente.

—Escucha, princesa, esto es importante. Ahora mismo, esta noche, ya no soy policía. Estoy contigo, fuera de mi jurisdicción, y solo para ayudarte. Es todo. Cualquier cosa que me cuentes quedará entre nosotros. No tienes nada que temer.

—¿Y qué quieres que te cuente? Ya te lo he dicho todo...

—El GPS instalado en tu coche al estilo de la poli. El micrófono en la pared de tu dormitorio, como los que usa la Brigada de Observación de la PJF. El otro número de teléfono, registrado a nombre de una sociedad de Ginebra, que nos ha seguido desde Lausana hasta Orbe. Todo eso huele a la legua a vigilancia estatal. Si no es la policía, quizá sean los servicios de información de la Confederación.

—¿De información?

—Los servicios secretos, si lo prefieres. ¿Me estás ocultando algo más?

—¡Claro que no! —respondió Vero, enfadada de nuevo—. ¡Soy bibliotecaria, no una espía rusa ni una criminal!

Morin deseaba creerla. Sin embargo, una vocecilla le susurraba que no se fiara.

Para mayor tranquilidad, volvió a hacer una prueba con el IMSI-catcher. El cruce de las listas de Lausana, Orbe y Delémont solo reveló dos números: el de Vero y el suyo. El teléfono de la sociedad ginebrina no se activaba en el sector. Eso —le explicó a Vero, que lo escuchaba muy concentrada— podía significar tres cosas: o aquella sociedad no tenía nada que ver con Sam y el viaje Lausana-Orbe era pura casualidad, o se trataba de Sam, en cuyo caso, o no se encontraba en el sector de la máquina, o había apagado el móvil.

—Bueno, esto es lo que vamos a hacer —dijo a modo de conclusión—. Bajaremos del coche, subiremos a la habitación y dormiremos. Mañana por la mañana, después de desayunar, retiraré la baliza GPS. Sam quizá piense que la hemos encontrado o, con un poco de suerte, que se ha desactivado sola por un problema técnico. En el fondo, da igual. En ambos casos, eso lo obligará a salir de su escondite y acercarse a nosotros. Y entonces haremos un nuevo intento con el IMSI-catcher.

1984

—¡Sam!

Los gritos de Sylvain Ansermet y sus esbirros atravesaban el bosque de Onex.

—¡Sam el Paleto!

—¿Dónde estás, cerdo seboso?

—¡Corre, cochinito, corre!

—¡Te vamos a desangrar como a un gorrino! ¡Ya verás cómo chillas!

Sam corría pesadamente a través del bosque. Estuvo a punto de resbalar sobre la alfombra de hojas secas varias veces, llegó al punto en el que el arroyo de Grandes Comunas desembocaba en el Ródano y cruzó un puentecillo. Ya ni siquiera oía el ruido del agua, ni los chasquidos de las ramitas secas bajo las suelas de sus zapatos. Lo único que llegaba a sus oídos eran los gruñidos porcinos imitados por sus perseguidores.

Sylvain y los otros tres lo seguían a poca distancia, pero Sam no se volvía. Miraba al frente y solo pensaba en una cosa: llegar cuanto antes al lindero que separaba el bosque del campo de sus abuelos. Entonces podría gritar pidiendo socorro y, con un poco de suerte, su abuelo saldría con la escopeta.

Pero el lindero no quedaba cerca todavía, y sus perseguidores corrían mucho más deprisa que él. Él estaba atrapado en aquel cuerpo grueso, que provocaba las burlas de sus compañeros. El calor le afectaba más que a los otros. Chorreando sudor, agotado, resoplaba como un buey; el esfuerzo lo dejaba sin aire, los pulmones le ardían, su visión empezaba a enturbiarse.

En su espalda, la mochila escolar se bamboleaba a derecha e izquierda. Las correas de cuero le desollaban los hombros.

Intentaba olvidarse de su sufrimiento y superar sus limitaciones físicas pensando en cosas agradables: la foto de su madre en la mesilla de noche, sus cajas de sellos, los que clasificaría en sus álbumes cuando llegara a casa y los siguientes que despegaría de los sobres viejos y las postales.

También pensó en Toni y sus videojuegos, en Mario y Luigi, los hermanos fontaneros, bajitos y más bien regordetes, como él. Pero ellos dos sabían correr, saltar y sortear cualquier obstáculo. Entre el mundo real y el virtual había un abismo.

Si hubiera sido Albator, habría desenvainado su sable con cañón láser y pulverizado a Sylvain y sus esbirros, como había hecho el corsario del espacio con los Sylvrides. Y, si hubiera sido Goldorak, los habría cortado en dos con su *asterohacha*. Pero, por desgracia, no era ni el uno ni el otro. Solo era Sam el Paleto, el gordito de la escuela Les Tattes, siempre mal vestido, el último de la clase, el último en gimnasia, el chivo expiatorio del colegio. Los demás eran más fuertes y rápidos que él. Y a Sylvain le encantaba aterrorizar a los débiles y a los más pequeños con su navaja automática.

En ese preciso instante, Sam solo lamentaba una cosa: no llevar consigo el pequeño punzón de bricolaje con el que había recortado un sello imaginario en su cuaderno de mates. Habría podido defenderse y, quién sabe, quizá clavárselo en un ojo a Sylvain.

Sam era consciente de que eso estaba prohibido, de que le causaría graves problemas. Pero el resto de la banda huiría, saldrían disparados como conejos. Y, a partir de ese momento, lo respetarían. Puede que incluso lo temieran.

Estaba prohibido hacerlo; imaginárselo, no. Esa simple idea le dio nuevas fuerzas, al menos esa fue su impresión. Empezó a dar zancadas más largas, pero se enganchó el pie en una raíz. El tropezón fue tremendo y el batacazo aún peor. Cayó hacia delante y se golpeó la cara contra el suelo.

Sam vio las estrellas y, a continuación, sintió que le caía encima una avalancha de cuerpos humanos. Recibió puñetazos y patadas, oyó gritos... Y se desvaneció.

En realidad, no había perdido el conocimiento, pero su cerebro le había ocultado esos segundos en que, una vez más, había perdido contra quienes eran más fuertes que él.

Cuando volvió a tener conciencia de la situación, estaba de pie. Dos de los esbirros de Sylvain lo sujetaban firmemente. Frente a él, el jefe de la banda saboreaba su victoria.

—Bueno, gordo seboso, parece que me sacaste el dedo mientras te daba la espalda... y, por si fuera poco, ¡te comes con los ojos a mi chica!

Sam temblaba de miedo, atenazado por unas insoportables ganas de orinar.

—Nunca he mirado a Princesa —tartamudeó.

La respuesta fue inmediata: otro puñetazo en la mandíbula. El cerebro de Sam rebotó en el interior del cráneo, y notó el sabor de la sangre en la boca.

—¡No vuelvas a llamarla así! —gritó Ansermet—. A partir de ahora, el único que puede utilizar ese apodo con ella soy yo. ¡Es mi Princesa!

Sam se pasó la lengua por el labio partido y optó por callar.

—¿Qué hacemos con él? —preguntó uno de sus carceleros.

El jefe de la banda miró a su alrededor.

—¡Atadlo a ese árbol! —ordenó al fin señalando un grueso roble—. Vamos a divertirnos un poco.

Segunda noche

23

Ana conducía el coche de Mitch, que aún no estaba por debajo de la tasa legal de alcoholemia, aunque las apariencias pudieran indicar lo contrario. Sin embargo, se habían tomado su tiempo para comerse el curri rojo mientras charlaban de temas diversos, tanto profesionales como personales. Luego, a última hora de la tarde, habían salido del cantón de Ginebra por el paso fronterizo de Bardonnex. El primer panel luminoso en territorio francés les había hecho sonreír: «Equipamiento de inverno obligatorio». ¿En serio? Las luces largas iluminaban la calzada cubierta de nieve, el asfalto ya no se veía. El termómetro del coche indicaba temperaturas bajo cero.

—Estamos a punto de hacer una gran gilipollez, Annie.

—En absoluto. Te recuerdo que has sido tú quien ha sugerido que siguiéramos los paquetes en lugar de remontar el juego de pistas en sentido contrario. Es una genialidad.

—No hablo de eso, sino del procedimiento. Podríamos haber esperado hasta mañana por la mañana. El Hurón se habría sentido obligado a ponerte un compañero y la fiscal habría formalizado este viaje con una CRI en regla. Porque, si nos cogen investigando en territorio extranjero sin una solicitud de asistencia judicial, se nos va a caer el pelo. A mí me es igual, ya estoy con el agua al cuello. En cambio, tú tienes mucho que perder. Violar la soberanía territorial y formar equipo con un poli suspendido de sus funciones oficialmente te costará una jubilación anticipada.

—A lo mejor es lo que busco... —respondió Ana sonriendo, para fruncir el ceño un instante después—. Y ahora deja de calentarme la cabeza con tus escrúpulos, sé muy bien lo que hago. Y el tiempo apremia. ¿Noticias de tu contacto?

—Está esperándonos.

La noche había envuelto la Alta Saboya en su manto más oscuro, lo único que ofrecía un poco de claridad era la nieve que cubría el paisaje. A la derecha, Ana y Mitch adivinaron la sombra del puente de La Caille, que se recortaba sobre una garganta en forma de V. Cruzaron el peaje de Allonzier y continuaron en dirección a Annecy.

El cerebro de Ana funcionaba a toda máquina. Pasaron largos minutos sin que ninguno de los dos inspectores dijera una palabra. Luego, fue ella quien rompió el silencio:

—¿Cómo pudieron engañar unos sellos falsos a los escáneres de Correos?

—Los sellos no tienen ningún impacto en los escáneres —le explicó Mitch—. Hoy, lo único que cuenta es el código de barras con el que empleado de ventanilla etiqueta el paquete. Contiene toda la información necesaria para el Post Tracking.

—¿Es posible engañar al sistema, por ejemplo, modificando el lugar, la fecha y la hora de expedición?

—Sí, es posible, un empleado malintencionado podría hacerlo. Alguien de fuera, me parece poco probable, a menos que sea un hacker fuera de serie capaz de sortear todos los cortafuegos del Gigante Amarillo. Pero te recuerdo que las grabaciones de las cámaras de vigilancia confirman el lugar, la fecha y la hora de las expediciones.

—Las grabaciones de las cámaras también se pueden manipular.

—Eso es ir un poco lejos, Annie. Hay testigos que corroboran los envíos.

—Los empleados de ventanilla, es cierto. Pero ninguno ha podido dar una descripción precisa del remitente.

Ni siquiera sabemos si es hombre o mujer. La única información interesante procede de la policía de Vaud...

—¿Y es?

—Algo bastante vago todavía. Un inspector habló con la policía municipal de Lausana, que investigaba un asunto de grafitis escritos con espray rojo por un pretendiente rechazado en la calzada y en los muros de los edificios, entre el aparcamiento de La Riponne y el domicilio de una tal Veronika Dabrowska. Los investigadores consiguieron las grabaciones de las cámaras del aparcamiento y parecía que había sido ella misma quien había hecho las pintadas. La confundieron por la ropa. Ella lo negó, alegando que el acosador había entrado en su casa en su ausencia, había «cogido prestadas» algunas prendas y, luego, había vuelto a dejarlas en su sitio. Para la policía de Vaud, esa mujer está loca. El caso es que el remitente de los paquetes tiene un extraño parecido con el autor de esas pintadas. Los mismos andares, la misma altura, la misma corpulencia, el mismo aire.

—¿Y la misma ropa?

—No.

—Entonces, no tenemos nada concluyente.

—No, solo es una intuición. Pero, pese a ello, el inspector de policía de Vaud y sus compañeros han ido a media tarde a casa de Veronika Dabrowska con una orden de la fiscalía. Han llamado a un cerrajero y han entrado en el piso para registrarlo. Los acompañaba un vecino, que ha actuado como testigo del registro y que les ha dicho que hacía días que no veía a la mujer. En el apartamento, no han encontrado nada interesante, ninguna prenda correspondiente al remitente de nuestros paquetes, pero sí han constatado que se marchó llevándose sus artículos de aseo. Mañana intentarán localizarla. Si no he entendido mal, su fiscal está de acuerdo con instalar una escucha.

Después del peaje de Annecy-Nord, el centro hospitalario hacía pensar en un gigantesco ensamble de contenedores grises, amarillos y negros. Una estructura particularmente fría, de aspecto más industrial que médico.

Luego, Ana y Mitch rodearon una zona comercial y fueron directos hacia el centro por la interminable avenida de Brogny, que discurría paralela a las vías del tren, entre barrios de chalets y edificios de viviendas. Desde hacía años, Annecy vivía una densificación exponencial sin precedentes: no había erial que no fuera bueno para construir.

Cuando el paisaje de la ciudad se abrió por fin al otro lado del lago, cuyas negras aguas apenas reflejaban las luces urbanas, los dos investigadores comprobaron que el paseo Jacquet, los jardines de Europa y la isla de los Cisnes, tan verdes en la época estival, habían desaparecido por completo bajo la nieve. Aparcaron cerca del ayuntamiento y regresaron a pie hasta el puente sobre el Thiou. El río, que fluía mansamente hacia el casco antiguo, estaba congelado en ambas orillas. En el lago, una fina película de hielo rodeaba el casco del Libellule y los demás barcos turísticos.

Mitch guio a Ana por las callejas del casco antiguo de la Venecia de los Alpes, dominado por su castillo y lleno de edificios públicos, coloridas casas y arcos de piedra. Se detuvieron en la rue Perrière. Mitch llamó a una puerta al pie de una antigua torre. Al cabo de unos segundos, el pestillo se abrió con un chasquido metálico. Entraron y subieron al segundo piso. En el rellano, los esperaba una mujer algo mayor que ellos, quizá sexagenaria. Mitch se volvió hacia su compañera.

—Annie, te presento a Françoise Le Berre, una vieja amiga.

24

Delémont, unos días antes.

Vero tuvo un comienzo de noche agitado. No conseguía conciliar el sueño y no paraba de dar vueltas en la cama. Los sucesos de las últimas veinticuatro horas desfilaban por su mente: la voz de Sam a través de la pared de su dormitorio, la detención de Morin, las miradas de todos aquellos policías que la creían loca, la ayuda providencial de Manu Junod y su extraña máquina, el descubrimiento del móvil de Irina...

Vero se sentía mal por haber olvidado que lo llevaba en la maleta y haber hecho sospechar a Morin que le estaba mintiendo. Pero no era así. Debido al estrés que le producía la situación y al miedo cerval que le tenía a Sam, realmente había olvidado ese detalle. Pero, cuando Morin había descubierto el teléfono, ella le había confesado la verdad de inmediato. No comprendía cómo había sido tan estúpida. Ahora Morin debía de desconfiar de ella, como todos los demás. O quizá no: después de todo, había escondido su arma debajo de la almohada antes de dormirse. Tendido junto a ella, roncaba como un bendito.

Vero también lo sentía por Irina. Había apagado el teléfono que le había dado su amiga y no podía avisarla. Enviarle un mensaje de texto con su propio móvil era demasiado arriesgado: el marido de Irina podía leerlo antes que ella. Su amiga le había dicho que era muy celoso y un obseso del control. No dudaba en revisar su móvil, e Irina incluso sospechaba que había instalado un programa espía en él.

Antes de inscribirse en el portal de citas en el que había conocido a Sam, Vero también había vivido quince años con un hombre así: su exmarido. Al principio, todos sus amigos los envidiaban. Vero y Jean-Claude siempre estaban juntos, lo hacían todo juntos. Su matrimonio, un ejemplo de lo que suele llamarse una pareja compenetrada, no era en realidad otra cosa que el comienzo disimulado de una forma de control, que había tomado cuerpo progresivamente.

Jean-Claude siempre había mostrado mucho interés por todo lo relacionado con Vero. Su curiosidad por sus jornadas de trabajo lo llevaba a hacerle preguntas diarias sobre sus desplazamientos y sus compañeros, y también sobre Irina, con la que Vero salía sin él muy de vez en cuando, cosa que a Jean-Claude no le gustaba demasiado, porque «una pareja lo comparte todo», decía. Al principio, esa atención constante la conmovía: le parecía que el hecho de que su marido se interesara por ella era la prueba de amor más bonita que podía darle.

Una tarde, Vero volvió del trabajo un poco más tarde de lo habitual; había olvidado recordarle a su marido que la biblioteca celebraba su décimo aniversario. A Jean-Claude se le metió en la cabeza que lo engañaba, de modo que se arrogó el derecho a consultar el móvil de su mujer, con el argumento de que «cuando dos personas se aman, se lo cuentan todo». Unos días después, lo sorprendió examinando sus facturas de teléfono. Jean-Claude alegó que planeaba cambiar de operadora para no pagar tanto.

Luego, empezó a seleccionar la ropa de Vero que le parecía indecente. Las faldas demasiado cortas y las blusas escotadas acabaron en el cubo de la basura. Vero pudo conservar la lencería con encajes, pero no tenía permiso para ponérsela más que los fines de semana, cuando no salía de casa. Los días laborables la obligaba a ponerse ropa interior de algodón color carne que le compraba él mismo.

Poco a poco, con el paso de los años y sin darse cuenta, Vero se encerró en esa vida tóxica y empezó a dejar de cuidarse. Ya no se maquillaba para que su marido no la acusara de querer gustar a otros. Ya no iba al gimnasio, al cine o a comer fuera con sus amigas. Cuando invitaban a alguien, sus huéspedes se quedaban extasiados ante su casa, siempre perfectamente ordenada, barrida, fregada, aspirada, lustrada e impoluta. A ojos de los demás, eran la pareja perfecta: ambos eran guapos; Vero, dulce y sonriente, y Jean-Claude, siempre pendiente de ella.

Luego, llegaron los insultos y las amenazas. Y también los golpes, el primero a los diez años de casados. La culpa, la vergüenza, los silencios y los perdones. Las primeras denuncias, las flores y las retiradas de las denuncias.

Hacía dos años, aconsejada por la policía, Vero había acudido al centro LAVI, creado por la ley federal para ayudar a las víctimas de maltrato. Un psicólogo le explicó lo difícil que resultaba salir de una relación de quince años de control. El control no llegaba a ser manipulación, pero partía de una máxima del controlador: «El otro me pertenece, es mío y no tiene derecho a irse».

Pero un día, después de meses de titubeos, Vero se fue.

Al principio, Jean-Claude lloró mucho. Decía que no lo comprendía, que siempre lo había hecho todo por ella. Amenazó con suicidarse. Curiosamente, no volvió a levantarle la mano. Y, menos de dos meses después de la separación, empezó a vivir con otra. Vero, que no entendía nada, experimentó una curiosa mezcla de sentimientos encontrados: celos, frustración y alivio.

Morin dejó al fin de roncar, y Vero acabó adormilándose. De vez en cuando se despertaba, y no sabía muy bien dónde estaba ni si ciertas imágenes pertenecían al sueño o a la realidad. Luego, volvía a dormirse.

En mitad de la noche, oyó algo, como un débil crujido, y abrió los ojos. La iluminación de la calle apenas atravesaba las cortinas rojas de la habitación abuhardillada del hotel. Vero, tendida sobre un costado, daba la espalda a la ventana.

Por su parte, Morin dormía apaciblemente. Estaba claro que el ruido no lo había despertado. Vero se preguntó si no lo habría soñado.

Se volvió lentamente y dio un respingo. Una figura humana estaba inclinada hacia ella con los brazos en alto.

25

Françoise Le Berre era una mujercilla de pelo entrecano y sonrisa permanente que no levantaba tres palmos del suelo y parecía incapaz de matar a una mosca. Los invitó a entrar y se ofreció a darles de cenar.

—Me queda un poco de *croziflette* en la nevera, la caliento en un santiamén. Lo siento, pero con mi sueldo, escaso y para dos, no me da para invitaros a Le Fréti.

Le Fréti era un restaurante saboyano que estaba a cuatro pasos de su casa, toda una institución en Annecy.

—Son las once de la noche —respondió Mitch—. Eres muy amable, pero ya hemos cenado.

—Entonces ¿una cerveza?

Ana fulminó con la mirada a su compañero, que declinó la invitación y se limitó a preguntar:

—¿No está Paulo?

—No, ya lo conoces —respondió Françoise sonriendo—. Desde que está jubilado, aprovecha la menor ocasión para irse a pescar con sus compañeros de La Rochelle.

Se sentaron alrededor de la mesa de la cocina, y los dos policías aceptaron un café. Mitch le explicó a Ana que Françoise trabajaba en el servicio postal francés como directora departamental de la Alta Saboya. Quince años antes, habían sido compañeros en una sucursal de Ginebra.

—¡Lo que nos pudimos reír en esa época! —dijo Françoise, un poco nostálgica.

Mitch y ella intercambiaron anécdotas del pasado. La lectura de las postales y el concurso que habían creado entre los compañeros: se trataba de ver quién encontraba la más ridícula y la más cómica. Les sacaban fotos, que clavaban con chinchetas en lo que llamaban «el muro de los disparates». Recordaron al cartero al que no paraban de robarle paquetes durante la ronda; al compañero del que se sospechaba que devolvía sistemáticamente todo el correo de un cliente con la indicación «fallecido» porque tenía un conflicto privado de vecindad con él; y también al cliente que solo se había inscrito en la lista de correos para examinar la correspondencia de su mujer.

A aquel pintoresco cuadro de la institución solo le faltaba el famoso adagio «Más vale un trabajo en Correos que correr en un trabajo». Después de cinco minutos de verdadero jolgorio, Françoise se puso seria.

—Bueno, supongo que no habéis venido para hablar de los buenos tiempos...

Mitch se lo confirmó, pero cedió la palabra a Ana, que resumió el asunto sin entrar en detalles.

—Es curioso —dijo Françoise sonriendo—, ese asunto del paquete que goteaba me recuerda un viejo timo. Un robo interno de joyas, simulado, evidentemente. El remitente dejaba un paquete en la ventanilla. Una vez pesado, declaraba el contenido y el valor, y contrataba un seguro por varios miles de euros. Por fin, el empleado ataba el paquete con cordel y lo lacraba. Al llegar a destino, el paquete ya no pesaba lo mismo: las joyas habían desaparecido y el remitente se embolsaba la pasta del seguro. Hasta el día en que descubrimos el engaño, porque un paquete empezó a gotear. El remitente no mandaba joyas, sino un trozo de hielo. Y un día lo pudo la codicia: el trozo de hielo era demasiado grande.

—Esto es totalmente distinto —repuso Ana, un poco irritada por la pérdida de tiempo.

—Cierto —se disculpó Françoise—. ¿Qué puedo hacer por vosotros?

—Abrirnos la oficina de Annecy a la que llegó el paquete enviado desde Balexert.

—¿Qué oficina?

—Rue de la Poste, 1.

—¿Ahora? ¿De noche?

—Si está en su mano...

Françoise suspiró y lo pensó un momento.

—Claro que está en mi mano —dijo al fin—. Mitch ya lo sabe, de lo contrario no estaríais aquí. Mi tarjeta de acceso puede abrir las oficinas a cualquier hora del día o de la noche. Y sé los códigos de la alarma. Pero ¿es legal?

Mitch sonrió.

—No demasiado.

—Entonces ¿por qué no esperar hasta mañana por la mañana?

—Porque es urgente. Y porque me debes un favor.

Ana no sabía de qué hablaba su compañero. Françoise sí. Nunca olvidaría el día en que Mitch había aceptado declarar a su favor en un asunto de acoso. Al alto directivo en entredicho lo trasladaron a otro cantón, pero Françoise y Mitch lo pagaron caro. En esa época, la dirección no veía con muy buenos ojos las denuncias por acoso. Françoise encontró trabajo en Francia, en el mismo sector. En cuanto a Mitch, cambió totalmente de orientación profesional y optó por la academia de policía. Quizá con la idea de cambiar las cosas.

En plena noche y con un frío glacial, atravesaron a pie el casco antiguo de Annecy, dejaron atrás el palacio de l'Île y continuaron a lo largo de los muelles del Thiou. El río estaba festoneado de carámbanos, que relucían bajo el alumbrado público. Los restaurantes ya habían cerrado, y las únicas personas con las que se cruzaron se apiñaban delante de los locales nocturnos para fumar.

Al final del muelle de l'Évêché, remontaron la rue de la République hasta la oficina de correos y entraron en el edificio por una puerta falsa reservada al personal.

Françoise desconectó la alarma.

—¿Qué os interesa? —preguntó.

—La correspondencia de este abonado a la lista de correos.

Mitch le tendió un trozo de papel con los datos del destinatario del envío realizado desde Balexert. Françoise los guio a través de las dependencias y les mostró los compartimentos. Ana reconoció el paquete de inmediato, se puso un par de guantes de látex y lo cogió. A juzgar por el peso, debía de estar vacío, como los que habían llegado a Orbe y Lausana. En el exterior, el mismo sello suizo representando un corazón y, al lado, la sobretasa en una etiqueta de código de barras. Ana le pidió a Françoise que le buscara una bolsa de plástico para llevarse el paquete.

—Todo esto no es muy legal —murmuró la directora, visiblemente incómoda.

—El destinatario no se quejará —respondió Ana—. Ni siquiera espera este paquete.

Françoise suspiró.

—¿Algo más?

—Sí, las grabaciones de las cámaras. Digamos entre dos y cuatro horas después de la hora de expedición de Balexert. Sabemos que nuestra misteriosa presa se desplazó de una oficina a otra sin perder el tiempo.

Françoise los acompañó a la sala de seguridad y les mostró un sistema de monitores que permanecían encendidos de forma ininterrumpida.

—Es aquí, pero no sé cómo funciona —se disculpó.

—No te apures —dijo Mitch sentándose ante el teclado de un ordenador.

Realizó diversas operaciones, retrocedió hasta la franja horaria que les interesaba y, luego, pasó las imágenes a gran velocidad. En la pantalla, los clientes corrían hacia las ventanillas con movimientos bruscos y volvían a irse del mismo modo.

—¡Es él! —exclamó Ana de pronto.

Mitch retrocedió un poco y detuvo la imagen. La silueta encapuchada era la misma, tan anónima como en los vídeos de Lausana y Balexert. Le tendía un paquete a la empleada de una ventanilla.

—¿La hora que aparece es exacta?

—Por supuesto que sí —respondió Françoise.

—¿El sistema no se quedó bloqueado en la hora de verano?

Mitch comprobó rápidamente la hora que mostraba el sistema: no era el caso. Confirmó asintiendo con la cabeza. Ana se volvió hacia Françoise.

—¿Puede encontrar al destinatario de ese paquete?

—Sin problema.

Fueron a otro despacho. La directora encendió un ordenador e hizo una búsqueda. Luego, anunció:

—Es una empresa relojera que, igualmente, pidió incorporarse a la lista de correos con motivo de las vacaciones. El paquete llegó ayer.

—¿Adónde?

—A La Roche-sur-Foron.

26

Delémont.

Vero se quedó petrificada, con los ojos desorbitados. De su boca abierta no salía ningún sonido. Inmóvil, la figura humana parecía flotar sobre la cama con los brazos y las piernas abiertos, como el cantante que se lanza sobre el público desde el escenario.

Tardó largos instantes en comprender que aquella forma, que de humana no tenía nada, solo era el entramado de vigas marrón oscuro que destacaba sobre el techo blanco e inclinado de la habitación. El corazón se le había puesto a mil por nada, sentía cómo le golpeaba el pecho. Su cerebro le había jugado una mala pasada. Sam se había materializado en el armazón visto, y la penumbra había hecho el resto.

Vero suspiró discretamente. A su lado, Morin dormía como un bendito; su sobresalto no lo había despertado. ¿Cómo podía estar tan tranquilo en semejante situación? Quizá debido a su trabajo, que lo obligaba a chapotear en el fango todos los días. Debía de haberse acostumbrado. O quizá, como todos los demás, sencillamente no creía en la existencia de Sam.

¿Había hecho todo aquello solo para tranquilizarla? ¿Para ayudarla, a su manera? ¿Para hacerle darse cuenta de que desvariaba? ¿De que Sam era un ser imaginario y de que el peligro no existía?

Vero casi estaba empezando a preguntarse si, efectivamente, no estaría loca, si no sufriría algún tipo de paranoia aguda, inducida por quince años de control en un matrimonio tóxico.

Se levantó sin hacer ruido y, desnuda, se acercó a la ventana. Apartó un lado de la cortina roja. Volvía a nevar; los gruesos copos danzaban en los conos de luz que arrojaban las farolas de la calle. Delémont dormía.

Con la boca seca, fue de puntillas hasta el cuarto de baño con la intención de beber agua del grifo. Al crujir, la madera del suelo produjo el mismo ruido que la había arrancado de su duermevela. Entonces no lo había soñado...

El corazón se le aceleró de nuevo, y su imaginación hizo el resto: Sam había entrado en la habitación, los había observado mientras dormían y se había ido como había venido. Como un fantasma.

«¡Vero, pobrecita mía, estás delirando!».

Después de todo, quizá había sido Morin quien había hecho crujir el entarimado yendo al baño en un momento en que ella dormía más profundamente de lo que suponía.

Miró la puerta de la habitación, que se abría mediante una tarjeta magnética. Estaba cerrada, pero Sam ya le había demostrado de lo que era capaz. Para él, duplicar una tarjeta de hotel debía de ser un juego de niños.

Miró a Morin, que volvía a roncar. Le daban ganas de despertarlo, de compartir su angustia con él, pero temía volver a pasar por la loca de turno. Ya lo estaba oyendo: «Lo has soñado, princesa... ¡Vuelve a dormirte!».

¿Por qué seguía llamándola así, joder? Las costumbres son tenaces. Y mira que se lo había dicho veces: odiaba ese apodo. Siempre que Morin lo utilizaba, ella creía estar oyendo a Sam.

Sobre un mueble blanco cercano al cuarto de baño, había un papelito con un número de teléfono escrito a mano. Las cifras le recordaban algo de forma vaga, sobre todo las dos últimas: 00. Las había visto en la pantalla del ordenador conectado a la máquina. Se concentró y acabó recordando que era el número de la sociedad de Ginebra, el que la antena móvil había localizado en Lausana y Orbe. Morin debía de haberlo apuntado en aquel papelito.

«¿El número de Sam?».

Quizá.

O quizá no.

¿Cómo saberlo?

Morin le había dicho cuál era su plan para el día siguiente, pero, como le ocurría con el funcionamiento de la máquina, Vero no estaba segura de haberlo comprendido todo. Técnicas de poli.

Fue al cuarto de baño, bebió un poco de agua directamente del grifo, regresó a la habitación y volvió a detenerse ante el trocito de papel.

Una idea tomó forma en su mente. Una idea un poco loca, pero, se dijo, ¿qué se podía esperar de una loca como ella?

Notó cómo la invadía la impaciencia. No veía el momento de salir de dudas. No conseguiría volver a dormirse por mucho que lo intentara. Quería saber, necesitaba saber. Y no mañana, ahora.

Cogió el papel. Con sigilo, dio los pocos pasos que la separaban de su mesilla, cogió el móvil y marcó el número. Dudaba en pulsar el botón de llamada, mientras, con sigilo, de puntillas, iba de aquí para allá por la habitación en penumbra. El entarimado crujía a su paso, siempre en el mismo sitio. Mentalmente, Vero repasaba el hilo de los acontecimientos de los dos últimos días e intentaba pesar los pros y los contras de su idea, pero no conseguía pensar con serenidad.

«¡Venga!». Apretó el botón de llamada.

En la habitación, se oyó el ruido apagado de unas vibraciones que se repetían. Vero miró la pantalla: el aparato estaba llamando.

Las vibraciones procedían de la habitación, estaba segura. ¿Qué significaba eso? Era improbable, incluso inverosímil, surrealista. No lo entendía. Pensó en el teléfono de Morin, miró la mesilla de noche de su compañero dormido: su móvil estaba apagado.

Pero las vibraciones continuaban.

Vero empezó a buscar por la habitación. Rodeó la cama y se detuvo ante la mochilita en la que Morin había traído sus efectos personales. Estaba abierta. Hundió la mano en su interior y tocó un objeto duro que vibraba. Un móvil. Lo sacó. La pantalla estaba iluminada, el aparato recibía una llamada. El número que llamaba podía leerse: era el suyo.

27

Ana, Mitch y Françoise llegaron a La Roche-sur-Foron sobre las tres de la mañana. Los tres empezaban a dar signos de cansancio. El viaje por el puerto de Évires y la A410, en dirección al túnel del Mont-Blanc, había sido especialmente complicado debido a la nieve que cubría la calzada. Françoise dormitaba en el asiento trasero, mientras que, en el del acompañante, Mitch parecía absorto en sus pensamientos.

Vista de noche y envuelta en su manto invernal, Ana apenas reconocía la pequeña ciudad del Pays Rochois, un lugar donde, sin embargo, había pasado muchos fines de semana en familia en casa de los padres de su exmarido. Una ola de nostalgia la inundó al recordar a sus hijos, mucho más pequeños, brincando al pie de la torre de los condes de Ginebra. Último vestigio del castillo medieval, el torreón se alzaba aún hoy en la cima de un enorme bloque errático arrastrado diez mil años antes por el deshielo del glaciar que cubría en esa época el valle del Arve y que había dado nombre a la ciudad: La Roca.

Ana luchaba contra sus sombríos pensamientos: la sonrisa inocente de Paola a los ocho años, el contraste incomprensible e inhumano con la amenaza de denunciar a su madre que había proferido esa misma tarde… Ana luchaba contra las lágrimas que le asomaban a los ojos. Se las secó con fuerza con el dorso de la mano y se esforzó en ahuyentar todas aquellas ideas de su mente.

Aparcó el coche en la place de la Poste, al lado de un edificio de tres plantas en un estado lamentable. La fachada gris y los barrotes de las ventanas de la planta baja le daban aspecto de cárcel. El logo del pájaro azul en un óvalo amarillo era lo único que indicaba el uso del viejo caserón, que no tenía ni un ápice de la prestancia de los edificios históricos de Correos de otras ciudades.

—No deberíamos estar aquí —masculló la directora departamental, que había perdido la sonrisa.

—Una visita rápida, y volvemos a dejarte en tu casa —le prometió Mitch.

—Ya. Pasará como en Annecy, os llevaréis el paquete. Y, luego, permíteme que adivine: regresaréis a Suiza y no podréis utilizarlo por no haber respetado el procedimiento. Y, con las grabaciones de las cámaras, ídem de ídem. Aunque os aviso: aquí no hay cámara.

—¿Cómo es posible? —exclamó Ana, sorprendida.

—Las oficinas pequeñas no suelen tenerlas —explicó Mitch—. Y, cuando las tienen, o bien filman en vivo pero no graban, o bien son de pega, directamente.

—¿De pega?

—Disuasorias, si lo prefieres. Cámaras falsas, un punto luminoso rojo para que parezca que funcionan, con un letrero que dice ATENCIÓN, ESTÁ SIENDO GRABADO. Unas veces, en el interior y, otras, en el exterior. Algunos directores de sucursal estaban hartos de empezar la jornada de trabajo limpiando los meados de los que habían estado de juerga toda la noche.

Entraron por una puerta destinada al personal, y Françoise tecleó el código de alarma. De pronto, un silbido estridente resonó en las dependencias.

—¡Mierda! —exclamó la directora—. Han debido de cambiarlo sin avisarme.

Sacó el móvil temblando de nerviosismo, pero se le escapó y cayó al suelo. Lo recogió y marcó el número del servicio de seguridad.

—¿Qué les vas a decir? —le susurró Mitch.

Françoise le hizo señas de que se callara: su interlocutor acababa de coger la llamada. La directora le soltó un rollo técnico, que Ana no comprendió. Por su parte, Mitch sonreía. Françoise recitó una serie de números que permitían identificarla, dio las gracias y cortó la comunicación. La alarma se apagó.

—¡Aleluya! —dijo Mitch.

—De buena nos hemos librado... —respondió la directora—. ¡Seguidme!

Los guio a través de un nuevo laberinto de vetustas dependencias hasta la sala donde se conservaban los envíos a la lista de correos.

—¡Aquí huele a muerto! —exclamó Mitch tapándose la nariz—. Esta vez, seguro que el paquete no está vacío.

—No huele a carne fría —opinó Ana—. Es otra cosa.

Françoise se echó a reír.

—Se nota que no sois de aquí. No es la primera vez que huelo esto, sobre todo durante las fiestas. A los saboyanos les encanta mandar queso reblochon a la familia o los amigos por correo. Deben de suponer que nuestras oficinas no tienen buena calefacción, cuando es justo al revés. Y no piensan en los pobres empleados que han de soportar esto...

La directora recorrió los compartimentos rápidamente y encontró el que interesaba a los policías suizos. El paquete estaba allí.

Ana realizó el mismo ritual de preservación de las huellas que en Annecy. Aquel paquete también debía de estar vacío, pero llevaba un sello francés que representaba un corazón. Lo reconoció por una foto de la policía de Vaud que había recibido en el móvil. Era idéntico al que llevaba el paquete enviado a Orbe y expedido desde Saint-Claude, la subprefectura del departamento del Jura.

Françoise había encendido un ordenador y había iniciado sesión con su identificador y su clave.

—¿Qué haces? —le preguntó Mitch.

—Compruebo si se ha expedido algún paquete desde aquí en las horas posteriores al paso de vuestro sujeto por Annecy.

—Sin grabaciones de videovigilancia, va a ser complicado. Supongo que habrá decenas, sobre todo en esta época del año.

—Así es. Pero esto no es Annecy, es un sitio pequeño y... —Françoise señaló la pantalla con el índice y anunció—: El día de marras solo se envió un paquete desde esta sucursal, a la dirección de una empresa relojera. Todos los demás eran para particulares. Yo diría que la pista vuelve a vuestro país.

—¿Adónde?

—A Montreux.

28

Delémont.

Morin tenía una pesadilla. Sabía que era un sueño, pero la escena le parecía muy real. Tenía enfrente a tres mujeres, todas muy enfadadas con él: Élise, la de Sion; Vero, de Lausana; y Aurélie, de Ajoie. Se turnaban para echarle en cara sus infidelidades y lo acusaban de haber jugado con ellas. Hacían piña en su contra y lo abucheaban. No comprendía todo lo que decían, pero las tres le tendían sendos móviles que vibraban. En las tres pantallas, aparecía una llamada entrante con un mismo nombre: Sam.

Morin volvía la cabeza a derecha e izquierda. No quería seguir viendo a las mujeres ni tampoco oírlas. Tenía los ojos cerrados y los oídos tapados con algo blando: su almohada. Lógico, estaba en la cama, atrapado en un sueño, lo sabía en lo más profundo de sí mismo. Iba a despertarse, debía despertarse a toda costa. Las voces de sus tres amantes habían cesado, Morin se sentía casi aliviado. Sin embargo, las vibraciones continuaban.

Notó que algo se deslizaba debajo de la almohada y se retiraba de nuevo. ¿Sueño o realidad? Estaba empezando a despertarse, e hizo el esfuerzo de abrir los ojos. Estaba oscuro. Distinguió una silueta, que se alejaba de él. Luego, un resplandor lo deslumbró.

Instintivamente, volvió a cerrar los ojos. Ahora sabía que estaba despierto, aunque muy atontado. La luz de la habitación se filtraba a través de sus párpados. Poco a poco, recordó dónde estaba: el hotel La Tour Rouge, en Delémont.

—Joder, Vero... —dijo con voz pastosa—. ¿Qué narices haces?

Vero no respondió. Algo pasaba. Morin redobló los esfuerzos por abrir los ojos y esperó a que se acostumbraran a la claridad de la habitación.

Vero estaba de pie a dos o tres metros de él, desnuda. Tenía un móvil en una mano y su pistola en la otra, apuntándole.

—¿Se puede saber qué haces? —gruñó.

Ahora su visión era mucho más nítida. Vero temblaba; las lágrimas le resbalaban por las mejillas.

—Eres tú... —balbuceó.

Morin no comprendía.

—Soy ¿qué?

—¡Eres Sam!

—¡Claro que no! Pero ¿qué...?

En ese momento, se dio cuenta de que en realidad Vero tenía dos móviles en la mano izquierda. Volvió la cabeza. El suyo seguía en la mesilla de noche.

—Es el teléfono de Sam —dijo Vero.

—¿Dónde lo has encontrado?

—En tu mochila. He llamado al número de la sociedad de Ginebra y...

Morin guardaba silencio; intentaba comprender. Se sentó en el borde de la cama frotándose los ojos. Vero dio un paso atrás y gritó:

— ¡No te muevas!

Morin la miró. No estaba bromeando.

—Y si no, ¿qué? ¿Me vas a disparar?

—Sí.

Morin suspiró.

—Para eso, antes deberías haber quitado el seguro.

La chica dudó y, luego, puso el arma de lado para buscar el seguro. Rápido como el rayo, Morin se levantó de un salto, se lanzó sobre ella y le arrancó el arma de las manos. Vero soltó un grito, dejó caer al suelo los dos móviles y, aterrorizada, retrocedió hasta la puerta de la habitación.

—Las armas de los polis no tienen seguro —le dijo Morin.

Vero se volvió, abrió la puerta y se lanzó al pasillo del hotel. Empezó a aporrear las puertas de la planta pidiendo socorro. Morin pensó en detenerla, pero era demasiado tarde. Además, él también estaba desnudo.

Maldijo en voz alta y se puso la ropa y los zapatos a toda velocidad. Cuando salió al pasillo arma en mano, oyó voces. Una puerta se entreabrió y, en el hueco, apareció un cliente en albornoz con los ojos medio cerrados. Morin le ordenó con rudeza que volviera dentro.

Vero corría desnuda sobre la nieve por las calles desiertas de Delémont. No conocía la ciudad, no sabía adónde ir. Era de noche, no había luz en ninguna ventana. Las puertas de los edificios debían de estar cerradas a cal y canto.

Tomó una dirección al azar, una calle que ascendía en suave pendiente hacia una especie de castillo. Las siluetas de las torres se recortaban contra el cielo moteado de copos, las farolas iluminaban el escudo de armas del cantón en paredes y postigos, franjas oblicuas que alternaban el rojo y el blanco. Bajo una torre cuadrada, distinguió un pasaje abovedado. Corrió hacia él.

Temblaba como una hoja; tenía los pies doloridos y entumecidos. Cruzó los brazos sobre el pecho, quizá más para protegerse del frío que por pudor. Sus labios, que empezaban a adquirir un tono azul violáceo, ya no dejaban escapar ningún sonido. De todas formas, la gente dormía, y, si alguien acababa oyéndola, cuando quisiera reaccionar, Sam ya la habría encontrado y estaría muerta. Prefería no hacer ruido, con la esperanza de que Sam le perdiera el rastro, hasta que encontrara un refugio.

Bajo la bóveda, se detuvo un momento y se volvió. Más abajo, una silueta subía por la calle en dirección a ella con paso decidido, pero sin correr. ¿Era Sam? A esa distancia, no lo reconocía.

No sabía si la había visto torcer hacia el casco antiguo. Dudó un instante si seguir escondida en la oscuridad del pasaje; luego, comprendió con terror que sus pies descalzos habían dejado huellas en la nieve, como las migas de pan de Pulgarcito. No tenía elección, debía huir.

Al salir del pasaje, vio una plaza, con una fuente a la izquierda. En lo alto de una columna central multicolor, un misterioso personaje pintado de rojo sostenía en una mano el escudo de la ciudad y, en la otra, una cachiporra. A la derecha, el muro de un ala del castillo; luego, un murete rematado por una verja de hierro forjado.

La capa de nieve era más fina al pie del murete. Vero decidió avanzar de puntillas arrimada a él para dejar cuantas menos huellas mejor. Pasó junto a una garita y llegó a la entrada del castillo. La verja abierta daba al patio. Viejos árboles desnudos, con las ramas terminadas en muñones, conferían al lugar un aspecto escalofriante.

Vero penetró en el patio con cautela y buscó un sitio en el que esconderse. Vio varias puertas; descubrió una a la que podía llegar sin dejar huellas en la nieve. Siempre de puntillas y pegada a la pared, rodeó el patio hasta la puerta. Accionó la maneta. Estaba cerrada.

De pronto, oyó ruido de pasos a su espalda y se volvió, sobresaltada. Una silueta negra se erguía frente a ella.

—Princesa… —dijo Sam en un tono casi pesaroso.

A Vero apenas le dio tiempo a ver la silueta del puño cerrado que se abatía sobre su rostro. El golpe fue violento. Vero perdió el conocimiento.

Cuando Morin regresó al hotel, después de patearse las calles de la ciudad, vio a un hombre vestido de negro inclinado sobre el coche de Vero, intentando abrir el maletero. Morin se acercó con sigilo y, luego, apoyó el cañón de su arma en la nuca del desconocido.

—Un movimiento en falso y te vuelo la cabeza. ¿Comprendido? —El hombre, petrificado, asintió tímidamente con la cabeza—. ¡Vuélvete! ¡Despacio!

El hombre obedeció, Morin lo reconoció al instante.

—Relájate —le dijo Junod.

—¡Joder, Manu! —exclamó Morin—. ¿Qué demonios haces aquí?

—He intentado llamarte varias veces, pero no respondías. He supuesto que estabas durmiendo. Estoy con el agua al cuello, colega. La BO necesita el IMSI-catcher mañana por la mañana a primera hora. Tengo que llevármelo; si no, se nos va a caer el pelo.

Morin miró a Junod, que parecía sincero. Vio el coche con matrícula de Ginebra de su compañero informático, estacionado a unos metros de ellos. Bajó el arma, y se disponía a sacar las llaves del Volkswagen de Vero, cuando en su mente surgió una pregunta.

—Oye, Manu... ¿Cómo sabías que estábamos aquí?

1984

—Sam...

Los esbirros de Sylvain Ansermet cantaban una coplilla de su cosecha dando vueltas alrededor del grueso roble del bosque de Onex, como un grupo de apaches alrededor de un prisionero atado a un tótem.

El paleto de Sam
tiene la colita igual
que la de cualquier lechón:
en forma de tirabuzón.

Enfrente de Sam, el jefe de la banda jugaba con la navaja automática, haciendo salir y entrar la hoja.

—Oye, cerdo seboso, ¿es verdad que tienes la colita muy pequeña?

Los otros tres imitaban los gruñidos porcinos entre estrofa y estrofa y seguían con su danza apache. Sam había comprendido que forcejear no le serviría de nada: la cuerda que lo sujetaba al árbol estaba atada con fuerza. El sabor de la sangre le llenaba la boca, y aquellas espantosas ganas de orinar seguían torturándolo, pero se aguantaba como podía. Estaba asustado, pero procuraba que no se le notara. El miedo de la víctima hacía disfrutar aún más al verdugo, le había oído decir a su padre un día hablando de un violador en serie.

—Te pido perdón —se limitó a decirle a Sylvain.

—¿Perdón? —exclamó Ansermet—. ¿Y ya está? ¿Habéis oído, chicos? El cerdo seboso me pide perdón.

—Es un buen comienzo —dijo uno de los otros riendo.

—Pero no es suficiente —bromeó un tercero.

—Por supuesto que no es suficiente —confirmó el jefe de la banda.

Ansermet se agachó, cogió la mochila escolar de cuero que yacía a los pies de Sam y fingió admirarla soltando un silbido impresionado.

—¿Es tu mochila nueva? —le preguntó al prisionero.

—Sí.

—¿Te la han hecho tus abuelos con la piel de sus vacas? —Sam no respondió—. O, a lo mejor, con la de tu madre... —añadió Sylvain.

El comentario hirió a Sam en lo más vivo, pero consiguió no reaccionar. «Piensa en otra cosa, en cosas bonitas: tu colección de sellos, Toni, Princesa». ¿Cómo podía haberse enamorado Princesa de aquel gilipollas?

—Es curioso —dijo el jefe de la banda olisqueando el cuero—. Hasta tu mochila huele a mierda. Habría que airearla, ¿no te parece?

Y, ante los incrédulos ojos de Sam, Sylvain empezó a clavar la navaja en la mochila de la escuela. Le hizo al menos diez agujeros.

En el bosque, se oyó un crujido. Las cabezas se volvieron, y los esbirros dejaron de bailar y cantar. Ansermet soltó la mochila medio abierta. Los cuadernos de Sam se desparramaron por el suelo.

—¿Puedo participar en la fiesta? —preguntó un chaval acompañado por una chica.

Sam también volvió la cabeza. Vio a Philou, el compañero de clase al que había estado a punto de atravesarle la mano con el punzón, y a Princesa. Ella parecía indiferente; llevaba unos auriculares en la cabeza, unidos por un cable al walkman sujeto al cinturón de su vestido. Cuando vio a Sam atado al árbol, no reaccionó.

—¡Pues claro! —exclamó el jefe de la banda—. Cuantos más seamos, más nos reiremos —añadió, y se acercó a su prisionero—. ¿Tú qué dices, cerdo seboso? —le susurró al oído—. Mi Princesa te la pone dura, ¿eh? ¿Le enseñamos tu colita en forma de tirabuzón?

Sylvain le levantó la camiseta, que dejó al descubierto los michelines de su rollizo abdomen. Luego, colocó la punta de la navaja en la cinturilla de sus vaqueros y, con un rápido tajo, cortó el botón.

Esta vez, Sam se asustó de verdad y no pudo seguir reteniendo la orina. Al instante, una mancha oscura cubrió la entrepierna de su pantalón y empezó a extenderse por las perneras, hacia las deportivas.

Ansermet retrocedió.

—¡Eh, chicos! —gritó—. ¿Habéis visto? El cerdo seboso se ha meado encima.

Todos se colocaron enfrente del prisionero para contemplar el espectáculo, y las risas burlonas resonaron a través del bosque.

—Así es como se lavan en la granja —dijo uno de los chicos.

—Está en su elemento —añadió otro.

—No olerá peor que antes —remachó Philou.

—Esto no está bien —intervino Princesa tímidamente—. Deberíais dejar que se vaya. Tendremos problemas.

Pero no trató de convencerlos y, lo que es peor, no pudo evitar sonreír estúpidamente al ver el pantalón totalmente empapado. Para Sam, esa sonrisa fue la peor humillación.

—¿Permitir que se vaya? —dijo Sylvain—. Princesa, deberías dejar de oír a esos grupos de nenazas, tus Duran Duran, Wham o Alphaville. Eso es para los mariquitas, y te acaba ablandando el cerebro. Deberías pasarte a la música de verdad: Mötley Crüe o AC/DC. ¡Eso es música de hombres! Pero bueno, como eres mi princesa, te voy a dar ese gusto. Vamos a soltar a este cochinito. Pero antes... Con todo lo que ha sudado, debe de tener sed. Con este calor, hay que tener cuidado con la deshidratación.

Ansermet miró el contenido de la mochila, desparramado por el suelo. Entre los cuadernos, vio una cantimplora. La cogió, desenroscó el tapón y vació el refresco que contenía. Luego, delante de los demás, que ya se tronchaban de risa, se bajó la bragueta, se sacó el pene y orinó en la cantimplora. Cuando acabó, devolvió sus atributos a su sitio y se volvió hacia Sam.

—Te aseguro que esto no te va a matar, cerdo seboso. Creo que los soldados lo hacen para sobrevivir cuando no tienen más remedio. ¿Quieres sobrevivir?

Y le pegó el gollete de la cantimplora a los labios.

Tercer día

29

A última hora de la madrugada, Ana y Mitch habían acompañado a Françoise Le Berre de vuelta a Annecy y la habían dejado en casa. Luego, habían regresado a Ginebra, habían hecho una breve escala en la rue de Rive para que Mitch pudiera coger una muda y, después, habían tomado la dirección de Versoix.

Lucifer los recibió maullando: tenía hambre. Ana le dio de comer y lo acarició. Luego, se tomó una aspirina para el corazón, se tumbó en el sofá —para no perder las buenas costumbres— y le dejó su habitación a su compañero.

Se había negado a que Mitch durmiera en su propia casa, no se fiaba. Sabía que, a la primera oportunidad, volvería a salir para comprar cervezas. Y, de eso, ni hablar: lo necesitaba demasiado para aquel caso.

Antes de dormirse, le mandó un último mensaje al Hurón: «Reunión informativa a las once».

En la Casa Grande, reinaba cierta efervescencia. Con el apoyo de la Brigada de Observación y del Grupo de Intervención, los de Estupefacientes habían dado un buen golpe: el decomiso de cuatro kilos de cocaína a unos dominicanos que se alojaban en Meyrin, tras el aterrizaje de una mula en el aeropuerto de Cointrin.

Ana y Mitch recorrieron el pasillo de la quinta planta sin que nadie se fijara en la presencia inhabitual del inspector. Todos estaban muy ocupados corriendo de un despacho a otro para pedir información, organizar los interrogatorios con vistas a las detenciones, preparar los informes y gestionar la continuación del procedimiento con el fiscal.

A Mitch le preocupaba, sobre todo, la eventual presencia de Morin en las dependencias, pero Ana lo había tranquilizado diciéndole que su compañero estaba de vacaciones. Una vez más, se había abstenido de hablarle de los mensajes que había intercambiado con Morin en los inicios del caso.

Cuando entraron en la sala de reuniones, Gygli, Fivaz y Junod ya estaban allí, tomándose un café. Al ver a Mitch, el comisario se levantó y se acercó de inmediato a Ana con la mosca detrás de la oreja.

—¿Qué hace este aquí?

—Lo he fichado como asesor externo.

—¡No me tomes el pelo, Annie! —exclamó el Hurón, enfadado.

—No te tomo el pelo —respondió la inspectora tranquilamente—. Te dije desde el primer momento que necesitaba un compañero. No me has hecho caso, así que he tenido la iniciativa.

—Y la opinión de la fiscal, ¿por dónde te la pasas?

—El nombre de Mitch no aparecerá en ningún sitio, en ningún informe, en ningún acta, en ningún documento oficial. Tranquilo.

—¿Tranquilo? ¿Cómo voy a estar tranquilo? ¿Y si la fiscal se hubiera unido a nosotros para esta sesión? ¿Qué le habrías dicho?

Ana suspiró.

—Ya, pero no está aquí, así que no hay que decirle nada. Y deja de tocar los dídimos.

—Los ¿qué?

—Las pelotas —tradujo Mitch, que se había quedado un poco aparte, pero estaba harto de que el Hurón lo ignorara.

—¡A ti nadie te ha dado vela en este entierro! —ladró Gygli.

Mitch se abstuvo de replicar. El comisario se volvió de nuevo hacia Ana.

—Si Sonia Vino y la IGS se enteran, nos crucifican. Te lo advierto, Annie: si caigo por culpa de esto, tú caes conmigo.

Manu Junod fue el primero en tomar la palabra. No había podido mejorar las grabaciones de videovigilancia de la sucursal de Lausana. El día anterior, había dedicado a ello toda la tarde y parte de la noche, sin éxito. Seguiría intentándolo, pero no prometía resultados.

Ana advirtió que Manu estaba cansado, pero no era el único. Mitch y ella habían dormido poco más de tres horas.

Stéphane Fivaz tomó el testigo.

—El forense ha podido avanzar con el feto. En su opinión, se trata de un aborto a los dos meses y medio o tres meses de embarazo.

—¿Espontáneo o provocado? —preguntó Ana.

—Eso no podría decirlo. Pero hay que tener en cuenta que, en Suiza, una mujer puede optar libremente por una IVE hasta la duodécima semana del embarazo. La mayoría de las veces es por vía de medicamentos, lo que provoca la expulsión del embrión. Pasado ese plazo legal, la IVE sigue siendo posible, pero solo tras evaluación médica.

—¿Y el ADN del feto?

—Ahí es donde la cosa se pone interesante. Como sabes, los seres humanos heredamos la mitad del ADN de la madre y la otra mitad del padre. Pues bien, el de este feto presenta características comunes con el del estómago y la piel de los sellos de los paquetes hallados en Balexert, Lausana y Orbe. Dicho de otro modo: la víctima es el padre.

—Y apuesto a que encontraremos el mismo ADN en estos sellos —dijo Ana dejando en la mesa las bolsas que contenían los paquetes encontrados en Annecy y La Roche-sur-Foron.

Gygli, Fivaz y Junod se quedaron mudos durante unos segundos. El primero en reaccionar fue el Hurón.

—Supongo que es mejor no preguntarte cómo los has conseguido, ¿verdad?

—Si no quieres caer aún más bajo, es mejor que no. Lo esencial, si pretendemos atrapar a ese enfermo, es avanzar rápidamente.

El comisario suspiró. Sabía que era inútil insistir. Pero el mensaje que lanzaba su rostro consternado era claro: «Annie, espero que sepas lo que haces...».

—Vale, Stéph, ¿y la madre? —prosiguió Ana.

—Nada nuevo por ahora.

—Bien. Por nuestra parte, Mitch y yo hemos podido determinar que se expidió otro paquete a la oficina principal de Montreux. El problema es que, según parece, nunca llegó a su destino. A petición mía, los compañeros de Vaud han ido allí esta mañana, pero no lo han encontrado en el compartimento de la empresa destinataria. Sin embargo, nadie había ido a recogerlo.

—¿Cómo es posible? —preguntó el Hurón.

—Puede haber varias explicaciones —respondió Mitch—. Pérdida del paquete, retraso en la entrega, modificación de la dirección por parte del remitente o del destinatario... Para saberlo, necesitaríamos tener acceso a los datos del Post Tracking de ese paquete. Pero Correos exigirá una orden de la fiscalía.

—En resumen, este es el punto en que nos encontramos —dijo Ana—. Por nuestro lado, la pista se detiene en Montreux. Los de Vaud están intentando averiguar si se expidió otro paquete desde la oficina de Montreux y, al mismo tiempo, tratando de presionar a la policía francesa para que acelere las búsquedas en el departamento del Jura, en la sucursal de Saint-Claude, que es desde donde se expidió el primer paquete, encontrado en Orbe. Pero, según Mitch, podríamos probar otra cosa.

—Te escucho —gruñó el Hurón volviéndose hacia el indeseable.

—Una búsqueda generalizada, extendida a toda Suiza, mediante una circular nacional, y a los departamentos franceses limítrofes, a través de la Interpol de Lyon. Es decir, intervenciones de la policía en todas las oficinas postales, para tener acceso a todos los compartimentos de listas de correos correspondientes a empresas relojeras.

Gygli abrió unos ojos como platos.

—¿Te das cuenta de la cantidad de trabajo que implica eso? Además, imagino que, debido al secreto postal, habría que pasar por la fiscalía, puede que incluso por el TMC.

El Tribunal de Medidas Coercitivas, la autoridad judicial competente para pronunciarse sobre las medidas de vigilancia secretas, no sería fácil de convencer; todos lo sabían.

—En ese caso, olvida la circular nacional y la Interpol —concluyó Mitch—. No importa. Pero hay que convencer a la fiscal Vino para que actúe cuanto antes. Que acuda al TMC y que luego ponga en marcha la colaboración nacional, al menos entre los cantones romandos, y la internacional con Francia. Hay que hacer correr la voz: buscamos paquetes con sellos corazón.

30

En un sótano, unos días antes.

Vero se despertó con un tremendo dolor de cabeza. Su visión, borrosa al principio, se estabilizó poco a poco, pero entre sus ojos y el extraño escenario que la rodeaba seguía habiendo un velo. Con esfuerzo, se llevó la mano a la cara y se tocó la nariz. Estaba tumefacta y le dolía. Presionó el hueso, e hizo una mueca de dolor; luego, deslizó los dedos hasta el cartílago y lo movió un poco a derecha e izquierda. En principio, no había fractura.

Sin embargo, Sam la había golpeado con fuerza. Con mucha más fuerza que Jean-Claude al final de su vida en pareja. Un día, en un ataque de celos, le había roto la nariz. Un bestia, ni más ni menos. Vero no perdió el conocimiento, y el muy cobarde se echó a llorar enseguida suplicándole que lo perdonara, mientras ella seguía sangrando por las fosas nasales. Sam era todo lo contrario. El instante en que había surgido, su paso tranquilo, su imponente silueta, su voz sosegada, casi apesadumbrada, la precisión del movimiento que había hecho para golpearla... Todo seguía grabado en su memoria. Sam era calculador, un monstruo frío, una máquina carente de sentimientos.

Vero apartó la mano de su nariz y la miró atentamente. No había sangre, pero tenía los dedos negros, como si se le hubiera corrido el rímel. Sin embargo, estaba segura de que la noche anterior se había desmaquillado antes de acostarse. Volvió a verse haciéndolo delante del espejo del cuarto de baño, en la habitación del hotel La Tour Rouge.

Las imágenes de la noche regresaban a su mente como piezas de un puzle: el tercer móvil, la pistola, la reacción de

Morin, la huida por las calles de Delémont... Y el frío que le calaba hasta los huesos. Había aporreado las puertas de las habitaciones, bajado las escaleras de tres en tres hasta la recepción desierta y desafiado a la nieve hasta el castillo desnuda como su madre la trajo al mundo. También lo estaba cuando Sam la había golpeado. Pero ahora despertaba en un lugar desconocido, un lugar extraño, y vestida. Lo que llevaba no procedía de su ropero. Aquello era tan extraño que casi la horrorizó.

Un vestido largo con un corpiño alto adornado con encajes finos. Le apretaba el talle, y la falda parecía muy amplia. Le hacía pensar en un traje de novia, pero rosa caramelo. En los pies, llevaba unas elegantes zapatillas de piel grises... ¿Eran zapatillas de petigrís?

La habitación estaba muy poco iluminada. Una anticuada araña colgaba de la bóveda de piedra. Las bombillas en forma de vela y la electricidad vacilante daban la impresión de verdaderas llamas. Aquello parecía una salita de un castillo medieval. Una salita oscura, con dos puertas cerradas una frente a otra y ninguna ventana.

Todavía atontada, Vero se incorporó y se sentó en el borde de la cama. Tenía frío, en el cuarto no parecía haber calefacción. Sam la había tendido sobre la ropa de cama, un mullido edredón rosa y una almohada del mismo color. En los cuatro ángulos de la cama, finas columnas doradas y talladas sostenían un techo de tela. Una cama con dosel.

Vero miró a su alrededor con más atención: bajo sus pies, una alfombra descansaba sobre un suelo de gravilla; entre los muebles de estilo medieval que la rodeaban, las paredes estaban adornadas con cuadros.

Vio un gran espejo ovalado con un marco bañado en oro y rematado por una especie de corona. Apoyado contra uno de los muros, recordaba un poco a los espejos de los cuentos de hadas. Se levantó y se acercó a él. La imagen que le devolvió la dejó petrificada.

Apenas se reconocía. Desde luego, no parecía una novia. Sam la había disfrazado de princesa de dibujos animados. Pero, no contento con vestirla, también la había maquillado y peinado. Carmín, colorete en las mejillas, pintura de ojos y todo lo demás. Una corona de trenzas y los mechones de la nuca rizados.

Incrédula, Vero se volvió, miró de nuevo su largo vestido rosa, las zapatillas, la gran cama y el mobiliario. Sam estaba loco; ahora sus mensajes adquirían una dimensión totalmente distinta, otro significado, un significado claro: Vero era *su princesa*.

Volvió a mirar la bóveda y, luego, la gravilla que cubría el suelo, y comprendió que no estaba en un auténtico castillo, sino en un sótano remodelado. Un simple decorado de parque de atracciones.

Aquella habitación era su torreón.

31

La Fiscalía de Ginebra tenía su sede en la carretera de Chancy, en el municipio de Le Petit-Lancy, un gran edificio de cristal de diez plantas. El despacho de la fiscal Sonia Vino, en la esquina sudeste de la séptima, ofrecía vistas de la ciudad y, a lo lejos, el espigón y el Jet d'Eau. Pero ese día el símbolo de la segunda plaza financiera de Suiza estaba apagado. A su derecha, podía contemplar las escarpadas paredes del Salève, cubierto de nieve.

A la fiscal no le daba pena que se acabara su guardia. Con las detenciones y las notificaciones de las sentencias penales ya tenía trabajo de sobra, pero aquel asunto de los paquetes postales había terminado de acaparar el resto de su tiempo. Desde hacía dos días, acumulaba una importante falta de sueño.

Hasta esa mañana, no había enviado la autorización de la autopsia, por no hablar de las demás autorizaciones que confirmaban las órdenes orales a la policía. Las guardias eran así: todo se hacía con urgencia y, a menudo, con retraso respecto a la ejecución de las acciones sobre el terreno. En cambio, el control postal recomendado por la Criminal justo antes de la pausa de mediodía no podía esperar.

Sonia Vino se había adelantado mientras su secretario preparaba los documentos. Había llamado a la dirección de Correos, que la había redirigido al departamento de Observancia, encargado de gestionar la colaboración con las autoridades penales dentro del más estricto respeto a las leyes. Le habían garantizado una receptividad total. Estaba claro que el caso Balexert se había extendido como un reguero de pólvora en el interior del Gigante Amarillo, cuya imagen estaba en juego.

La fiscal leyó por última vez la orden de retención que imponía a todas las oficinas postales suizas la obligación de inmovilizar cualquier paquete con un sello de corazón presente en los compartimentos de listas de correos correspondientes a empresas relojeras. Satisfecha, lo firmó y encargó a su secretario que lo enviara.

La orden también llegó en copia, por email, a los fiscales de guardia de los otros cantones romandos: Jean-Luc Nicod, en Lausana; Camille Dubuis, en Sion; Fabien Barboni, en Friburgo; Norbert Jemsen, en Neuchâtel; Cindy Arn, en Bienne; y Laurie Theurillat, en Porrentruy. Sonia Vino los había avisado uno a uno por teléfono, pidiéndoles que aportaran las fuerzas de policía de sus respectivos cantones para recoger cualquier paquete sospechoso que les indicara Correos.

Por último, la fiscal ginebrina envió cuatro comisiones rogatorias internacionales idénticas, persiguiendo el mismo objetivo, a los seis departamentos franceses limítrofes: la primera a su homólogo del tribunal de apelación de Chambéry para la Alta Saboya; la segunda a Lyon para el Ain; la tercera a Besançon para el Jura, el Doubs y el Territorio de Belfort; y la cuarta a Colmar, para el Alto Rin.

Cuando se ponían los medios necesarios, todo podía ir muy rápido y desmentir el tópico de que la Justicia era lenta por naturaleza. Treinta minutos después de haber recibido el dosier, el juez ginebrino Esposito había emitido su dictamen: el Tribunal de Medidas Coercitivas validaba la orden de la fiscalía.

Al instante, el departamento de Observancia de Correos lo transmitió a todas las sucursales de Suiza, con la directiva de tratarlo con prioridad absoluta. Las primeras respuestas positivas llegaron a media tarde.

32

En la sala de reuniones de la Criminal, Ana y Mitch funcionaban a base de café solo bien cargado. Manu había vuelto al «labo», como lo llamaba él, para trabajar con las grabaciones de seguridad de la sucursal de Lausana. Y Stéph, al suyo, en las dependencias de la Científica, para estudiar las huellas obtenidas y efectuar la retirada de los sellos de los paquetes de Annecy y La Roche-sur-Foron.

El Hurón miraba pensativo el mapa que Ana había clavado con chinchetas en una de las paredes, un enorme plano de carreteras tipo Michelin, plegable, que representaba la Suiza romanda y parte de los departamentos limítrofes. Un tipo de mapa que ya casi no se vendía, puesto que la mayoría de los vehículos estaban equipados con sistema de navegación. Una especie de reliquia de un pasado no tan lejano.

Ana odiaba el avance vertiginoso de las nuevas tecnologías. Estaba dispuesta a reconocer que algunas resultaban prácticas, en especial para la poli; pero, cada vez que tenía que hacer un cursillo sobre alguna cosa con un nombre impronunciable —P2P, GovWare, Blockchain y otras memeces por el estilo—, era un auténtico suplicio. En su coche, aún tenía reproductor de CD. En casa, seguía viendo las películas en DVD. Y nunca salía sin su libreta de papel.

En el mapa, Ana había puesto pegatinas rojas sobre las ciudades a las que había llegado un paquete y dibujado gruesos trazos de rotulador negro para unirlas en el orden de los envíos conocidos: Saint-Claude, Orbe, Lausana, Balexert, Annecy, La Roche-sur-Foron y Montreux.

—Parece una S invertida —comentó el Hurón—. O un 2.
—O nada —rezongó la inspectora—. Como idea, ha sido una gilipollez.

Se acercó a la ventana. La jefatura de policía no estaba en el sitio más chic de la ciudad: una calle que de bulevar no tenía más que el nombre, en un barrio lleno de edificios normales y corrientes y, un poco más allá, entre dos rascacielos, las copas cubiertas de nieve de los árboles que bordeaban el Arve.

Esperar era un gaje del oficio de policía; el tiempo, un concepto relativo: cuanto más importante era el caso, más larga se hacía la espera. Y, cuando las hipótesis se agotaban, el cerebro pasaba a otra cosa. Volvía a los aspectos básicos, en cierta forma, como un ordenador que se cuelga y que hay que reiniciar. De algún modo había que llenar el tiempo.

El médico le había desaconsejado la cafeína. Abusar de ella podía provocar palpitaciones y, en su estado, había que evitarlas a toda costa. Hoy no le había hecho caso. Su corazón enfermo se agitaba en la caja torácica y le dolía. Un día diría basta, seguramente sin avisar.

Ana pensó en sus hijos. ¿Cómo reaccionarían al enterarse de su muerte? ¿Se arrepentirían de no haberle dado la oportunidad de redimirse? ¿Lamentarían no haberse reconciliado con ella antes de que fuera demasiado tarde? ¿Irían siquiera a su entierro?

Curiosamente, hacía meses que esas preguntas habían dejado de provocarle emoción alguna. Puede que ya hubiera llorado lo suficiente haciéndoselas. Desde luego, nada le gustaría más que ver a Paola y Luis por última vez antes de morir. Pero, cuando reflexionaba sobre eso, comprendía que lo deseaba por sí misma, no por ellos. Lo que pensaran o hicieran después de su muerte no formaba parte de la ecuación. Ellos tenían su vida, y Ana, la suya. Eran adultos, habían hecho su elección y tendrían que asumirla.

Sin embargo, Ana aún sentía la presión de aquella bola en la boca del estómago, aquel cáncer maternal que le devoraba las entrañas, todavía más desde la tarde anterior, cuando su hija la había echado mediante otra persona, como a una vagabunda, una enemiga, una desconocida.

—¿Sabes algo de Lucille? —dijo de pronto volviéndose hacia el Hurón.

Gygli apartó los ojos del mapa clavado en la pared y los volvió hacia ella, sorprendido: hacía al menos tres años que Ana no le preguntaba eso.

—Olvídate de Lucille —respondió, y soltó un suspiro—. Pasa ya esa maldita página.

—¿Sabes algo o no?

—Pues claro que no.

—Si lo supieras, ¿me lo dirías?

—No lo sé, Annie.

Esa tarde, las respuestas de los demás cantones llegaron con cuentagotas. Primero, la del inspector de Vaud, Pascal Kneuss. En su email, decía que habían encontrado dos paquetes, uno en la oficina de Moudon y el otro en la de Avenches, en el centro comercial Milavy, a las afueras de la ciudad.

Luego, la policía cantonal de Friburgo anunció el hallazgo de un paquete en la sucursal de Estavayer-le-Lac, en la misma zona geográfica.

Con los siguientes correos, el perímetro se ampliaba. La policía cantonal de Berna también había recogido dos paquetes, en La Neuveville, a orillas del lago de Bienne, y en Tavannes, en el valle epónimo del Jura bernés.

Por último, la policía de Jura informaba de la llegada de un paquete a la sucursal de Saignelégier, en el corazón de Franches-Montagnes. Era la única que daba datos sobre el Post Tracking o Track & Trace, como seguía llamándolo mucha gente. El paquete se había enviado desde

Chevenez. En 2018, el pequeño municipio de Haute-Ajoie, famoso por su fiesta de Saint-Martin, había perdido su pulso contra el Gigante Amarillo. La oficina postal había sido cerrada y sustituida por una asociación con una tienda de comestibles, Chez Marie-Paule. En esos momentos, la policía cantonal se desplazaba de Saignelégier a Chevenez para proseguir sus pesquisas.

—De momento, solo localidades pequeñas —comentó Ana colocando otras siete pegatinas rojas en el mapa de la pared.

—Es normal —opinó Mitch—. En las oficinas pequeñas, la búsqueda es más fácil y, por tanto, más rápida.

—De todas formas, este asunto empieza a no tener sentido. Mira los puntos rojos: están muy diseminados. Esto no tiene ni pies ni cabeza.

—Es mejor que esperemos a tener todas las respuestas —sugirió el Hurón.

—Cuanto más esperemos mayor es el riesgo de que borren las grabaciones de seguridad potencialmente útiles —repuso Ana—. Por lo general, se guardan un máximo de cuarenta y ocho horas. Eso, cuando hay cámaras...

—Queda el Post Tracking —dijo Mitch—. Y se me ha ocurrido otra idea sobre el paquete de Montreux...

—¿El que no llegó?

—Exacto. Pero habría que desplazarse a Daillens, al centro de clasificación postal.

Mitch señaló con el índice un punto del mapa intermedio entre Lausana y Orbe, a cierta distancia de la autopista. Ana cayó en la cuenta de que hasta ese momento no se había preguntado dónde estaba Daillens. El nombre de aquel pueblecito del Gros-de-Vaud había surgido durante la investigación, pero no estaba segura de haberlo oído antes. En su cabeza, el centro logístico de Correos estaba en Eclépens, todo el correo matasellado mencionaba ese nombre. Pero el centro logístico de Eclépens solo clasificaba cartas.

Ana miró el punto que había señalado Mitch y, a continuación, todas las pegatinas rojas. Poco a poco, una imagen nacía en su mente. Cogió un rotulador verde y trazó sendas líneas entre los puntos rojos y Daillens, que se convirtió en el centro aproximado de una estrella.

Con los ojos brillantes, se volvió hacia Mitch.

—¡El corazón! —exclamó, orgullosa—. ¡Joder, cabronazo, tenías razón!

33

En el sótano.

Vero se acercó primero a una de las pesadas puertas de madera y luego a la otra, pero comprobó, sin sorpresa, que estaban cerradas con llave.

Paseó la mirada por el increíble decorado de aquella habitación de princesa, la cama con dosel y su ropa rosa caramelo, los muebles medievales, medio carcomidos, el gran espejo con marco dorado, los abigarrados cuadros de inspiración puntillista y la araña. La electricidad vacilante de las bombillas en forma de velas hacía bailar inquietantes sombras en los rincones.

Una corriente de aire frío se deslizaba por el suelo de gravilla, Vero la notaba en los tobillos desnudos, y le ponía la carne de gallina. Estaba tiritando. La corriente entraba por debajo de una puerta, atravesaba la habitación y salía por la otra.

A través de ese intersticio de la primera puerta, se adivinaba una luz.

—¿Hay alguien ahí? —preguntó Vero acercándose.

Al no obtener respuesta, dudó un instante y, luego, llamó:

—¿Sam?

Silencio.

—¡Sam! —repitió alzando la voz—. ¡Déjame salir!

Pasaron unos segundos, largos como minutos. Luego, se oyó un débil ruido de pasos, casi imperceptible. El crujido de la gravilla, un roce. Y un chirrido, como el de un viejo cerrojo que se descorre.

Al pie de la puerta, se abrió una trampilla. Vero no había reparado en ella. Retrocedió.

Un rayo de luz penetró en la habitación. Una bandeja de plata se deslizó dentro, y la trampilla se cerró. Volvió a hacerse el silencio.

—¿Qué quieres de mí? —gritó Vero.

Su pregunta quedó sin respuesta.

Volvió a acercarse a la puerta y se acuclilló. Su carcelero le había traído la comida. Un plato bastante bien presentado, una especie de pollo sobre un lecho de castañas y, alrededor, judías verdes cubiertas con tocino: un pavo de Navidad. Sobre la piel dorada, ramitas de romero entrelazadas en forma de corazón. Ni cubiertos ni bebida. Vero no daba crédito a sus ojos.

—¡Vete a la mierda! —gritó irguiéndose—. ¡No tengo hambre!

Empezó a dar vueltas por la habitación como una peonza; luego, volvió a la carga:

—¡Tengo sed! —Las frases brotaban, inconexas—. Necesito ir al baño. ¡Déjame salir, gilipollas!

La falta de reacción de su captor era el peor de los suplicios. Solo servía para aumentar una incipiente sensación de claustrofobia. Pasaron los minutos sin que Vero se diera cuenta. El tiempo se había convertido en un concepto impreciso. No sabía la hora que era ni si fuera era de día o de noche. Ignoraba cuánto tiempo había estado inconsciente.

Debajo de la puerta, la luz había desaparecido. Vero comprendió que estaba sola. Ya no servía de nada gritarle a su carcelero.

La angustia iba apoderándose de ella. Tenía que encontrar la manera de salir de allí. Las dos puertas eran de madera maciza y estaban reforzadas, no merecía la pena intentar romperlas. Recorrió la habitación buscando otra posible salida. Examinó las paredes; se quitó una zapatilla y golpeó la piedra. No sonaba hueca en ningún sitio.

Apartó el espejo, miró debajo de la cama, movió los muebles... Eran pesados, pero consiguió mirar detrás. No encontró ninguna trampilla, ninguna rejilla. En el techo, tampoco.

A continuación, se puso a cuatro patas y empezó a escarbar en la gravilla. Pero, en cada agujero, acababa rompiéndose las uñas con el hormigón que había debajo.

Desesperada, se levantó y volvió a mirar a su alrededor. Solo quedaban aquellos extraños cuadros, a los que hasta ese momento no había prestado verdadera atención. Había seis y cada uno representaba, de forma bastante burda, la cara de un niño.

Cinco chicos.

Una chica.

Vero se acercó a uno y comprobó que no se trataba de una pintura puntillista, como había creído en un primer momento. Los rostros estaban formados por rectangulitos de papel coloreados y pegados uno al lado de otro.

Sellos de correos.

34

En Neuchâtel, en la novena planta del BAP, el Buró Administrativo de la Policía, el equivalente del Carl-Vogt de Ginebra, el comisario Daniel García desenvolvió un Sugus y empezó a masticarlo mirando pensativo el cuadro de servicio en la pantalla de su ordenador.

García era el jefe del grupo RTS, Represión del Tráfico de Estupefacientes. Dicho de otro modo, la Brigada de Estupefacientes. En esa época de Navidades, el trabajo de sus hombres se ralentizaba. Estupefacientes era un 95 por ciento proactivo por un 5 por ciento reactivo. Se decidía abrir tal caso o tal otro en función de la información de la calle, la más importante para impedir que una banda organizada se hiciera con el monopolio de la venta. Había que cortar de raíz cualquier fenómeno potencialmente mafioso y, sobre todo, evitar el desarrollo abierto de un escenario de drogas. Nadie quería volver a ver las imágenes zuriquesas del Platzspitz o del Letten, aquel parque y aquella estación abandonada convertidos en lugares de venta y consumo en masa para los heroinómanos en los años ochenta.

No podías ocuparte de todo, así que cerrabas los ojos temporalmente ante los embriones de tráfico mientras permanecieran en la sombra y se limitaran a responder a la ley de la oferta y la demanda. Y de vez en cuando, aunque no era frecuente, el decomiso inesperado de una cantidad importante de droga, a menudo en las aduanas, obligaba a reaccionar.

García había empezado la guardia esa mañana. Durante tres días, sería el oficial de servicio de la policía de Neuchâtel. Toda la información de la gendarmería y la

Policía Judicial, no solo de Estupefacientes, sino de todas las brigadas, pasarían por él. Pero, de momento, la guardia era tranquila.

Le habían avisado de un accidente de tráfico que dificultaba la circulación entre La Chaux-de-Fonds y Neuchâtel: un tráiler había patinado sobre la nieve de la calzada en el puente de Valangin y bloqueaba los dos carriles descendentes de la autopista.

Dos celdas de detención preventiva estaban ocupadas por ladrones de tiendas. *Peccata minuta.*

Y, junto al teclado, García había dejado dos documentos que acababa de imprimir: un comunicado nacional de la policía cantonal ginebrina y una comisión rogatoria intercantonal de la Fiscalía de Ginebra, sobre la que Norbert Jemsen, fiscal de Neuchâtel, también de guardia, había colocado un sello de tinta: «Colaboración judicial concedida».

Los dos documentos tenían el mismo objetivo: la rápida retirada de paquetes, velando por la protección de las huellas, en cuanto una oficina postal del cantón lo pidiera.

A media tarde, la CNU, la central de emergencias del cantón, recibió una llamada de la oficina postal principal de Neuchâtel. La operadora se la pasó a García. El comisario estuvo a punto de enviar una patrulla de la gendarmería al lugar, pero lo pensó mejor. No había despegado el culo de la silla en todo el día, una salida le sentaría bien.

Además, había que tener en cuenta las medidas de precaución requeridas. García marcó el número del departamento forense y pidió a su compañera Agathe Gisling, la inspectora científica de servicio, que lo acompañara.

La sucursal de Neuchâtel 1 era la principal oficina de correos de la ciudad, un gran edificio histórico de piedra de Hauterive, construido en 1874 al principio de los muelles del puerto. Como en tiempos había sido la sede de la

Unión Postal Internacional, los nombres de los treinta y un países miembros, incluida la desaparecida Persia, estaban grabados bajo su cornisa. Aparte de los servicios habituales de Correos, ahora el edificio albergaba el Centro Nacional de Criptografía, que desarrollaba protocolos digitales para garantizar el secreto postal y también el sistema de voto electrónico de todos los cantones suizos que lo desearan.

Gisling y García aparcaron el Subaru camuflado al sur del edificio, en zona peatonal. Empezaba a oscurecer. La inspectora de la Científica sacó su maletín del maletero. El comisario ya se había acercado a la verja trasera, que daba a unos muelles de carga resguardados de las inclemencias del tiempo y de las miradas indiscretas, un viejo patio acondicionado con una cubierta de chapa ondulada. Dentro estaba oscuro.

Para mayor discreción, les habían pedido que entraran por una puerta reservada al personal. Los estarían esperando.

De pronto, una silueta negra salió corriendo de la oscuridad y derribó a García.

El desconocido pasó junto a Gisling, que, instintivamente, lo golpeó con el pesado maletín del servicio forense en plena cara. Fue un golpe violento. Debido al impulso que llevaba, los pies del fugitivo se levantaron del suelo, el hombre flotó un breve instante en el aire y volvió a caer pesadamente de espaldas. Su cabeza golpeó el suelo cubierto de nieve.

El desconocido permaneció tendido largos segundos, gimiendo medio grogui. Sangraba por la nariz. García se acercó arma en mano.

—Buen golpe —le dijo a Gisling.

—¡Joder! Pero ¿quién es este tío? —exclamó la inspectora, que seguía bajo los efectos de la adrenalina.

García se agachó con cautela. Registró rápidamente los bolsillos de la gruesa chaqueta de plumón del hombre y sacó un pasamontañas negro y una pistola falsa.

—Bueno, Steeve, ¿qué pensabas hacer con esto? ¿Atracar la oficina?

—No es mío —farfulló el toxicómano—. Me lo he encontrado paseando por el centro, ¡lo juro!

—Y supongo que has pensado que sería de un empleado de Correos y has venido a devolvérselo, ¿a que sí? ¡Levanta!

El toxicómano, todavía atontado, obedeció con dificultad. Apenas pesaría cincuenta kilos, incluida la ropa. La heroína y la cerveza eran un cóctel más eficaz que la dieta Weight Watchers.

—¡Ahora, fuera de mi vista, Steeve! —dijo García.

—¿No lo detenemos? —pregunto Gisling, sorprendida.

—No estamos aquí para eso —respondió el comisario, y soltó un suspiro. Luego, se volvió hacia el yonqui—. ¡Vamos, largo! —le gritó—. Has tenido suerte, es Navidad. Pero recuerda una cosa: se dónde vives y qué intenciones tienes. ¡Apáñatelas de otra manera para pagarte la dosis! Si hay el menor atraco en los próximos meses, correos, tiendas, gasolineras y demás, será a tu casa adonde mande a los GI con el señor Toctoc. ¿Comprendido?

«Toctoc» era el apodo del ariete favorito del Grupo de Intervención, un trozo de rail ferroviario al que le habían soldado dos asas. Eficacia probada.

El tal Steeve se limpió la nariz con la manga de la chaqueta, masculló algo incomprensible y se fue como quien tiene prisa.

—¡Menudo lumbreras! —exclamó García mirando al toxicómano, que se alejaba tambaleándose.

Luego, se volvió hacia Gisling.

—¿Qué, vamos allá? Hay un paquete esperándonos.

35

Ana había recuperado su coche. Habían dejado el de Mitch en Carl-Vogt y circulaban por la autopista Ginebra-Lausana en dirección a Daillens, cuando una llamada resonó en el habitáculo y apareció en la pantalla del salpicadero. Era Gygli. Ana descolgó.

—¿Respuestas de otros cantones?

—Estamos avanzando —dijo el Hurón—. La policía de Friburgo ha encontrado otros tres paquetes, en Morat, Kerzers y Friburgo. La bernesa, también tres, en Moutier, Bienne y Berna. Los de Jura, otros dos, en Delémont y Porrentruy. Y los de Neuchâtel, solo uno, en Neuchâtel.

—¿Noticias de los franceses?

—Todavía no, pero están en ello. ¿Por dónde vais?

—Estamos a la altura de Morges. Tenme al corriente según te vaya llegando la información —dijo Ana, y colgó.

En el asiento del acompañante, Mitch dormitaba. Abrió los ojos mientras rodeaban Lausana, bostezó, extendió los brazos hacia delante e hizo crujir sus articulaciones.

—Los dos necesitamos una buena noche de sueño —dijo Ana—. Cuando acabemos en Daillens, nos vamos a casa.

—¿Podré dormir en la mía?

—Ni pensarlo. ¿No te gusta mi cama?

Mitch le sonrió tristemente.

—Mi cama, tu cama, la del vecino... ¿Qué diferencia hay? De todas maneras, hace tres meses que no sé lo que es una buena noche de sueño.

«Desde el caso Rosselet».

—¿Por eso te has dado a la bebida? ¿Para poder dormir?

—Y olvidar.

Ana suspiró.

—Es ridículo. ¡No lo pienses más! Te lo repito: Rosselet habría matado a su mujer antes o después, y lo sabes. El fiscal te pidió tu opinión, tú se la diste y él decidió no encerrarlo. Si lo hubiera hecho, se habría visto obligado a liberarlo rápidamente, y el resultado habría sido el mismo. Siempre es muy fácil juzgar *a posteriori* las decisiones tomadas con urgencia.

—¿Y tú qué sabes? En la prisión, lo habría examinado un psiquiatra experto y...

—¿Y qué? —lo interrumpió Ana—. La psiquiatría no es una ciencia exacta. Además, en Suiza la Justicia no acepta que el mismo psiquiatra examine al autor y a la víctima. La díada no es posible, como lo es en Francia. El loquero solo habría podido basarse en sus visitas a Rosselet en el marco de la detención y en sus eventuales antecedentes penales y psiquiátricos. Pero no los había, ni de un tipo ni del otro. Suele decirse que los comportamientos del pasado son los mejores predictores de los futuros, pero, en lo que respecta a los feminicidios, es una gilipollez. Las estadísticas demuestran lo contrario. En la mayoría de los casos, el culpable no tenía antecedentes.

—Pero en este sí —replicó Mitch.

—¡Otra gilipollez! Precisamente, la detención de una persona violenta puede aumentar el riesgo de que pase a la acción cuando la liberen, porque las probabilidades de que el autor considere a la víctima responsable de su encarcelamiento son altas.

—Sin embargo, desde ese caso, se detiene a los acusados de violencia de género con mucha más facilidad, en Ginebra y en el resto de Suiza. Eso demuestra que nos equivocamos.

—¡Eso no demuestra nada! —respondió Ana, irritada—. El caso Rosselet provocó una psicosis entre los investigadores. Nadie quiere correr el riesgo de vivir lo que visteis el fiscal y tú. Es así de simple. Y la psicosis también se extendió a la ciudadanía en general: en las semanas posteriores, recibimos montones de llamadas por todo y por nada. Un simple insulto entre una pareja hacía temer cuchilladas.

—La violencia verbal sigue siendo violencia —repuso Mitch doctamente—. Llamarla de otro modo porque no es física es un eufemismo. Es el peligro que acecha a todo policía: a base de vivir día y noche en medio de ella, te vuelves permisivo. ¿Cuántas veces has oído decir a un compañero «bueno, le ha roto la mandíbula, solo son dos días de hospital, no vamos a encerrarlo por eso»? En nuestra profesión, estar curado de espanto puede ser peligroso para los demás.

—Y también vivimos en un mundo en el que hay que encontrar absolutamente siempre un culpable para todo. Una americanización del sistema. Hoy se ataca a los polis y los fiscales porque decidieron no detener a alguien. ¿Y mañana? Se hará lo mismo con los psiquiatras que no supieron detectar la peligrosidad de un sospechoso. Hace treinta años, los médicos tenían la obligación de alcanzar una media, no un resultado. Hoy se tiende cada vez más a exigir resultados sobre todo a los cirujanos. La gente ya no acepta la fatalidad. Detrás de cualquier catástrofe, hay que encontrar a un culpable. Se celebran juicios por cualquier cosa. Mira, este el último caso que recuerdo: esa trágica historia del niño francés que se ahogó con una salchicha. Los padres, cuyo dolor es, desde luego, muy comprensible, intentaron llevar a juicio al fabricante de las salchichas, porque en el envase no ponía cómo había que cortarlas. Te lo pregunto muy en serio: ¿adónde iremos a parar? Nuestra sociedad se vuelve cada vez más ridícula. La verdad, creo que ya va siendo hora de que coja la jubilación.

Mitch sonrió.

—No tardes demasiado —dijo.

Ana sabía a qué se refería su compañero. Los policías vivían bajo la amenaza de un retiro cada vez más tardío: había que sanear la caja de las pensiones de las fuerzas del orden. El pulso entre el Consejo de Estado ginebrino y los sindicatos era brutal.

Ana y Mitch llegaron al centro de clasificación de paquetes de Daillens poco después de las seis de la tarde. Había empezado a nevar otra vez, y al alumbrado público le costaba atravesar la cortina de gruesos copos que envolvía las tierras que recorre el río Venoge.

El complejo estaba vallado. En un poste amarillo con el logotipo de Correos, un letrero indicaba ENTRADA DE VISITANTES Y PERSONAL. En el torno metálico de seguridad, llamaron, se presentaron y les abrieron. Mientras atravesaban el recinto, entrevieron a su derecha una hilera de muelles iluminados y numerados, destinados a la carga y descarga de los camiones y furgonetas de Correos.

En el vestíbulo de entrada, los recibió una recepcionista. La mujer reconoció a Mitch. Se dieron dos besos y charlaron unos instantes sobre la época en la que él aún trabajaba en la empresa.

—No sabía que te habías metido en la pasma... —dijo ella—. Perdón, en la policía.

Mitch le sonrió tímidamente.

—Nadie es perfecto.

—¿Estáis citados con alguien en concreto?

—No. Lo que nos interesa es la salita de la izquierda. —Mitch señaló la entrada de la inmensa nave de clasificación y añadió—: A no ser que la hayáis cambiado de sitio desde que me marché. ¿Sabes a cuál me refiero?

La mirada de la recepcionista se iluminó.

—¡Claro! La clínica de paquetes.

36

En el sótano.

Vero ya no podía apartar los ojos de los cuadros de inspiración puntillista, collages de centenares de sellos de correos yuxtapuestos. Seis rostros anónimos, cinco chicos y una chica, que parecían mirarla fijamente. Seis miradas sombrías, indefinibles, que producían una extraña incomodidad.

Hacerlos debía de haber exigido paciencia y minuciosidad. Y también locura, porque estaba claro que eran obra de un demente.

Vero estaba tiritando. Había tardado en darse cuenta, hipnotizada como estaba por aquel alucinante decorado de cuento de hadas al estilo de Lewis Carroll. Sueños de niño trasladados a un ambiente de pesadilla.

¡Y aquel horroroso vestido rosa! Cuando tenía seis años, se habría sentido orgullosa de llevarlo, pero ahora solo deseaba una cosa: arrancárselo. Tenía la sensación de que la tela se le pegaba a la piel y le provocaba picores.

Volvió a recorrer la habitación con la mirada, pero nada, ninguna prenda de repuesto.

Regresó a la cama, se deslizó bajo el edredón, se lo subió hasta la barbilla y se lo apretó contra la cara, pero ni aun así consiguió entrar en calor. No paraba de temblar.

Lanzó una ojeada a la puerta provista de trampilla. No se veía ningún rayo de luz, no se oía ningún ruido que delatara la presencia de su carcelero. Delante de la puerta, en el suelo, el pavo de Navidad aún soltaba un poco de humo.

Vero no estaba hambrienta, lo que tenía era mucha sed. Al principio, intentó ignorar la comida, pero aquella fuente de calor la atraía como la luz azul hipnotiza a los insectos.

Acabó levantándose de nuevo y se acercó al pavo con guarnición. Sin convicción, arrancó un muslo y mordió la jugosa carne. En un primer momento, el contacto de la comida caliente con su lengua le produjo una sensación de bienestar. Ya se sabía, el apetito entraba comiendo. Empezó a masticar el trozo de carne y piel crujiente, pero, de pronto, hizo una mueca, lo escupió de inmediato y empezó a toser.

Estaba tremendamente salado.

Vero volvió la cabeza en todas direcciones buscando desesperadamente algo para beber. Tenía la boca reseca, como si la sal se la quemara. Habría dado lo que fuera por un vaso de agua. Buscó en las paredes y el techo la menor mancha de humedad. Una sola gota que rezumara de la piedra la habría hecho feliz. Pero nada. Todo estaba seco.

Decían que, si un cocinero estaba enamorado, tendía a salar los platos más de la cuenta, lo que su amada generalmente le perdonaba. Pero lo de Sam no era amor, era un acoso obsesivo. El amor se había convertido en un veneno, y el condimento, en tortura.

Llorando de rabia, Vero empezó a aporrear la puerta.

—¡Tengo sed! —gritó—. ¡Dame de beber, cerdo!

Golpeó la madera con los puños durante largos minutos, alternando las súplicas con los ataques de ira, pero también con llamadas de auxilio, con la esperanza de que alguna otra persona la oyera.

En vano.

Había pasado media hora larga. Vero había acabado rindiéndose. Sollozaba sentada en una esquina de la habitación, cuando oyó un ruido metálico. La puerta de la trampilla se abrió, y un extraño recipiente de plástico se deslizó por el suelo. Luego, la trampilla volvió a cerrarse. A cuatro patas, Vero se acercó a la puerta a toda prisa como un animal muerto de sed al que por fin daban agua.

Cogió el recipiente con las dos manos, pero, cuando iba a llevárselo a los labios, vio que estaba vacío. Era un viejo orinal para adultos, con un rollo de papel higiénico en su interior.

Furiosa, lanzó el recipiente a través de la habitación.

—¡Agua! —gritó—. ¡No te vayas, por favor! Dame agua, te lo suplico...

—Primero una cosa y luego otra —respondió una suave voz masculina al otro lado de la puerta.

Vero, que no daba crédito a sus oídos, se abalanzó sobre la hoja de la puerta y pegó las palmas de ambas manos a la madera, como para intentar impedir que su captor se marchara.

—Sam... —dijo procurando mantener la calma—. Ábreme, por favor... —No obtuvo respuesta—. Yves... o quien quiera que seas... Por compasión...

Silencio.

«Primero una cosa y luego otra...», pensó Vero. Se volvió, vio el orinal al pie del espejo y, no muy lejos, en la gravilla, el papel higiénico, medio desenrollado. Sam le permitía ir al baño, pero no como ella había imaginado. Quizá después de eso le diera de beber. Sentía la boca seca. Tenía tanta sed que empezaba a dolerle la cabeza. Acabó obedeciendo.

Se levantó, dio unos pasos, cogió el orinal, se levantó el vestido, se bajó las bragas y se acuclilló. De pronto, una idea atravesó su mente. ¿Y si la filmaba? Aquel enfermo era muy capaz.

En un ataque de pudor, se tapó las piernas con el vestido y se echó a llorar. Solo salieron unas gotas: estaba deshidratada. La orina estaba tan concentrada que sintió una quemazón en la uretra. Cuando acabó y se irguió, tuvo la confirmación: el líquido del fondo del orinal era de un amarillo muy oscuro.

Cogió el recipiente, volvió junto a la puerta y dio tres golpes con los nudillos.

—He acabado —dijo con un hilo de voz. La trampilla se abrió y, cuando Vero hizo pasar el orinal al otro lado, volvió a cerrarse—. Ahora dame de beber, por favor.

Pasaron unos segundos. Luego, la trampilla se abrió de nuevo. Vero se moría de impaciencia, ya se veía cogiendo el vaso que pasaría a través de la puerta y bebiéndoselo. Pero, en lugar del vaso, lo que vino de vuelta fue el orinal. Sam no lo había vaciado.

—¿Qué significa esto? —gimió la chica.

Por toda respuesta, la trampilla volvió a cerrarse. Las palabras de Sam le vinieron de nuevo a la mente. «Primero una cosa y luego otra». Y entonces lo entendió.

Sam quería que se bebiera su orina.

37

En el año 2000, Suiza y Francia habían suscrito un acuerdo bilateral. Complementaba el Convenio Europeo de Asistencia Judicial en Materia Penal y autorizaba la transmisión directa de información de fiscal a fiscal, sin utilizar la vía diplomática. Ya no era necesaria la intermediación de la Oficina Federal de Justicia en Suiza y del Ministerio de Justicia en Francia. Las diligencias internacionales entre ambos países se habían agilizado considerablemente y el criterio de urgencia siempre encontraba su garante a uno y otro lado.

Los fiscales jefes de los tribunales de apelación de Chambéry, Lyon, Besançon y Colmar habían recibido las comisiones rogatorias de la fiscal Vino a primera hora de la tarde. Los contactos telefónicos previos les habían permitido prepararse. Apenas recibidas, habían transmitido las actas para su ejecución a los fiscales de la República competentes, que a su vez habían pedido oficiales o agentes de la Policía Judicial.

También se habían establecido contactos de alto nivel entre las policías suiza y francesa a través el CCPD, el Centro de Colaboración Policial y Aduanera de Ginebra, y, luego, entre los investigadores franceses y el servicio postal francés, que ya había tomado medidas.

En su despacho de Annecy, Françoise Le Berre, directora departamental de la Alta Saboya, había recibido la información de la sede central de Correos en París.

Al instante, maldijo a Mitch y su compañera ginebrina por haberla puesto en una situación como poco incómoda.

Luego, decidió cerrar los ojos y reaccionar tal como le pedía la sede central: ordenando a todas las sucursales de su departamento que procedieran a un control de la lista de correos, con una descripción precisa de los paquetes buscados.

Françoise sabía ya que en Annecy y La Roche-sur-Foron no se encontraría nada. Y a media tarde recibió la confirmación de que ninguna otra oficina de la Alta Saboya había sido afectada por aquel asunto.

A última hora de la tarde, la fiscal jefe de Chambéry comunicó al ministerio fiscal de Ginebra el resultado negativo de las búsquedas realizadas en su territorio.

La fiscal jefe de Lyon informó a Sonia Vino del descubrimiento de tres paquetes en sendas localidades del departamento de Ain: Bourg-en-Bresse, Oyonnax y Bellegarde-sur-Valserine.

El de Besançon comunicó el mayor número de hallazgos: seis en total en su jurisdicción. El ya conocido de Saint-Claude, en el departamento del Jura, y otros cinco en el de Doubs: uno en la oficina principal de Besançon, prefectura del departamento; otro en la subprefectura de Pontarlier; un tercero en la pequeña ciudad de Baume-les-Dames; y los dos últimos en sucursales de poblaciones de menos de tres mil habitantes, Le Russey y Mamirolle.

La respuesta más sorprendente vino del fiscal jefe de Colmar. En el Alto Rin, se había encontrado un solo paquete, pero no en una oficina de correos. Estaba en el ayuntamiento de Lucelle, un pueblo limítrofe con el cantón suizo de Jura, famoso por su estanque en el lado helvético y su antigua abadía en el francés.

El paquete procedía de Delémont y contenía una plaquita de hachís recortada en forma de corazón. Por orden de su superior, un empleado del ayuntamiento había entregado el paquete en la cercana aduana francesa.

La fiscal Vino llamó al comisario Gygli y le transmitió los resultados.

—Increíble, lo de Lucelle —comentó el Hurón—. Si hubieran querido que encontráramos el paquete, no lo habrían podido hacer mejor. ¿Seguro que forma parte de la serie que investigamos?

—Sí —respondió la fiscal—. El dosier de la CRI contiene una foto del paquete. No hay ninguna duda: lleva el mismo sello del corazón que todos los enviados desde Suiza, con una sobretasa. Si los he contado bien, son veintinueve en total.

«Treinta y uno», la corrigió Gygli para sus adentros. Pero no estaba dispuesto a hablarle de los de Annecy y La Roche-sur-Foron. Y, si Ana y Mitch conseguían dar con el de Montreux, llegarían a los treinta y dos. La mitad de las casillas de un tablero de ajedrez.

—¿Se encarga usted de informar a la inspectora Bartomeu de las respuestas de los franceses? —preguntó Sonia Vino.

—Sí, lo haré tan pronto como sea posible. En estos momentos está en Daillens, con su compañero... —El Hurón se calló en mitad de la frase: no podía hablarle de Mitch.

—¿A quién le ha puesto para este caso? —quiso saber la fiscal.

Gygli dudó.

—Yves Morin —dijo al fin.

—Creía que estaba de vacaciones...

—Ha aceptado acortarlas.

—Un detalle de su parte. Téngame al corriente del desarrollo de la investigación.

—Por supuesto, señora fiscal. Buenas noches.

El Hurón colgó sintiéndose un poco avergonzado por haberle mentido a la responsable de la investigación. Más valía que Ana y Mitch consiguieran resultados. Y cuanto antes, mejor. Para ellos y para él.

38

La recepcionista del centro logístico de Daillens descolgó el teléfono y llamó al responsable de la «clínica». Ana y Mitch esperaban en el vestíbulo principal.

Encima de la puerta de acceso a la nave de clasificación, se exponía una representación a escala del complejo. El tamaño minúsculo de los camiones y las furgonetas dibujados en primer plano daba idea de la inmensidad de las instalaciones. Ana localizó la recepción y, justo detrás, la gigantesca cadena de distribución automatizada. Tras el edificio, el plano representaba una verdadera estación ferroviaria, con trenes de mercancías, contenedores, cambios de agujas y cuatro vías que pasaban bajo grúas de carga móviles, como en los grandes puertos comerciales.

La puerta emitió un clic y se abrió. Al otro lado, apareció un hombre, un cincuentón muy pulcro en traje gris bajo un chaleco amarillo con el logotipo de Correos. Al ver a Mitch, se detuvo sorprendido. Los dos hombres se miraron y, para desconcierto de Ana, se arrojaron el uno a los brazos del otro.

—¡Joder, chaval! ¡Ha pasado una eternidad!

—¡Y que lo digas! —respondió Mitch, y se volvió hacia su compañera—. Annie, te presento a Antoine Cottier, uno de los pilares del centro logístico desde su creación en 1999. Trabajamos juntos aquí, en Daillens, durante muchos años.

—Hasta que mi mejor compañero me dejó por un puesto supuestamente mejor en Ginebra —dijo Cottier sonriendo, y se giró hacia Ana con la mano tendida.

—La inspectora Bartomeu —le dijo Mitch a su antiguo colega.

—Me han avisado de vuestra llegada —respondió Cottier—. Policía Judicial de Ginebra, si no lo he entendido mal...

—Eso es.

—¡Chico, sí que has hecho progresos desde nuestros tiempos!

—Tú en cambio ya formas parte del mobiliario.

Cottier los invitó a seguirlo. Al entrar en la gran nave, Ana sintió una curiosa mezcla de agorafobia y claustrofobia: la sensación contradictoria de estar encerrada en un espacio tan enorme que, volviendo la cabeza a un lado y a otro, casi no se veían los dos extremos.

Decenas de miles de paquetes daban vueltas por la cadena de clasificación, un auténtico laberinto de cintas transportadoras, cambios de agujas y cruzamientos, de bandejas y correderas, en un decorado de hormigón, acero y metal. El ruido constante de la maquinaria los obligó a alzar la voz.

—¿No os acompaña la policía de Vaud? —preguntó Cottier.

—Está informada, pero no ha considerado necesario venir —respondió Mitch.

—Esto no es un registro —puntualizó Ana.

—Muy bien —dijo Cottier—. No conozco el procedimiento, pero confío en vosotros.

Pasaron junto a una serie de toboganes por los que decenas de paquetes descendían de bandejas basculantes. Unos empleados los cargaban en carretillas elevadoras.

—¿Trabajas de noche a menudo? —le preguntó Mitch a Cottier.

—No, solo cuando falta gente, como en Navidades —respondió su antiguo compañero—. El resto del año se lo dejo a los más jóvenes. El horario de seis a tres de la madrugada ya no es para mí.

—¿Eres el encargado de la clínica?

—Uno de ellos. En estos momentos, está a tope, pero, en época normal, ya sabes, solo te ocupa una pequeña parte de la jornada. Hace cinco años, me pusieron al cargo de la informática de todo el complejo.

Mitch soltó un silbido de admiración.

—Menudo desafío...

—Menuda responsabilidad, sí. Pero tengo las ventajas que lleva aparejadas.

Cottier los condujo hasta una salita reservada a la reparación de los paquetes rotos y la apertura de aquellos cuyo destinatario era inidentificable. En la puerta, un letrero naranja anunciaba CLÍNICA, con la imagen de un paquete en mal estado. La habitación parecía una cocina en desuso, con una mesa, un fregadero y una campana extractora. Los azulejos blancos recordaban los de un hospital, sin su asepsia. En la salita, reinaba el desorden; había pilas de paquetes esperando su turno por todas partes.

—¿Para qué sirve esto? —preguntó Ana señalando la campana.

—Para cuando un paquete dañado contiene una materia tóxica o inflamable —respondió Cottier—. Es increíble lo irresponsable que puede llegar a ser la gente. En los paquetes encuentras realmente de todo. —El representante de Correos se acercó a los montones de cajas en espera—. ¿Qué buscáis exactamente?

Mitch se lo explicó.

—En ese caso, olvidaos de esta pila —dijo Cottier—. Es la de los destinatarios inidentificables.

—¿Y qué hacéis con ellos? —preguntó Ana.

—Soy el único autorizado a abrirlos, por cuestiones de secreto postal. A veces, el contenido nos permite identificar al destinatario; otras, no. En ese caso, se lo devolvemos al remitente.

—¿Y los demás montones?

—Embalajes dañados. Los reparamos lo mejor que podemos y los devolvemos a la cadena de clasificación. El vuestro podría estar ahí, a no ser que ya lo hayamos manipulado. En ese caso, quizá vaya camino de Montreux.

Ana se volvió hacia Mitch.

—¿Todos nuestros paquetes han pasado por este centro?

—Todos los enviados desde la Suiza romanda o a una oficina suiza, sí. Pero el que se mandó de Annecy a La Roche-sur-Foron no. El equivalente del centro de Daillens en Francia está en París.

Ana se puso sus guantes de látex y Mitch hizo lo propio con otros que le proporcionó Cottier. Empezaron por los paquetes estropeados cuyo embalaje se parecía al de los ya encontrados.

La búsqueda fue más rápida de lo que pensaban. En menos de diez minutos, habían dado con el paquete que les interesaba. Medio desfondado, los esperaba bajo otro rasgado.

Ante la mirada intrigada de Cottier, Ana introdujo las manos en el agujero y lo ensanchó para echar un vistazo dentro.

—Vacío —anunció.

—Como casi todos los demás —dijo Mitch—. Pero tenemos lo esencial.

En la caja, la dirección de una empresa relojera de Montreux y uno de los sellos franceses de corazón, estampillado en la oficina de La Roche-sur-Foron.

Cuando Ana, Mitch y Cottier salieron de la clínica, casi chocaron con una jaula empujada por un empleado. El chico, que no tendría más de veinticinco años, se detuvo para dejarlos pasar.

Saludó a Cottier, miró a Ana con una leve sonrisa y, luego, sus ojos se clavaron en los de Mitch. Estaba claro que se conocían. El chico se quedó boquiabierto unos instantes y, luego, ante los ojos estupefactos de Ana y Cottier, soltó la jaula, dio media vuelta y echó a correr.

39

En el sótano.

Vero miraba la orina en el fondo del recipiente, incrédula. Sam debía de estar de broma, porque, desde luego, ella no pensaba tocar aquello.

¿Qué se había creído?

La habitación, la decoración, el vestido... Estaba claro que Sam había decidido jugar con ella como si fuera una mascota encerrada en una jaula. Solo que aquello de juego no tenía nada. Vero se sentía como un ratón de laboratorio con el que experimentaban las ideas más irracionales. En ese terreno, los nazis —y otros torturadores en conflictos más recientes— habían llevado el absurdo hasta los confines de la locura. Sobre seres humanos.

Vero recordaba vagamente lecturas que había hecho sobre marinos que habían naufragado en mitad del océano o soldados perdidos en el desierto, obligados a beberse su propia orina para sobrevivir. Algunos habían escapado de la muerte, otros no. Cuando beber se convertía en vital, probablemente el ser humano estaba dispuesto a todo.

Ella tenía sed, mucha, pero no estaba a punto de morir. Todavía no. Humedeció un dedo en la orina, se lo llevó a los labios y la probó.

Estaba salada. La escupió.

Rabiosa, lanzó el orinal contra la puerta. El contenido salpicó la madera.

—¡Vete a la mierda, pedazo de loco!

Tendida en la cama bajo el edredón, Vero lloraba. ¿Por qué la había encerrado Sam allí? ¿Qué iba a hacerle? ¿Retenerla indefinidamente en su torreón? ¿Tendría ella que someterse una vez más al capricho de un hombre?

Pensó de nuevo en los quince años que había pasado con Jean-Claude, otra forma de encierro, menos directa, más solapada. Entonces no estaba prisionera, pero su cárcel era mental, y el control sobre su cuerpo también existía. ¿Cuántas veces se le había entregado sin desear hacerlo? En su última denuncia por agresión, amenazas e insultos, había contestado a una pregunta de la policía: «¿Ha soportado relaciones sexuales no consentidas?». Pregunta cerrada: la respuesta era sí o no. Ella había respondido que sí, porque en el fondo era la verdad. Aunque nunca se lo hubiera dicho a su marido.

Los recuerdos acudieron a su mente como si llegaran de otra vida. La instrucción posterior a esa denuncia había englobado la prevención de la violación, aunque la intención inicial de Vero no era esa. Y, lógicamente, el caso se había saldado con el archivo en beneficio de la duda. Pero para Vero era un fracaso más en su vida. El sistema no la había comprendido. Sobre todo, tenía la sensación de haber pasado por una mentirosa.

Le vino a la cabeza otro recuerdo: una conversación sobre el tema con Irina, mientras tomaban un café, bien calentitas en su sitio preferido del barrio de Ouchy. Vero se aferró a él como a un salvavidas. Cerró los ojos, y sus sollozos se apaciguaron, mientras repasaba mentalmente la charla con su amiga. Vero era feminista, se definía como tal, pero odiaba la facción más extremista del movimiento, cuyas exageraciones llevaban en último término al descrédito del conjunto de las mujeres. Había seguido en la prensa los encendidos debates sobre la revisión del Código Penal y la nueva definición de la violación. No es no: la ausencia de consentimiento basta para que haya delito, ya no se exige que haya coacción.

El debate era positivo en sí, le decía Vero a Irina, y la posición expresada, totalmente justificada. Se hablaba del tema y eso ya estaba muy bien. Había que corregir el rumbo para las generaciones venideras, era necesario en aquella sociedad machista. Pero, a la larga, el objetivo buscado solo podía conducir a grandes desilusiones. En la gran mayoría de los casos, los tribunales no absolvían a los acusados de violación porque no hubiera habido coacción. Los absolvían porque la prueba de la ausencia de consentimiento faltaba. Muy a menudo, el presunto autor reconocía la relación sexual, pero alegaba que la víctima la había consentido. Y, ante la palabra del uno contra la del otro, sin otra prueba ni conjunto de indicios suficiente, tal constatación llevaba a la absolución. La duda siempre beneficiaba al acusado, y la nueva definición de la violación del Código Penal jamás quebrantaría el principio fundamental y sagrado del derecho penal, que era la presunción de inocencia. La inversión de la carga de la prueba quedaba excluida y, en consecuencia, los impulsores de aquella modificación podían imaginar lo que quisieran, pero el porcentaje de absoluciones no cambiaría.

La imagen de Irina se desdibujó poco a poco y el calor del café desapareció con ella. Vero se estremeció y se ovilló aún más bajo el edredón. Su pensamiento siguió vagando, para acabar volviendo a la pesadilla del presente. ¿Tenía Sam la intención de violarla? En su situación, estaba a mil leguas del caso de manual que había vivido con su exmarido. Si Sam la tomaba por la fuerza en aquel frío y sórdido sótano, sería indiscutiblemente una violación. Jamás cedería ante él, jamás permitiría que tuviera la sensación de que ella había consentido de algún modo.

Sería una violación, una violación de verdad, tal como se la imaginaba en general la gente, tal como la representaban el cine y la literatura. Con violencia y coacción física.

Lejos de la zona gris de las relaciones de pareja, en las que los viejos tópicos del matrimonio se perpetuaban, en las que la postración y, sobre todo, los silencios de las víctimas durante el acto hacían que el trabajo de las autoridades penales fuera casi imposible a nivel de las pruebas.

Para ahuyentar esas ideas aterradoras y calmar la angustia que volvía a invadirla, se esforzó en recorrer el hilo de su vida. Después de Jean-Claude, había tenido varios amantes ocasionales. Relaciones sin futuro, porque Vero había perdido por completo la confianza en sí misma y ahuyentaba a sus pretendientes. La edad también influía. Vero tenía cincuenta años, y cada vez le era más difícil gustarle a un hombre. O eso creía.

Morin era el único que había sabido tranquilizarla un poco. Aunque ella no se hacía ilusiones: en el fondo, sabía que era un ligón incorregible y que iba de conquista en conquista. Lo llevaba en los genes, o era su forma de ser, dos cosas que tenían un punto en común: no las podías cambiar.

Al límite de sus fuerzas, Vero se levantó y se acercó a la puerta provista de trampilla. Apoyó las manos en la hoja, dudó, soltó un suspiro y, luego, decidió jugar su última carta para intentar ablandar a su carcelero.

—Sam, te lo suplico... —Silencio—. Tengo sed... —Nada—. Dame de beber, por favor... Si no lo haces por mí, al menos hazlo por el hijo que espero... Estoy embarazada.

40

—¡Es él! —gritó Mitch.

A Ana no le dio tiempo a preguntarle a quién se refería: su compañero ya estaba lejos, corriendo detrás del chico. Desaparecieron en un pasillo, entre una hilera de toboganes y una cinta transportadora.

Ana iba a seguirlos, pero Antoine Cottier la detuvo agarrándola del brazo en el último momento. Una carretilla elevadora le pasó rozando. Con el ruido de la cadena de clasificación, no la había oído acercarse.

—Gracias... —murmuró.

—Por los pelos —dijo Cottier.

—¿Quién es ese chico que ha salido huyendo?

—Se llama Maxime Dutoit. Hace ocho años que trabaja aquí. Tres de prácticas y cinco de titular. Un buen muchacho, nunca ha dado el menor problema, puntual, trabajador... Hace dos o tres meses, pasó por un periodo difícil, debido a una tragedia familiar. Pero últimamente estaba mejor. No comprendo su reacción. ¡Ni que hubiera visto al diablo!

El móvil de Ana vibró en el bolsillo de su pantalón. No era el momento. Dudó, miró en dirección al pasillo por donde habían desaparecido el joven empleado y Mitch. Ya debían de estar lejos. Con su sobrepeso, jamás conseguiría alcanzarlos.

Soltó un suspiro y sacó el móvil. Era Gygli. Cogió la llamada y gruñó:

—¿Qué quieres, Hurón?

—Qué recibimiento tan amable, Annie... ¿Pasa algo?

—Nada. ¡Desembucha!

—Hemos recibido todas las respuestas de las sucursales suizas y francesas. Treinta y dos paquetes en total. Y no creo que vaya a haber más.

—¿Cómo lo sabes?

—Voy a mandarte una foto por WhatsApp y lo comprenderás.

Maxime Dutoit corría como una liebre por la nave, con Mitch pisándole los talones. La distancia aumentaba por momentos, debido sobre todo a la diferencia de edad. Sin embargo, ver al chico había dado nuevos bríos al policía, que corría como si tuviera veinte años.

Dutoit saltó por encima de una cinta transportadora. Mitch lo imitó. Aterrizaron en el pasillo central, que recorría la gran nave en sentido transversal: doscientos noventa metros. Dutoit chocó con una jaula y no se cayó de milagro. Un empleado le gritó que tuviera más cuidado.

Mitch ganaba terreno. Vio que el chico torcía hacia un lado y se subía a la cadena de clasificación. La cinta ascendía hasta una altura de varios metros por encima del suelo, hacia un dédalo de pasarelas metálicas. Mitch conocía el lugar y tomó un atajo: una escalera reservada a mantenimiento. Mientras subía los peldaños de tres en tres, procuraba no perder de vista a su objetivo. Dutoit corría por la cinta ascendente volcando paquetes a su paso.

De pronto, la cadena de clasificación se detuvo, debido a la intervención humana o a algún sistema automático de seguridad. Dutoit estuvo a punto de perder el equilibrio. El ruido de la maquinaria había cesado, y ahora en la gran nave se oían exclamaciones de sorpresa o indignación. Los empleados se preguntaban qué pasaba.

Dutoit saltó de la cinta, aterrizó en una pasarela y reemprendió la huida. De vez en cuando, tenía que agacharse para evitar un puente de la cadena y seguir avanzando. Mitch lo imitaba.

Llegaron al extremo opuesto a la recepción y la clínica, la zona de expedición por ferrocarril. Dutoit saltó a un tobogán y se deslizó por él, mitad sobre la espalda y mitad sobre un costado, hasta el nivel del suelo, empujando paquetes a su paso. Mitch lo siguió.

Al pie de los toboganes, estaban los muelles de carga. Algunas puertas permanecían cerradas; por las abiertas, podía verse el interior de los contenedores que serían transportados por camiones o vagones plataforma. Un poco más lejos, una puerta se abría al exterior. A Mitch le dio tiempo a ver que Dutoit saltaba al suelo desde la rampa de acceso y desaparecía en la oscuridad.

Gruesos copos caían sobre la enorme explanada de los contenedores, situada entre el edificio principal del centro de clasificación y las vías de la estación. Todo estaba cubierto de nieve.

Cuidadosamente alineados y colocados sobre estructuras metálicas con cuatro patas para evitar que tocaran el suelo, los contenedores dibujaban sombras inquietantes, que danzaban sobre la alfombra blanca al ritmo de los movimientos de los faros de un camión, de una máquina de tren o de una grúa elevadora en movimiento sobre sus raíles.

Mitch avanzaba entre dos contenedores atento al menor ruido sospechoso. Había perdido de vista a su objetivo, pero sabía que no andaba lejos. Mitch no iba armado. Lo normal era que Dutoit tampoco. No obstante, el inspector se mantenía en guardia. En la nave, a su objetivo le habría sido fácil conseguir un destornillador, un cúter o algún otro utensilio de los que manejaba habitualmente en el trabajo.

Mitch distinguió pisadas en la nieve, unas más recientes que otras. Había muchas; era imposible saber cuáles pertenecían a Dutoit.

Asomó la cabeza con prudencia en la esquina de un box y observó discretamente. No muy lejos, una grúa cargaba plataformas sobre las que descansaban grandes contenedores con el logotipo de Correos y, escritos en grandes letras blancas sobre fondo amarillo, juegos de palabras sobre diferentes ciudades suizas como Épalinges, Lausana, Friburgo, Neuchâtel..., y otros en alemán o italiano que Mitch no comprendía.

De pronto, distinguió una figura que avanzaba con paso vacilante junto al tren lanzando miradas en todas direcciones. Reconoció a Dutoit.

Mitch retrocedió procurando que no lo viera, pasó por detrás del convoy de mercancías y apretó el paso. Llegó hasta la locomotora y esperó. Inmóvil, oía crujir la nieve bajo los pies de Dutoit. El joven llegó a su altura. Mitch saltó sobre él y lo agarró de las solapas de la chaqueta. El chico, sorprendido, soltó un grito. Se miraron a los ojos: en los de Mitch, se leía el odio; en los de Dutoit, el miedo.

Un tren se acercaba por la vía de al lado. Aún estaba lejos, pero no parecía que fuera a reducir la velocidad al aproximarse al centro de clasificación. Probablemente, el intercity Yverdon-Ginebra.

Mitch arrastró a Dutoit hasta el borde de la vía, lo inclinó hacia ella y lo sostuvo en vilo en la trayectoria del tren rápido. Paralizado, el chico lo miraba sin debatirse. Comprendía sin comprender. Un policía no podía hacer esas cosas, no era posible. Un policía no se atrevería a matarlo a sangre fría.

Pero Mitch no era un policía cualquiera. Dutoit lo sabía mejor que nadie.

41

En el sótano.

—Estoy embarazada.

La frase de Vero sonaba a mentira. No para ella misma ni para Sam, porque lo estaba realmente, sino para el padre de la criatura. Vero no se lo había confesado.

Con las yemas de los dedos, Vero acariciaba la madera de la puerta como si acariciara la esperanza de que se abriera. Después de todo, incluso un alma torturada como la de Sam debía de tener conciencia. Quizá su carcelero no era más que un niño que no había crecido. Ella lo había rechazado, y él había empezado a acosarla. Y, cuando había sentido que se le escapaba como un juguete que un padre niega a su hijo en una tienda, se había apoderado de ella, la había robado y la había escondido en un lugar secreto de su habitación.

A Vero le pareció oír el ruido de un roce detrás de la puerta, un frufrú de ropa y, después, una respiración lenta. Pasaron largos segundos en silencio. Luego, la suave voz masculina respondió:

—Lo sé, Princesa.

Sam estaba ahí, a tan solo unos centímetros de ella. Lo único que los separaba era la hoja de la puerta. Al oír sus palabras, Vero se estremeció.

«Lo sé».

¿Cómo podía saberlo? Ella solo se lo había dicho a una persona: su mejor amiga. Confiaba ciegamente en Irina, que jamás la habría traicionado. Vero y ella eran como dos hermanas gemelas, unidas y cómplices. Se contaban todos sus secretos, y ninguno de ellos se había filtrado nunca a través de los muros de su amistad.

Vero pensó en el móvil que le había dado Irina, en aquel número registrado con un nombre falso para tapar las infidelidades de su amiga. Cuando Vero había huido de la habitación del hotel, el móvil se había quedado allí, con Morin.

Morin era un buen policía. Sam, un genio de la informática. Si eran la misma persona, estaba ante un investigador fuera de serie. Pero Sam ya había tenido ocasión de demostrarle sus habilidades.

Sin embargo, de algo estaba segura: no había utilizado aquel móvil para contarle a Irina que estaba embarazada. En realidad, ni su propio teléfono, que también se había quedado en la habitación.

Vero e Irina habían hablado del asunto en voz baja en una cafetería de Ouchy. Su lugar de encuentro habitual, su mesa de costumbre, su talón de Aquiles quizá. Si Sam-Morin las había seguido, podía haber tomado nota de sus costumbres. Y, en vista del agujero que había hecho entre el dormitorio de Vero y el piso contiguo, poner un micro debajo de la mesa de una cafetería habría sido un juego de niños para él.

O tal vez le había tendido una trampa a Irina y la había obligado a hablar. Porque si a algo le tenía miedo Irina, incluso en Suiza, era a la policía. Recuerdo de un pasado doloroso en un país que se declaraba Estado de derecho, pero que nunca lo había sido salvo de nombre. Rusia siempre había tenido un sistema político totalitario. Y, para muchos emigrados, hoy seguía siendo un Estado policial.

Lo cierto es que Vero aún dudaba: en el patio del castillo de Delémont, no le había dado tiempo a ver bien a su secuestrador. Una fracción de segundo, una vaga silueta y, luego, un agujero negro. De hecho, la imagen que había conservado en su mente no encajaba con alguien de la estatura de Morin, aunque quizá su cerebro la estuviera engañando.

Y aquella voz... Tampoco era la de Morin, estaba casi segura. Pero tal vez tuviera una doble personalidad. O quizá jugaba con ella alterando su voz, solo para hacerla dudar.

—¿Cómo puedes saberlo? —preguntó a través de la puerta.

—Mi trabajo consiste en saberlo todo, Princesa. Nunca has hecho nada que yo no sepa. Pero la pregunta que me hago es ¿por qué no se lo has dicho al padre del niño que esperas? ¿Le tendiste una trampa?

—No... Yo... no sé quién es.

Doble mentira. Morin no quería hijos; ella quería uno. Con Jean-Claude no había tenido, y su reloj biológico la apremiaba. Había engañado a Morin hablándole de la menopausia. Quedarse embarazada recién cumplidos los cincuenta había sido un milagro.

—Falso —respondió la voz—. En los últimos seis meses, solo has tenido un amante.

Sam también sabía eso. Lo sabía todo.

—Es verdad... —balbuceó Vero—. Queri... Quería decírtelo, pero no sabía cómo. Lo... Lo siento. Yves, ¿eres tú? Si eres tú, no sabes cuánto siento haberte mentido...

La respuesta no fue la que esperaba.

—No te preocupes, Princesa. Tu príncipe no tardará en reunirse contigo.

Detrás de la puerta, se oyó otro roce y, luego, un clic. La trampilla se abrió, y un vaso de agua se deslizó por el suelo a los pies de Vero.

Sus ojos se iluminaron. Se agachó a toda prisa, cogió el vaso con las dos manos, como si acabara de encontrar el santo grial, y se lo llevó a los labios.

La experiencia del pavo salado la había vuelto desconfiada. Pero aquello era agua. Estaba fresca y le bajaba por la garganta como una liberación. Se bebió el vaso de un trago.

—Gracias... —murmuró.

Pero su carcelero ya se había ido.

Vero se movía por la habitación pensando por enésima vez en los acontecimientos de los últimos meses e intentando juntar las piezas del puzle. Pero cada vez le costaba más concentrarse. La cabeza le daba vueltas, la vista se le nublaba, el equilibrio empezaba a fallarle.

Miró el vaso vacío, que había dejado sobre un viejo mueble medieval. Fue hasta él haciendo eses, lo cogió y se lo acercó a la nariz. En el fondo del vaso, quedaban algunas gotas de agua, pero no olían a nada.

Sin embargo, ahora estaba segura de que Sam la había drogado.

Estuvo a punto de derrumbarse sobre la gravilla, pero, en el último momento, consiguió agarrarse al mueble y zigzaguear hasta la cama. El decorado se movía, Vero ya no mandaba en sus piernas. Había perdido el control de su cuerpo. Consiguió subirse a la cama *in extremis*, maldiciendo a su carcelero.

Y se hundió en un profundo sueño.

42

En el fondo de sí mismo, Dutoit estaba convencido de que Mitch era un asesino. En general, la gente dudaba de la existencia del asesinato perfecto. Sin embargo, para Dutoit, Mitch lo había cometido, sin mancharse las manos, a través de un tercero. Y jamás lo condenarían. El abogado se lo había advertido a Dutoit: el camino judicial estaría lleno de escollos y su resultado era incierto.

Dutoit veía acercarse el tren. Los faros de la máquina se agrandaban por momentos. Estaba petrificado, dividido entre el miedo primitivo a la muerte y la esperanza, entre las ganas de vivir y las de asegurarse por fin de que el asesino de su madre fuera condenado de una vez por todas. Y, con lo que Mitch se disponía a hacer, el procedimiento penal abierto contra él sin duda tomaría otro rumbo.

Mitch sujetaba al chico medio inclinado sobre la vía, en la trayectoria del tren, que apenas había reducido la velocidad. Su víctima no se debatía, como si aceptara su destino. Un destino terrible.

Mitch creía estar viendo el resultado. ¿Cuántas veces había intervenido después de un suicidio bajo un tren? «Accidentes de persona», como los llamaban en el argot de los CFF.* Siendo aún gendarme, había visto decenas. Trozos de cuerpos hechos trizas, desperdigados a lo largo de la vía y por los alrededores, cuando no quedaban atrapados en el chasis de la locomotora.

---

* Los Ferrocarriles Federales Suizos, principal compañía ferroviaria suiza.

Se decía, en un mal juego de palabras, que los suicidas tenían visión túnel. Solo les importaba su suerte. Ya no eran capaces de pensar en los sentimientos de los demás, de sus allegados y de quienes tendrían que hacer limpieza. Se decía que eran egoístas, pero era una forma un poco simplista de juzgarlos, porque resultaba evidente que su desesperación era tan grande que anulaba cualquier posible egoísmo. Y en los «accidentes de persona» solía olvidarse a otra víctima, el maquinista, cuyos ojos se encontraban con los del ser humano al que su máquina estaba a punto de destrozar.

Acompañada por Antoine Cottier, Ana había atravesado el centro de clasificación a la carrera parando a los empleados con los que se cruzaba para saber la dirección que habían tomado Mitch y el fugitivo. Gracias a sus breves respuestas, a veces simples gestos, había seguido su pista hasta los muelles ferroviarios.

—Quédese aquí —le ordenó a Cottier mientras bajaba los peldaños que llevaban a la explanada de los contenedores.

Una oscuridad ligeramente brumosa envolvía la estación de clasificación. Los faros de un camión y los de las grúas elevadoras proyectaban sus haces a través de la cortina de copos. La nieve, abundante, ya había cubierto los cabellos de Ana.

La inspectora de la Criminal sacó su arma reglamentaria y avanzó entre dos hileras de contenedores hasta las vías. Un tren estaba en proceso de carga. Se oían ruidos de motores eléctricos y de objetos metálicos que se desplazaban.

Por la vía rápida, detrás del tren de mercancías detenido, se acercaba un intercity. Ana adivinaba a lo lejos la sucesión de ventanillas y, tras ellas, a los escasos pasajeros que volvían a casa en ese periodo festivo.

Un claxon desgarró la oscuridad, seguido por el chirrido metálico de un inicio de frenada. Luego, el tren recuperó la velocidad y siguió su camino hacia Lausana levantando volutas de nieve a su paso.

Ana dejó que su instinto la guiara. La bocina y la frenada quizá se debían a que alguien estaba cruzando la vía rápida. Rodeó el tren de contenedores y se detuvo en seco frente a la escena.

Mitch la miraba. Acuclillado junto a Dutoit, lo mantenía inmovilizado en el suelo. El fugitivo estaba tendido boca abajo con la cara medio hundida en la nieve y las manos a la espalda, sujetas con una llave de brazo. Lloraba, rabioso.

—¿Tienes esposas? —le preguntó Mitch a Ana.

Ana enfundó la pistola y se acercó.

—Pero ¿quién es este tipo?

—Maxime Dutoit —respondió Mitch—. O más bien Maxime Rosselet, el hombre que nos denunció al fiscal y a mí después de la tragedia que acabó con la vida de sus padres.

—¡Asesinaste a mi madre! —gritó el aludido.

—A tu madre la mató tu padre —replicó el policía apretando la llave de brazo.

Dutoit hizo una mueca de dolor.

—Si lo hubieras detenido, eso no habría pasado. Y ahora la tomas conmigo estando suspendido. Mi abogado te va a hacer trizas.

—Ya lo ha hecho.

Ana sacó un par de esposas y se las tendió a Mitch, que hizo crujir las manillas alrededor de las muñecas del chico.

—¿Y el apellido Dutoit? —preguntó Ana.

—Era el apellido de soltera de su madre —respondió Mitch por el chico mientras lo ayudaba a levantarse.

Ana se acercó a su compañero y sacó su móvil.

—Tengo que enseñarte algo...

Le tendió el teléfono con la pantalla vuelta hacia él. Mitch miró la imagen: el mapa que Ana había clavado en la pared de la sala de reuniones de Carl-Vogt. El inspector puso unos ojos como platos.

—¿Qué es eso?

—Basándose en las respuestas que ha recibido la fiscal de los cantones suizos y franceses, y en los datos del Post Tracking, el Hurón ha podido determinar en qué orden se enviaron todos los paquetes. Treinta y dos en total.

Mitch siguió el recorrido sobre el mapa. Las fechas y las horas del Post Tracking indicaban que el primer envío se había efectuado desde Porrentruy. Luego, Gygli había trazado líneas blancas de una sucursal a otra en el orden de los envíos: Chevenez – Saignelégier – Baume-les-Dames – Besançon – Mamirolle – Le Russey – Pontarlier – Oyonnax – Bourg-en-Bresse – Bellegarde-sur-Valserine – Saint-Claude – Orbe – Lausana – Ginebra-Balexert – Annecy – La Roche-sur-Foron – Montreux – Moudon – Estavayer – Neuchâtel – La Neuveville – Kerzers – Morat – Avenches – Friburgo – Berna – Bienne – Tavannes – Moutier – Delémont – Lucelle. Y, para cerrar el círculo, había dibujado un último trazo entre Lucelle y Porrentruy.

En el mapa aparecía la silueta, un poco burda, de un cadáver, tal como la trazaba la policía en el suelo en los escenarios de los crímenes.

—¿Lo reconoces? —preguntó Ana.

Era una pregunta retórica, ya sabía la respuesta. Pierna derecha y brazo derecho estirados, pierna izquierda y brazo izquierdo plegados, zapatos representados por unos pies puntiagudos: no había duda posible. Además, en el mapa, el trazo recto entre Lausana y Balexert pasaba casi exactamente por el lugar del crimen: el Salève.

Ana alzó los ojos hacia Mitch, que parecía haber reconocido la silueta dibujada con tiza por la gendarmería francesa tres meses antes, en el suelo de la cabina del teleférico. Aquel cuerpo era el de Charlotte Rosselet, la madre de Maxime.

Mitch cerró los ojos unos instantes. Luego, Ana vio que todo su cuerpo se tensaba. Su compañero cerró el puño y, de pronto, se volvió hacia Dutoit y le lanzó un directo a la mandíbula. Esposado a la espalda, el chico no pudo hacer nada para esquivarlo. Ana gritó, pero no le dio tiempo a detener a su compañero. Completamente noqueado, Dutoit cayó de espaldas en la nieve como una masa inerte y su cabeza golpeó violentamente en el carril.

1984

—Sam...

Los esbirros de Sylvain Ansermet seguían cantando como cretinos alrededor del gran roble del bosque de Onex.

Sam el lechón
se ha meado en el pantalón.
Habrá que ponerle un tapón.

El jefe de la banda apartó la cantimplora de los labios de Sam, que empezó a escupir la orina entre toses. Los demás reían a mandíbula batiente. Princesa también, pero era más discreta. En el fondo de sí misma, sentía cierto malestar, una profunda vergüenza. Sabía que su novio había ido un poco lejos, aunque, en realidad, comparado con lo que ella sufría en casa, aquello no era nada.

Princesa se acordaba de la vez que, siendo muy pequeña, su tío, que le llevaba dieciséis años, había hecho pipí en su boca. Un pipí muy claro y un poco pegajoso. Él le había explicado que era algo normal entre personas que se querían, que ella era familia suya y él la quería, pero que aquello tenía que ser un secreto de ellos dos. Un día, Princesa se lo contó a su madre, que a su vez se lo dijo a su padre. Y la ira de ambos cayó sobre ella. Porque representaba una amenaza: sembrar la discordia en la familia. La llamaron mentirosa.

Desde entonces, en casa, la enderezaban a base de castigos y humillaciones de todo tipo. Todas las tareas domésticas le tocaban a ella y, cuando tenía la desgracia de hacerlas mal, la mandaban al trastero: un tabuco sin ventana, que apestaba a moho, en el que tenía que pasar horas sin luz, sin nada que hacer y sin más compañía que las cucarachas.

Para Princesa, la escuela era el paraíso, un remanso de paz en el que se sentía bien, lejos de los tormentos de casa, un sitio en el que los demás por fin la valoraban. La cortejaban, anhelaban su belleza. Decían que era la más guapa de la escuela Les Tattes, los chicos se peleaban por seducirla, algunas chicas la envidiaban, pero nadie sabía lo que vivía en realidad. Y había caído rendida ante Sylvain, el jefe de una banda, sí, pero también un chico que vivía en un entorno de violencia verbal y física, su familia era bien conocida en la ciudad. ¿Quizá esperaba encontrar en él un poco de comprensión?

Con la navaja automática, Sylvain le cortó las ligaduras a Sam, que se derrumbó en el suelo vomitando. Las risotadas de los otros cuatro chicos arreciaron.

—¿Estaba buena? —preguntó Sylvain—. ¿Te ha gustado? ¡Ahora, largo de aquí, cerdo seboso! Y no vuelvas a poner tus sucios pies en este bosque. Es mío.

Sam se secó la boca con el dorso de la mano y gateó hasta la mochila escolar, que ahora tenía una decena de agujeros. Recogió como pudo sus cuadernos, desparramados por el suelo, y los metió dentro de cualquier manera.

Mientras guardaba sus cosas, se fijó en una gruesa piedra. Dudó, pero acabó cogiéndola. Sus dedos se crisparon alrededor del frío canto, y sintió que el odio lo inundaba.

Sylvain estaba a tres metros de él. El jefe de la banda saboreaba su posición dominante, sobre Sam y sobre los demás. También sobre Princesa, a la que consideraba propiedad suya.

Sam miró a la chica, la única que ya no reía. Pero, de todas formas, estaba con ellos. Y, por lo tanto, contra él.

Se levantó y arrojó la piedra contra Sylvain con todas sus fuerzas. El proyectil alcanzó en la frente a Ansermet, que soltó la navaja, se llevó las manos a la cara y se desplomó. Cesaron las risas, los esbirros se quedaron paralizados. Sam aprovechó para huir.

Sam corría pesadamente por la pista forestal que bordeaba el Ródano. Llegó al lindero que señalaba el límite con la granja de sus abuelos. Pero las voces ya anunciaban la proximidad de sus perseguidores.

—¡Philou, corta por el campo!

—¡Sí, hay que impedir que el gordinflón entre en su casa!

Sam miró a su izquierda: uno de los acólitos de Sylvain lo había precedido y corría a través del maíz cortado. Sam se mantuvo a cubierto entre los árboles para intentar rodear la granja, pero era demasiado lento. Cuando llegó a la otra punta de la extensa finca, comprobó que el enemigo vigilaba todos los accesos.

Corrió hacia el interior del bosque con la esperanza de que no lo hubieran visto, bordeó otra finca y pasó bajo un arco del puente Butin, que unía las localidades de Aïre, en la orilla derecha, y Le Petit-Lancy, en la izquierda. Se rumoreaba que, de media, todos los años se suicidaban dos personas lanzándose al Ródano desde ese puente.

Sam cogió el camino que llevaba al cementerio de Saint-Georges, el más grande de la ciudad de Ginebra. Un murete rematado por una verja de hierro forjado, con los barrotes acabados en puntas de lanza, impedía acceder al interior. Sam lo conocía bien, su madre estaba enterrada allí, no muy lejos de la tumba de Ferdinand Hodler, el famoso pintor suizo. Rodeó el recinto por el norte y pasó cerca de la capilla del Ángel del Consuelo, abandonada desde la construcción del nuevo tanatorio, hacía ocho años.

Sam esperaba encontrar refugio junto a la tumba de su madre. En su mente, Ansermet y sus secuaces jamás se atreverían a seguirlo al interior de aquel lugar sagrado, que además solía estar bastante concurrido. Luego, esperaría a que se hiciera de noche y regresaría a la granja de sus abuelos. Cuando llegara, se inventaría una historia, estaba acostumbrado, y volverían a castigarlo. Pero, comparado con las humillaciones que acababa de sufrir, sería una minucia.

La línea de árboles discurría paralela al cementerio hasta el bosque de La Bâtie, lleno de grutas abandonadas, como la del Cardenal, un sitio un poco siniestro de paredes quebradizas que olía a hongos y en el que en otros tiempos se elaboraba cerveza. A veces, un grupo de jóvenes organizaba fiestas clandestinas allí, pero era un lugar peligroso. Al final del camino, había huertos, una carretera y, cerca, un parque zoológico, que Sam ya había visitado varias veces.

El chico siguió avanzando en dirección a la avenida de Le Cimetière y, de pronto, se dio de bruces con Sylvain Ansermet.

En la mano derecha, el jefe de la banda sostenía la navaja automática, abierta. La frente le sangraba en abundancia, y su cara, cubierta de churretes rojos, expresaba un odio feroz. A su alrededor, los otros cuatro chicos ya no bromeaban. En cuanto a Princesa, había desaparecido.

—¡Esta vez te voy a abrir en canal y voy a echarles tus tripas a los perros, cerdo seboso! —dijo Ansermet con un rictus cruel.

Cuarto día

43

«El Filatelista».

El sobrenombre del asesino aparecía en todas las portadas. Con un gesto irritado, la fiscal Sonia Vino arrojó sobre la mesa de conferencias la edición diaria de la *Tribune de Genève.*

—¡Los felicito! —les espetó a los investigadores—. ¿Se les ha ocurrido a ustedes?

—Por supuesto que no —respondió el comisario Gygli—. Ese apodo ridículo no procede de nosotros.

—Entonces ¿de quién?

—De los periodistas.

Toda la prensa romanda lo había adoptado. La francesa también se había hecho eco del caso, que había saltado a los titulares de *Le Dauphiné Libéré* y *L'Est Républicain.*

—¿Cómo se han enterado?

—Es difícil evitar la publicidad cuando está al corriente tanta gente. Quizá un empleado poco responsable del servicio postal suizo o francés.

—¿O una fuga de ustedes? No sería la primera vez...

La pulla de la fiscal alcanzó su blanco en pleno corazón.

—Respondo de los miembros de mi equipo —se defendió el Hurón.

—Como responderá de todos sus desacatos, comisario.

Sonia Vino fulminó con la mirada a Mitch, que bajó los ojos. Ana no se inmutó.

—Supongo que ya habrá informado a la IGS... —dijo Gygli.

—Todavía no. —La fiscal miraba el mapa y los trazos blancos que dibujaban la burda silueta del cadáver de Charlotte Rosselet—. Daré prioridad a la instrucción —dijo al fin—. No quiero que los tengan encima mientras dure la investigación.

Gygli abrió unos ojos como platos.

—¿No nos aparta del caso?

—¿Para qué? ¿Para perder aún más tiempo? Ni pensarlo. ¿Y para encargárselo a quién, aparte de la Criminal? Todas las brigadas están desbordadas y con los efectivos justos. Continúe, comisario. Con o sin el inspector Sautter, no quiero saberlo. Formar su equipo no es cosa mía. Pero ya sabe lo que pienso, y no será la IGS la que diga lo contrario. Quiero resultados. Rápidamente. Y con el respeto más escrupuloso a las normas de procedimiento.

—Por supuesto, señora fiscal.

Sonia Vino se volvió hacia Ana.

—¿Cómo se encuentra Maxime Dutoit?

—Está en el hospital universitario de Lausana, todavía en coma.

—¿Corre peligro su vida?

—Por desgracia, sí.

La fiscal suspiró.

—Joder... ¿Y está segura de que es inocente?

—No. Sigue en la lista de sospechosos. Pero hemos podido reconstruir sus movimientos durante los últimos días, y los datos del centro logístico de Daillens hablan por sí solos: el registro diario de sus horas trabajadas, las imágenes de las cámaras de seguridad... Es imposible que realizara él mismo los envíos postales desde las distintas oficinas afectadas.

—¿No podría haber falseado la información del Post Tracking?

—Técnicamente, es posible. Pero poco probable. Tenemos testigos, varios empleados de ventanilla: ninguno lo ha reconocido en las fotos que les hemos enviado esta mañana. Y las grabaciones de videovigilancia corroboran sus testimonios. La persona a la que se ve en esas imágenes no puede ser Maxime Dutoit.

—Entre otras, las de la sucursal de Annecy, que tendré que conseguir por la vía oficial —dijo Sonia Vino sonriendo sarcásticamente—. Eso puedo arreglarlo, pero explicar la incautación por las bravas y posterior expatriación de los paquetes de Annecy y La Roche-sur-Furon va a ser más difícil.

—Lo siento —respondió Ana—. El tiempo apremiaba...

—Es culpa mía —terció Mitch.

—Usted hablará cuando yo lo diga —le espetó la fiscal fulminándolo con la mirada—. Oficialmente, está suspendido, así que no está aquí, no existe y no quiero oírlo.

—De todas formas, si hemos avanzado tan deprisa ha sido gracias a Mitch —lo defendió Ana.

Sonia Vino volvió a suspirar.

—¿A costa de cuántos errores?

Todos estaban de acuerdo en una cosa: había que volver a empezar de cero. El inspector de la Científica, Fivaz, y su compañero informático, Junod, que habían guardado silencio hasta ese momento, expusieron el estado de sus investigaciones. En resumen, ningún progreso significativo respecto a lo ya sabido. Y la pregunta clave volvió al tapete:

—¿A quién puede interesarle dibujar ese cadáver y por qué? —preguntó la fiscal.

—Si partimos de la base de que Maxime Dutoit sigue siendo sospechoso como instigador o cómplice —dijo Ana—, habría que investigar todos sus contactos de las últimas semanas. Podría requerir a las operadoras que faciliten los datos retroactivos de su teléfono. Por nuestra parte, nos hemos incautado del aparato y de su ordenador personal. El inspector Junod necesitaría su autorización para analizar el contenido de ambos.

—La tendrá. ¿Tenía hermanos Dutoit?

—No. Sus padres eran su única familia, y están muertos.

—¿Quién más tenía alguna relación con los Rosselet?

—Estrecha, nadie. Pero está toda la gente que tuvo alguna participación en el caso de feminicidio. El abogado de Dutoit, su colega fiscal, que dimitió a raíz de la denuncia, Mitch...

—Efectivamente, soy uno de los sospechosos —dijo el inspector sonriendo.

—O de las víctimas —repuso Ana—. ¿Quién podría culparte a ti, aparte de Dutoit?

Mitch se encogió de hombros, pensó unos instantes y, por fin, dijo:

—Hay al menos una persona... Alguien que quizá sintiera algo por Charlotte Rosselet, aunque siempre lo ha negado. Su amante, Yves Morin.

44

En el sótano, días antes.

Vero se despertó con el estómago revuelto. La cabeza le daba vueltas, tenía la visión borrosa y el vientre le dolía horrores. En la penumbra de la habitación, los personajes de los cuadros parecían observarla sin pestañear a la vacilante luz de la araña. Las miradas de los seis niños clavadas en ella creaban una especie de insidiosa opresión.

Lo primero que recordó fue su pesadilla, que le había parecido muy real. El ruido de una puerta que chirriaba, unos pasos lentos que hacían crujir la gravilla, una figura humana inclinada sobre la cama... La de Sam.

Vero no conseguía ponerle cara. Sus rasgos cambiaban, tan pronto eran los de Morin como los de Jean-Claude, su exmarido. O los de un desconocido. En la mente de Vero, Sam se había vuelto polimorfo, una sombra en principio inquietante, pero con un lado bondadoso. El visitante nocturno había levantado el edredón, había trasteado con algo y, luego, había vuelto a taparla hasta el cuello, para que no cogiera frío.

Tenía náuseas, calambres abdominales y una tercera sensación familiar y desagradable: la boca completamente seca y pastosa. Otra vez se moría de sed.

Trató de incorporarse en su lecho de princesa, pero el dolor detuvo en seco su movimiento y la obligó a ovillarse. El gesto le provocó una arcada; abrió la boca y empezó a toser, pero no arrojó nada, aparte de un poco de bilis. Tenía el estómago vacío.

«¿Qué me has hecho, hijo de perra?».

Soñaba con un vaso de agua. El del día anterior seguía encima de uno de los muebles de la habitación, pero estaba vacío.

«¡Beber! ¡Dame de beber, cabrón!».

Hizo un esfuerzo para estirar las piernas y notó que tenía el cuerpo húmedo, sobre todo la parte inferior. Debía de haber sudado mucho, la cama estaba empapada. Ayudándose con los brazos, subió hasta el cabecero y volvió a hacer una mueca de dolor. El edredón resbaló y le dejó los pechos al descubierto.

Al principio, pensó que el vestido de princesa se habría aflojado y se le habría bajado mientras dormía. Al levantar el embozo para buscarlo bajo el edredón, se dio cuenta de que estaba totalmente desnuda. Sam la había dejado en cueros.

Un escalofrío le recorrió el cuerpo. Focalizó su atención en los dolores abdominales. No era el estómago, era más abajo. Vero creyó que iba a desmayarse.

«¿Qué me has hecho, cerdo? ¿Me has violado?».

Con mano vacilante, levantó el edredón un poco más. Le pareció ver unos rastros oscuros en la sábana. Presa del pánico, tiró con violencia del edredón, que voló por los aires y aterrizó en la gravilla, a dos metros de la cama.

Una gran mancha de sangre ocupaba el centro de la sábana.

45

—El amante de Charlotte Rosselet…

Durante unos instantes, Ana se quedó boquiabierta. No había vuelto a pensar en Morin desde su último intercambio de mensajes. Su compañero le había dicho que estaba de vacaciones; a partir de ese momento, no había vuelto a responder a los mensajes que Ana le había enviado.

—¿Estás de broma? —le preguntó a Mitch.

—En absoluto. Me has preguntado quién podía culparme aparte de Dutoit y te he respondido honestamente.

Ana sabía que sus dos compañeros habían dejado de hablarse a raíz del caso Rosselet.

—¿Dónde está? —preguntó el Hurón.

—Ni idea —respondió Ana. Ninguno de los presentes reparó en que, detrás de su ordenador, Junod había bajado los ojos para evitar que su mirada se cruzara con las suyas—. Puedo intentar llamarlo… —propuso la inspectora.

—Dudo que te responda —dijo Mitch—. Ya lo conoces.

—Por intentarlo…

—De acuerdo, hazlo —aprobó el Hurón.

Ana sacó el móvil y marcó el número de Morin. Oyó varios tonos en el vacío; luego saltó el contestador. Ana cortó la llamada y escribió un mensaje: «¿Dónde estás?».

En la sala, se había hecho el silencio; la tensión era palpable. Con los ojos clavados en el móvil, Ana permanecía completamente inmóvil a la espera de una respuesta de su compañero. Al ver aparecer el doble tic azul en su mensaje de WhatsApp, anunció:

—Lo ha leído. Me está contestando.

En la parte superior de la pantalla aparecía que Morin estaba escribiendo. Se lo tomaba con calma. Cuando al fin llegó la repuesta, Ana se quedó estupefacta.

—¿Sí? —la urgió el Hurón.

—Me ha mandado...

—¿Qué? ¿Qué te ha mandado? —insistió Gygli ante los titubeos de su inspectora.

—El emoticono de un corazón.

La fiscal Sonia Vino se levantó de la silla, exasperada.

—¿Alguien puede explicarme qué está pasando? ¿Les toma el pelo o qué?

—Él y yo no nos acostamos, si es lo que quiere saber —dijo secamente Ana—. Pero me está escribiendo otro mensaje...

La inspectora levantó los ojos del móvil un instante. Inclinados hacia ella, el Hurón, Junod, Fivaz y la fiscal esperaban, pendientes de sus labios. En un rincón, Mitch, derrengado en la silla, medio oculto tras la mesa de reunión, la miraba con una sonrisita. Ana comprendió que su compañero estaba imaginándosela en la cama con Morin. La imagen debía de divertirlo.

El móvil de Ana vibró. La respuesta de Morin había llegado. Ana, pálida, la leyó en voz alta:

—«Busca la sede de las emociones, las pasiones y la inteligencia, y me encontrarás».

—¿Qué significa eso? —preguntó Sonia Vino.

Gygli soltó un suspiro.

—Que Morin está implicado —respondió.

—¿Por qué?

—Porque no puede conocer el texto de la carta que encontramos en el paquete de Balexert —respondió Ana con un hilo de voz—. Salvo que se haya enterado de alguna manera durante sus vacaciones...

—... o que sea su autor —concluyó Mitch.

La fiscal volvió a sentarse.

—¿Y ahora qué hacemos? —preguntó.

—Hay que localizar a Morin —respondió Ana.

—¿Sugiere que obtengamos datos retroactivos de su teléfono?

—Sí. Con la geolocalización de las antenas. ¿Puede hacerlo con urgencia?

Sonia Vino sonrió.

—Actuar con urgencia es lo único que hago desde hace tres días, inspectora. ¡Vivan las guardias de Ginebra! A veces, envidio a mis compañeros de los cantones más pequeños, que las pasan en casa, o incluso en el cine. Deme el número del inspector Morin.

Ana lo hizo, la fiscal lo apuntó en un trozo de papel y, luego, cogió su móvil y llamó a su secretario para dictarle la orden de vigilancia que debía redactar.

—Que envíen los datos al correo electrónico de Mitch —precisó Ana.

—¿Por qué al suyo? —quiso saber Vino, que seguía al teléfono con el secretario.

—Porque tenemos que actuar con rapidez, y Mitch es el más cualificado entre nosotros para analizar datos retroactivos y, sobre todo, es mejor que no participe en el registro del escritorio de Morin. Además, en vista de la urgencia, más vale que nos repartamos el trabajo. Supongo que estará de acuerdo con eso desde el punto de vista procedimental...

Ana dirigió una sonrisa fría a la fiscal, que se la devolvió educadamente y, luego, dio las instrucciones pertinentes a su secretario.

El escritorio de Morin no era un dechado de pulcritud. Pilas de dosieres desordenados, notas escritas a mano por todas partes, bolígrafos para dar y tomar, un tablero de ajedrez con las piezas volcadas, un ordenador portátil con la pantalla sucia y el teclado mugriento...

Mitch se había quedado en la sala de reuniones con la fiscal Vino. Gygli invitó a salir al inspector que compartía despacho con Morin, que obedeció sin hacer preguntas. Luego, el Hurón recibió una llamada telefónica y salió del despacho para responder. Al instante, Ana se volvió hacia Junod.

—Manu, coge el ordenador y llévatelo para analizar el contenido.

—Vale, pero...

El informático parecía incómodo.

—¿Algún problema? —gruñó Ana.

—No... —respondió Junod bajando los ojos.

Ana se volvió hacia Fivaz. El inspector de la Científica miraba una hoja de papel que acaba de coger del escritorio.

—¿Has encontrado algo, Stéph?

—Creo que sí.

Le tendió la hoja, que contenía notas a mano de Morin. Ana las leyó. No tenían interés. Iba a hacerle una pregunta a Fivaz, cuando comprendió. Lo que le había llamado la atención al inspector de la Científica no eran las notas.

Ana sacó el móvil, buscó la foto de la carta encontrada en el paquete de Balexert, la abrió y comparó las dos letras.

—El parecido es llamativo —murmuró.

—No soy perito grafólogo, pero que me corten una mano si los dos textos no los ha escrito la misma persona.

—Morin.

En ese momento, oyeron carraspear a Junod de forma muy poco discreta. Se volvieron hacia su compañero y vieron que estaba blanco como la pared. Tenía la boca abierta, pero no decía nada.

—¿Qué ocurre? —preguntó Ana, un poco irritada.

—Annie..., yo...

—¡Suéltalo de una vez!

—Tengo que confesarte una cosa...

46

En el sótano.

Vero miraba horrorizada la gran mancha roja en medio de la cama. La sangre aún estaba húmeda, una cantidad así no podía ser de la regla, imposible. Sin embargo, era suya. Tenía la cara interior de los muslos manchada y aún sentía el líquido caliente escurriéndose de sus partes íntimas.

Vero había tenido reglas dolorosas en su juventud, pero el dolor que sentía ahora en el bajo vientre no tenía punto de comparación con el de antaño.

«¿Una violación?».

Descartó esa hipótesis. Desde luego, una relación no consentida podía ocasionar esos dolores, incluso lesiones y hemorragias, pero nunca tan abundantes. Vero lo sabía, consideraba que su exmarido la violaba en la época en que seguían casados, aunque la Justicia no la hubiera creído.

Sus ojos seguían clavados en la mancha de sangre, cuando una idea atravesó su mente: su bebé, el niño que esperaba. Sintió que se desmayaba.

«No, eso no...».

Sentada en la cama, se inclinó bruscamente hacia delante e hizo una mueca de dolor. Con las piernas separadas, se miró la vulva ensangrentada y recordó las descripciones de Irina. Su mejor amiga le había hablado de la IVE a la que se había sometido con total discreción tras quedarse embarazada de su amante. Las náuseas, los vómitos, los calambres, el abundante sangrado... Todo coincidía.

El pánico se apoderó de Vero, sus pensamientos se transformaron en palabras y estas brotaron de sus labios sin que se diera cuenta:

—¡No, eso no!

Pero sabía que la verdad estaba ahí: había abortado.

La ginecóloga se lo había advertido: a su edad, existía ese riesgo, aunque muchas mujeres daban a luz sin problema a los cincuenta. Otros muchos factores podían provocar un aborto: el tabaco, el alcohol o el café tomado en gran cantidad. Pero ella no fumaba ni abusaba de ninguna de esas otras sustancias. Una amniocentesis también suponía un riesgo nada desdeñable, pero no era previsible antes de la decimocuarta o decimoquinta semana de embarazo.

Quedaba un factor importante: la exposición a un estrés psicológico intenso. Sumado a la edad, el estrés era una verdadera bomba de relojería para una cuarentona encinta: más de un 56 por ciento de riesgo, según la ginecóloga.

Y en ese aspecto, en los últimos días, Sam se había superado a sí mismo.

Vero se echó a llorar. Para ella, la pérdida del bebé representaba el final de sus esperanzas de ser madre.

Desde luego, había hecho mal ocultándole su embarazo a Morin; pero no se engañaba: él tampoco se había privado de traicionarla con sus innumerables amantes.

Morin jamás habría querido el niño, de hecho, se lo había dicho claramente. El día en que hubiera descubierto que estaba embarazada, la habría dejado. Pero, a los ojos de Vero, el niño era lo más importante y, como padre biológico, Morin habría tenido que asumirlo, al menos económicamente. Desde ese punto de vista, Vero no habría tenido ningún reparo en obligarlo a rascarse el bolsillo.

Sam lo sabía.

Lo había descubierto.

Y, cuanto más lloraba Vero, más unía la cara de Morin con la silueta anónima de Sam.

Sam-Morin.

Morin-Sam.

Ahora estaba convencida: Morin había acabado descubriendo que estaba embarazada y había ideado una forma de darle la vuelta a la situación en su provecho. Inventándose un malvado doble, un hombre del saco: Sam.

Sin embargo, las probabilidades de provocar un aborto contando solo con el factor del estrés eran muy aleatorias, y Vero estaba convencida de que Sam nunca dejaba nada al azar.

Sam era calculador, le gustaba controlar la situación.

Vero volvió a pensar en lo que Irina le había contado sobre su IVE. Había dos métodos, el farmacológico y el quirúrgico. El segundo, el único teóricamente posible pasada la novena semana de embarazo, consistía en la aspiración del contenido del útero, la mayoría de las veces con anestesia en ginecología ambulatoria.

El primero implicaba la toma de dos medicamentos con un intervalo de entre treinta y seis y cuarenta y ocho horas: la mifepristona, que interrumpía el embarazo, y el misoprostol, que provocaba las contracciones y la expulsión del embrión. Irina había utilizado este método a domicilio, durante un viaje profesional de su marido al extranjero.

Vero había superado la novena semana de embarazo, pero, teniendo en cuenta su edad y el estrés, era posible que la solución farmacológica hubiera mantenido toda su eficacia.

Miró el vaso vacío, que descansaba en el carcomido mueble medieval. Y comprendió. Sam le había hecho pasar sed para asegurarse de que se bebiera su contenido hasta la última gota. Las contracciones del aborto con medicamentos no la habían despertado. El misoprostol debía de estar mezclado con un potente anestésico. En cuanto a la absorción de la mifepristona, era un misterio para Vero. Ignoraba cuánto tiempo había estado inconsciente. Si Morin era Sam, había podido dársela sin que ella se diera cuenta en varias ocasiones. Si no lo era, las hipótesis se multiplicaban.

Rabiosa, se levantó, cogió el vaso y lo lanzó contra la puerta de la trampilla con todas sus fuerzas.

—¡Asesino! —gritó.

El vaso estalló en mil pedazos en el suelo de gravilla y esparció una miríada de estrellas, que relucían a la luz de las falsas velas de la araña. Las lágrimas que cubrían las mejillas de Vero también brillaban como gotas de rocío con las primeras luces del alba.

Vero permaneció largos segundos inmóvil y desnuda en medio de la habitación, esperando que el ruido provocara una reacción de Sam. Pero no pasó nada. Cuando Vero se disponía a descargar toda su ira hacia su carcelero con un torrente de insultos, un grito sobrecogedor desgarró el silencio.

47

Ana y Fivaz estaban pendientes de los labios de Junod.

—Te escuchamos, Manu —dijo la inspectora, impaciente.

—Es sobre Morin... Hace unos días, le eché una mano de extranjis... y me temo que era por un asunto privado.

Junod estaba muy incómodo. Resumió discretamente su intervención en el taller Amag de Crissier y, luego, en la vivienda de Veronika Dabrowska, en Lausana. Y, para acabar, el «préstamo» del IMSI-catcher.

—¿Qué pasó después? —preguntó Ana.

—Recogí el aparato en Delémont. No acababa de fiarme de Morin, así que pirateé la baliza GPS que había instalado bajo el vehículo de su chica. Así es como los encontré. Fue extraño, ocurrió en mitad de la noche, y yo estaba muerto de miedo porque la BO y los de Estupefacientes necesitaban urgentemente el IMSI-catcher para el caso Meyrin. Acababa de encontrar el coche y, de pronto, Morin se me acercó por detrás, muy nervioso y ¡pistola en mano! Bueno, se calmó enseguida, pero, de todas formas...

—¿Y su amiga?

—No la vi.

—¿Te explicó Morin qué pasaba?

—No, comprendí que no era buen momento para hacer preguntas. Me devolvió la máquina, nos separamos y volví a Ginebra. Desde entonces, no he tenido noticias suyas. No sé dónde ha ido.

—¿Y la baliza?

—Desactivada. Pero...

—¿Aún hay más?

—Yo no conocía a la amiga de Morin, no la había visto hasta ese día. Pero, cuando la policía de Vaud me mandó las grabaciones de seguridad de la oficina de Lausana y, luego, a petición mía, las del aparcamiento de La Riponne y todo su dosier sobre unos grafitis relacionados con un caso de acoso..., la reconocí.

—¿En las grabaciones?

—No, las grabaciones no permiten identificar al autor de los grafitis ni del envío de los paquetes. Reconocí a Veronika Dabrowska en una foto antropométrica del SIJ de Vaud. Le tomaron las huellas dactilares a petición de fiscal de Vaud, que abrió una instrucción penal contra ella por inducir a error a la Justicia. Y eso no es todo... —Junod se retorcía los dedos nerviosamente—. Morin la ha pifiado a base de bien. La semana pasada, fue detenido por la policía de Vaud y estuvo bajo custodia una noche porque le echó el alto a un tipo de Lausana sacando su arma reglamentaria. Hasta ahora, los compañeros de Vaud no lo habían denunciado y taparon el asunto, pero dado el giro de los acontecimientos...

—¿Cómo te has enterado?

—Esta mañana, he hablado por teléfono con un comisario del CB, un tal Andreas Auer. Espera noticias nuestras.

—¿Por qué no nos has contado todo esto antes? —preguntó Ana, enfadada.

—Porque no pensaba que estuviera relacionado con el caso del Filatelista. Y, la verdad, no sabía cómo abordar el tema. Yo también la he pifiado...

—La hemos pifiado todos.

El Hurón había acabado de hablar por teléfono y volvió junto a los demás. Tenía cara de entierro.

—¿Qué pasa? —le preguntó Ana.

—Maxime Dutoit ha muerto. El traumatismo craneal era demasiado grave.

—¡Mierda!

—La Fiscalía de Vaud ha ordenado una autopsia. Pero hay un problema.

—¿Cuál?

—Los médicos del hospital universitario han encontrado marcas alrededor de las muñecas de Dutoit, como si lo hubieran esposado. Y un hematoma en su cara que no se corresponde con el golpe de su cráneo contra el raíl. ¿Tienes algo que decir, Annie?

—¿Y qué quieres que diga?

—No lo sé. Si quieres cambiar tu versión de los hechos, puede que aún estés a tiempo.

Ana permaneció impertérrita.

—No tengo nada que cambiar. Mitch y yo lo perseguimos por todo el centro logístico. Los empleados pueden confirmarlo. Cuando lo encontramos en la zona ferroviaria, Dutoit estaba en el suelo, inconsciente. Debió de resbalar.

—¿Y las marcas?

—Tal vez se golpeó durante la huida.

—Eso vale para el hematoma de la cara. Pero ¿y las muñecas?

—¡Y yo qué sé! Puede que le fuera el sadomaso —respondió Ana, sarcástica—. Que lo investiguen los de Vaud.

Junod se quedó en el despacho de Morin para desmontar el ordenador y Fivaz regresó a las dependencias de la Científica con las notas manuscritas para comparar los dos tipos de letra.

Gygli y Ana volvieron a la sala de reuniones, donde encontraron a Mitch, que acababa de imprimir los datos telefónicos de Morin.

—¿Dónde está la fiscal? —preguntó el Hurón.

—Ha vuelto al despacho del fiscal de guardia para terminar, firmar y enviar la solicitud sobre los retroactivos al TMC —respondió Mitch.

—¿Qué han dado esos datos? —preguntó Ana señalando la hoja de papel.

Mitch se la tendió y ella la leyó en voz alta. Las geolocalizaciones situaban a Morin en Ginebra, Lausana, Orbe y Delémont. Los últimos mensajes habían activado una antena de telefonía en La Chaux-de-Fonds.

—Ha estado en al menos cuatro de los sitios desde los que se han enviado paquetes —constató el Hurón.

—Pero el último es diferente —lo corrigió Ana acercándose al mapa en el que estaba dibujado el cuerpo de Charlotte Rosselet.

La inspectora apuntó con el dedo hacia la localidad situada en la región de Montañas de Neuchâtel, y Gygli y Mitch siguieron su movimiento. El índice de Ana estaba colocado en el centro del torso del cadáver, un poco a la derecha. Al volverse hacia ellos, vio que los ojos del Hurón se agrandaban debido a la sorpresa, mientras que Mitch miraba el mapa concentrado.

—El corazón... —murmuró Ana—. «Busca la sede de las emociones, las pasiones y la inteligencia, y me encontrarás», decía el último mensaje de Morin. En el mapa, La Chaux-de-Fonds representa el corazón de Charlotte Rosselet. Morin nos espera allí.

48

En el sótano.

El grito la había dejado helada. Permaneció inmóvil largos instantes; luego se volvió lentamente hacia la puerta opuesta. Con pasos vacilantes, se acercó a ella, completamente desnuda. La gravilla crujía bajo sus pies. El corazón se le había acelerado; la adrenalina anestesiaba su dolor. Estaba temblando, pero no sabía si era de frío o de miedo. Seguramente, de ambas cosas.

Vero había oído la voz de un hombre, estaba segura. Pero ¿por qué había soltado semejante alarido? Las únicas veces que había oído gritos parecidos había sido en películas: la expresión del dolor producido por actos de tortura.

Al instante, esa idea se transformó en convicción: detrás de aquella puerta, estaban torturando a un hombre.

Vero pegó la oreja a la hoja de madera. No se oía nada. El silencio. O casi. Una leve respiración.

Prestó atención. No era el sonido del viento, ni siquiera el de la corriente de aire que se deslizaba por debajo de la puerta. Era un gemido.

Vero creyó oír un diálogo casi imperceptible entre dos hombres; no entendía lo que decían. Luego, se hizo otra vez el silencio.

Vero esperó largos minutos con la oreja pegada a la puerta, pero no volvió a oír nada. Tras un instante de duda, preguntó:

—¿Sam? —Ninguna respuesta—. ¿Yves?

Silencio.

Volvía a estar sola en su cárcel. El dolor en el abdomen, que se había intensificado de nuevo, le recordó lo que le había hecho Sam, y la desesperación se apoderó de ella.

Se llevó las manos al vientre, lo acarició, deslizó los dedos hasta sus partes íntimas para tapárselas y se echó a llorar. La desesperación por la pérdida del bebé superaba en mucho al dolor físico del aborto. Su llanto, silencioso al principio, se transformó en lamento y, cuando sus ojos se posaron de nuevo en la mancha de sangre que cubría la sábana, en aullido.

—¡Canalla! ¡Cabrón! ¡Asesino!

Se precipitó sobre la cama y apoyó las palmas de las manos en la sangre. Estaba fría, pero todavía húmeda. Empezó a embadurnarse el cuerpo con ella y a continuación la cara, como si quisiera sentir en la piel lo que quedaba del embrión de vida que había crecido en su interior durante las últimas semanas. Un último contacto con aquel pequeño ser prematuramente desaparecido.

El trauma de las últimas horas que había vivido la desbordaba. Casi en trance, desorientada, Vero bajó de la cama y, alzando los brazos, inició una extraña danza al ritmo de una música imaginaria.

Luego se detuvo en seco delante del gran espejo y miró su imagen. Vio a una Carrie desnuda y cubierta de rastros de sangre de la cabeza a los pies. Sus cabellos, revueltos y pringosos, parecían los de Medusa y, bajo las pinturas de guerra, su piel ajada le recordaba su edad. Estaba más cerca de su muerte que de su nacimiento.

Se veía fea.

Vieja.

Sin el menor atractivo.

Y sin ningún futuro.

Nunca sería madre.

Quería a un hombre a quien no le importaba.

En el espejo, vio sus propios ojos, iluminados por un brillo de locura.

Porque estaba loca.

Todo el mundo lo decía.

Incluso Morin.

Y ella había acabado por creérselo.

¿Morin-Sam? ¿Sam-Morin? Pero, incluso aunque Sam no fuera Morin, a Vero ya no le importaba nada.

Se acercó al espejo y, como para matar la imagen de la bestia que le devolvía, con los dos puños, golpeó violentamente el cristal, que se resquebrajó. Su imagen se deformó. Volvió a golpearlo una y otra vez, hasta hacerlo estallar en decenas de afiladas esquirlas, que se desparramaron por la gravilla.

Luego, se agachó, cogió un trozo de cristal del tamaño de un cuchillo y lo apretó contra su cuello hasta sentir que la improvisada hoja penetraba en su carne.

49

Ana y Mitch circulaban en dirección a Neuchâtel por la autopista que bordeaba la orilla oeste del lago. En los carriles de ambos sentidos, tenía lugar un auténtico ballet de girofaros anaranjados en la grisura: las quitanieves se cruzaban y despejaban la calzada arrojando sal en su estela.

Mitch permanecía a la izquierda sin adelantarlas, provocando la ira del conductor que lo seguía y multiplicaba las ráfagas con las largas.

—Acelera o échate a un lado —gruñó Ana—. Conduces como un valdense.

—¿Tienes algo contra ellos?

—No, salvo que no saben circular por la autopista: tienen la dichosa manía de ocupar el carril rápido sin necesidad. Eso me saca de quicio.

Mitch redujo la velocidad y se colocó detrás de una de las máquinas. A paso de tortuga, la siguió varios kilómetros entre Bevaix y Auvernier.

En el asiento del acompañante, Ana terminaba la lectura del dosier Dabrowska que le había entregado Junod.

—Hay algo que no encaja —murmuró.

—¿El qué?

—Un montón de cosas, en realidad... Empezando por esa historia de amor. Morin nunca ha sido un gran romántico. Él colecciona mujeres. Los celos no le van. Y este asunto huele a tío celoso.

—O posesivo.

Ana lanzó a su compañero una mirada un poco sorprendida.

—Es lo mismo.

—No necesariamente. Un coleccionista es alguien posesivo. Imagina a un filatelista, ya que es así como se ha empezado a llamar a nuestro asesino. Colecciona sellos, los ama a todos a su manera, a algunos quizá más que a otros; pero, si alguien le roba una de las piezas de su colección, se vuelve loco.

—¿Tú eres coleccionista?

—De mujeres no, desde luego.

Ana miraba la calzada. Entraron en el túnel de Serrières, breve respiro entre dos largos tramos cubiertos de nieve.

—Pero esa historia de amor no tiene sentido —dijo pensando en voz alta—. La carta escrita a mano, la letra de Morin, su último mensaje... Es todo demasiado fácil. Como poli, sabía que lo primero que haríamos sería pedir los datos retroactivos.

—A lo mejor quiere que lo encontremos... En cierto modo, un coleccionista es como un asesino en serie. Lo hace para sí mismo, pero, en el fondo, su colección no tiene sentido si otros no la ven.

—Solo que en nuestro caso no hay más que una víctima.

—Tres —la corrigió Mitch.

—El feto y la madre, no los cuento. No tenemos la certeza de que ella esté muerta. Suponte que está de acuerdo con él, que tuvo un aborto natural o provocado y, luego, le dio de comer el embrión al padre.

—¿Dabrowska?

—U otra. Pero Dabrowska encajaría en el perfil, según el dosier de Vaud. Está zumbada. Un psiquiatra le diagnosticó esquizofrenia paranoide.

—¿Y eso qué significa exactamente?

—Manía persecutoria, alucinaciones auditivas y visuales, ansiedad, cólera, tendencia al conflicto, repliegue sobre sí misma...

—Supongo que no tenemos su ADN...

—No. El fiscal de Vaud ordenó que le tomaran las huellas, pero nada más. No podemos hacer un cotejo con el ADN del feto. Pero...

Ana releyó el pasaje del informe y buscó ansiosamente entre las hojas que tenía sobre las rodillas.

—Pero ¿qué? —la urgió Mitch.

—Puso una denuncia contra su exmarido por violación.

—¿Podría ser el padre?

—La violación de la que habla el dosier es demasiado antigua. Pero no se puede excluir que haya habido otras, más recientes.

—¿Condenaron al exmarido?

—Lo absolvieron.

Ana sacó el móvil, lo conectó con el sistema del coche para que Mitch oyera y llamó a Fivaz.

—Hola, Stéph, ¿puedes comprobar un par de cosas para mí?

—Tu dirás, Annie.

—Dime si Jean-Claude Weissbrodt está en la base de datos de ADN. Es el exmarido de Veronika Dabrowska.

Oyeron un tecleo en el ordenador.

—Estaba —dijo al fin Fivaz—, pero borraron su perfil a raíz de su absolución.

—¿Crees que el SIJ de Vaud habrá conservado la muestra?

—Lo verificaré. El tribunal ordenó la eliminación del perfil y la destrucción de la muestra, pero ya sabes lo que pasa. A veces, Berna reacciona más deprisa que nuestros servicios. Y a veces puede pasar que nos olvidemos de destruir las muestras...

Ana se imaginó la sonrisa cómplice de Fivaz.

—De acuerdo, compruébalo con los de Vaud. Si aún tienen la muestra, compárala con el ADN de los sellos. Y, si la han destruido, pídele a la fiscal que redacte una orden para obtener una nueva muestra.

—Lo haré, pero si crees que Weissbrodt es la víctima...

—Lo sé, no lo encontrarán. En ese caso, apáñatelas como de costumbre: cepillo de dientes, peine, lo que haya.

—¿Querías algo más?

—Sí, haz la misma búsqueda con el ADN de Dabrowska. La policía de Vaud solo tiene que volver a su piso. Sé que se llevó sus artículos de aseo, pero seguro que encuentran alguna pertenencia suya que tenga huellas.

—Vale, pero depende de la buena voluntad de los compañeros de Vaud. Así que quizá requiera un poco de tiempo.

—Soy consciente de ello. Piensa en algo para motivarlos. Y haz lo mismo con el ADN de Morin. Sé que su perfil no está en la base de datos, pero imagino que en el laboratorio tendrás alguna muestra para las exclusiones de huellas en los escenarios de crímenes.

Como siempre, Ana cortó la comunicación sin dar las gracias ni despedirse.

El coche había entrado en los túneles de la ciudad de Neuchâtel y ahora remontaba la autopista en la hondonada de Vauseyon. Mitch había puesto el intermitente para tomar la salida hacia el barrio de Les Poudrières.

—¿En qué piensas? —le preguntó a su compañera.

—Aún no lo sé con exactitud. Las hipótesis se atropellan en mi cabeza. Puede que a Dabrowska nunca la violara su marido y haya seguido viéndolo a escondidas. No sería la primera vez en un asunto de divorcio. O puede que la violara, pero que la Justicia se equivocara. En los dos casos, estamos ante el triángulo clásico de los celos: un amante, padre de la criatura, un cornudo y una mujer adúltera y mentirosa en opinión del segundo.

Una vez más, en la mente de Ana, la imagen del cornudo celoso convertido en asesino psicópata no encajaba realmente con la imagen de su compañero Yves Morin. Faltaba una pieza del puzle, estaba claro.

Mitch se disponía a aparcar delante del BAP, el edificio administrativo de la policía de Neuchâtel, una especie de gran camembert un poco decrépito, mezcla de cristal y metal gris azulado, cuando Ana le preguntó:

—Tú, que trabajaste en el caso, ¿sabes si existía alguna relación entre Dabrowska, su exmarido y el matrimonio Rosselet?

La pregunta sorprendió a Mitch, aunque era lógica.

—No, que yo recuerde —respondió—. Pero hay alguien que podría contestar a esa pregunta.

—¿Quién? Morin. Se acostaba con las dos mujeres, Charlotte Rosselet y Veronika Dabrowska.

Se apearon del coche y entraron en el vestíbulo del BAP. Se anunciaron en el mostrador de recepción y el compañero con el que estaban citados vino a buscarlos. Cincuentón, atlético, rapado, bien plantado. Se presentó:

—Comisario Daniel García, jefe de Estupefacientes. Soy el oficial de guardia. Seguidme, el fiscal de guardia y su secretaria nos esperan en su despacho.

—¿Quién es? —preguntó Ana, que conocía un poco a los magistrados de Neuchâtel.

—Norbert Jemsen.

Al oír el nombre del fiscal extraordinario designado por Ginebra para instruir la denuncia de Maxime Dutoit, Mitch palideció.

50

En el sótano.

Primero, se oyó el ruido de una llave que giraba en la cerradura, seguido por el chasquido del pasador y, por fin, por el chirrido metálico de los goznes.

En el umbral, apareció una silueta inmóvil, iluminada apenas por las velas falsas de la araña. Vestida de blanco de la cabeza a los pies, llevaba guantes, una especie de capucha de plástico y gafas de protección con gruesos cristales amarillos. En una mano sostenía un objeto negro.

La silueta avanzó lentamente por la habitación, y la gravilla crujió bajo sus gruesos zapatos, cubiertos con calzas de polipropileno. Eran los andares de un hombre. O de una mujer nada femenina.

Sam se acercó a la cama. Su Princesa yacía boca arriba, desnuda, con las piernas y los brazos separados, cubierta de sangre. Sus ojos, muy abiertos, parecían mirar la nada. No se movía. Una línea de un rojo vivo le recorría el cuello, un corte curvo que iba de una oreja a la otra.

Sam se acercó un poco más, extendió el brazo y posó dos dedos en la carótida de su Princesa para buscarle el pulso. El corazón seguía latiendo, pero anormalmente deprisa para alguien a punto de morir.

Y, de pronto, Sam comprendió.

Saltó hacia atrás y esquivó por poco el pedazo de cristal que cortó el aire. El filo le había rozado el brazo. Cayó de espaldas en la gravilla, pero amortiguó el impacto en parte con las manos y los codos.

Vero se incorporó y, hecha una furia, saltó fuera de la cama blandiendo el improvisado cuchillo, dispuesta a golpear de nuevo. Detrás de la máscara de sangre, el odio desorbitaba sus ojos.

Rápido como el rayo, Sam le apuntó con una pistola.

Los separaban tres metros.

Al ver el cañón, listo para escupir fuego, Vero se quedó quieta. Reconoció la pistola negra en la mano de Sam, idéntica a la que unas treinta horas antes había sostenido ella en la habitación del hotel de Delémont. El arma reglamentaria de Morin.

—Un movimiento más y te vuelo la cabeza —dijo Sam levantándose sin quitarle ojo—. ¡Suelta eso! —le ordenó indicando el trozo de cristal.

Vero obedeció. Al caer al suelo, el fragmento de espejo se partió por la mitad.

—¿Quién eres? —balbuceó.

No conocía al hombre al que tenía delante, no lo había visto jamás.

—Tu príncipe, ya lo sabes.

—Sam..., ¿qué me has hecho?

—He limpiado tu cuerpo de sus impurezas.

—Has matado a mi hijo...

Sam se apartó un poco e hizo un ademán hacia la puerta abierta.

—Después de ti —la invitó tranquilamente.

Vero dudó un instante, pero acabó resignándose a caminar hacia la habitación de al lado, sumida también en la penumbra. Sentía que la ira y la tristeza la abandonaban; dejó caer los brazos blandamente a lo largo de los costados. Exhausta y deshidratada, caminaba como un zombi, avanzando un paso lento e inestable detrás de otro. Había empleado sus últimas fuerzas en su desesperado intento de darle la vuelta a la situación. Sin éxito.

Ahora todo lo que quería era saber. Y entender.

La habitación vecina era otra dependencia del viejo sótano, similar a la que le había servido de celda: paredes de piedra, una bóveda y un fluorescente en las últimas que crepitaba en el techo, iluminando débil e intermitentemente el suelo de gravilla. Alrededor, por todas partes, antiguas máquinas de imprenta en desuso se oxidaban desde hacía años. En el borde de una vieja prensa, Vero vio un aparatito, un cruce de afeitadora eléctrica y pelapatatas con la hoja todavía manchada de sangre fresca.

En aquella habitación, también había dos pesadas puertas una enfrente de la otra. Y la misma corriente de aire frío pasaba entre ambas.

En el centro, un potro de gimnasia y cuerdas seccionadas, atadas todavía a las cuatro patas metálicas.

En el suelo, al pie del potro, el cuerpo desnudo de un hombre descansaba sobre la espalda, sin vida.

Temblorosa y vacilante, tapándose la boca con las manos, Vero se acercó al cadáver, cuyo rostro aún no veía.

El miembro del hombre presentaba quemaduras en la punta.

Su abdomen estaba abierto de parte a parte y sus intestinos colgaban fuera, sumergidos en la sangre que lo manchaba todo.

Vero contuvo una arcada y dio unos pasos más. Ahora veía el cuello del hombre, rebanado profundamente de un lado a otro. Tenía la cabeza echada hacia atrás, lo que agrandaba el corte.

Un paso más.

La cara del hombre quedó a su vista.

Lo reconoció.

Ahogó un grito.

Y, estallando en sollozos, se dejó caer de rodillas y tomó el cuerpo de su amante en los brazos.

Sam presenciaba la escena en silencio. Al cabo de unos instantes, cogió un pequeño objeto del borde de otra máquina. Accionó el mecanismo; en la penumbra, sonó un chasquido, y Sam lanzó el objeto a la gravilla, al lado de Vero.

La mujer alzó los ojos llenos de lágrimas y vio una navaja automática cuya hoja relucía en la vacilante luz del fluorescente.

—¿Tienes sed? —le preguntó Sam sin la menor emoción—. Su vejiga está llena a reventar, no tienes más que buscarla entre sus vísceras y agujerearla con la navaja. Al parecer, es lo que hacen los soldados para sobrevivir cuando no tienen más remedio —añadió.

Luego, abandonó la habitación, cerró la puerta a su espalda y echó el cerrojo.

51

Ana y Mitch siguieron a Dan García por los pasillos del BAP en medio de un decorado gris y azul, como el exterior del edificio, un conjunto de galerías en varios niveles con claraboyas en el techo, ascensores y la caja de la escalera que comunicaba las plantas. La Policía Judicial tenía sus dependencias en la novena.

—¿Toda la PJ está aquí? —preguntó Ana.

—No —dijo el comisario—. Solo Estupefacientes y los atracos.

—¿Y la Criminal?

—Con la Financiera, en otro edificio, en La Chaux-de-Fonds. Entre nosotros, lo llamamos la ICS, por Integridad Corporal y Sexual. Te ahorro las abreviaturas de las demás comisarías, es un poco complicado.

García condujo a sus compañeros ginebrinos a su despacho, la antigua sala de escuchas telefónicas, reacondicionada cuando todo el sistema había sido informatizado. En lo primero que se fijó Ana fue en el tarro lleno de Sugus que había junto al ordenador. Le apetecía algo dulce, no había pasado tanta hambre durante una investigación desde los tiempos de Estupefacientes. Su estómago reclamaba comida, pero podría aguantar un poco más.

Detrás del escritorio, los esperaba un individuo en traje y corbata un poco más joven que García, pero peor conservado. Su cara lucía cicatrices discretas. Ana ya lo había visto en fotos en la prensa romanda, por un turbio asunto relacionado con una amante bajo custodia policial a la que había mandado liberar, lo que le había valido una sanción del Consejo de la Magistratura. Un escándalo que no tenía nada que envidiar a los que destapaba la prensa ginebrina en relación tanto con la policía como con el ministerio fiscal.

—Buenos días, señor fiscal —dijo tendiéndole la mano—. Soy la inspectora Ana Bartomeu, de la Policía Judicial de Ginebra. Y este es mi compañero Michel Sautter. Creo que ya lo conoce.

Ana se volvió hacia Mitch, que se había quedado en el umbral de la puerta. Jemsen lo reconoció y lo saludó, pero no hizo la menor alusión al caso Rosselet.

—Mi secretaria, Flavie Keller —dijo haciendo un gesto hacia la mujer que lo acompañaba.

Esta dirigió una discreta sonrisa a Mitch. La última vez que se habían visto, durante una audiencia en la Fiscalía de Ginebra, se remontaba al mes de noviembre.

—He recibido el aviso de mi colega, Sonia Vino —siguió diciendo Jemsen—. Pero no estoy seguro de haber comprendido los motivos de su desplazamiento. «Registros en La Chaux-de-Fonds», sin especificar direcciones. Lo encuentro un poco vago.

—El problema es que no sabemos dónde buscar exactamente... —respondió Ana—. Le confieso que esperábamos que usted nos guiara un poco —añadió, y resumió el caso del Filatelista.

Cuando les enseñó una foto del mapa con la silueta del cadáver, García tuvo una extraña sensación de *déjà vu*: el caso del monstruo de Saint-Ursanne, que había investigado en su día con su difunto compañero Mike Donner. Pero el parecido se limitaba a las manchas de sangre en un mapa mural.

—Si lo he entendido bien —dijo cuando la compañera de Ginebra concluyó su exposición—, su asesino se encontraría en La Chaux porque esa ciudad representa el corazón de la víctima en su dibujo. De acuerdo. Pero ¿en qué parte de La Chaux?

Ana desplegó un plano de la ciudad sobre el escritorio y, con un rotulador negro, trazó un círculo que representaba el radio de la antena de telefonía que había transmitido los últimos mensajes de Morin.

—Dan tiene razón —terció Jemsen—. La Chaux no tiene el tamaño de Ginebra, pero aun así.... Su antena cubre un montón de barrios. Sería como buscar una aguja en un pajar.

A modo de respuesta, Ana excluyó dos tercios del círculo dibujando en su interior un triángulo aproximado que partía de la estación de ferrocarril y se abría en dirección oeste.

—Gracias a una búsqueda celular más detallada en colaboración con Swisscom, hemos podido reducir el perímetro a esta zona.

García soltó un suspiro.

—Sigue habiendo un montón de posibilidades —dijo.

—Yo tengo una teoría que vale lo que vale —intervino Mitch—. Puede que les parezca prendida con alfileres, pero ahí va: en los sellos suizos y franceses que copia el Filatelista, se ve un corazón dentro de otro, debido a un juego de reflejos o a la propia forma del sello. ¿Y si fuera un mensaje? Si La Chaux-de-Fonds es el corazón, ¿cuál es el corazón dentro del corazón?

Jemsen se encogió de hombros.

—Ni idea.

—La Chaux-de-Fonds no tiene un verdadero centro —explicó Flavie Keller—. Fue construida en forma de damero. Hay muchos sitios que podrían considerarse el corazón: la torre Espacité, el Museo Internacional de Relojería, la Casa Blanca, también llamada villa Le Corbusier, algunos más.

—Pero ninguno de esos edificios se encuentra dentro del radio de vuestra antena —hizo notar García—. ¿No tenéis más indicios?

Ana miró a Mitch. Parecía tan perdido como ella. El día tocaba a su fin y estaban cansados.

—Sentimos haberles hecho perder el tiempo —dijo—. Hemos reservado habitaciones en el hotel Les Endroits, en

La Chaux. Esta noche volveremos a estudiar todos los detalles del caso y, si se nos ocurre alguna idea, se lo haremos saber.

Los inspectores ginebrinos dieron las gracias al fiscal Jemsen y su secretaria judicial. Luego, García los precedió para acompañarlos al vestíbulo. Al salir del despacho, Ana se fijó en la foto de una mujer colocada en la puerta.

Se quedo tan petrificada como si hubiera visto una aparición. Abrió la boca, pero no emitió ningún sonido. Empezó a temblar de pies a cabeza y sintió que los ojos se le llenaban de lágrimas.

—¿Te encuentras bien? —le preguntó García, que se había detenido y la miraba, sorprendido.

Ana no respondió. Mitch intervino:

—¿Qué ocurre, Annie?

Los labios de Ana temblaron.

—¿Quién...? ¿Quién es esa mujer? —balbuceó al fin.

—Una prófuga —respondió García—. La detuvieron en Bora Bora hace unos meses; actualmente, está bajo custodia en Papeete. La extraditarán en breve. ¿Por qué?

La foto ilustraba un documento emitido por SIRENE, un organismo gestionado por Fedpol, la Oficina Federal de la Policía. Mencionaba la orden de recoger a la detenida en el aeropuerto de Cointrin, el 5 de enero.

—¿Cómo se llama? —preguntó Ana con súbita cólera.

Ahora las lágrimas le resbalaban por las mejillas.

—Lo dice el documento —respondió García, que trataba en vano de disimular su perplejidad—. Pero ¿qué ocurre?

—¡No! —gritó Ana volviéndose hacia él, furiosa—. ¡No! ¡No se llama así! ¡No se llama Alba Dervishaj! ¡Es Lucille! ¡Mi Lucille!

Mitch la sujetó en el preciso instante en que las piernas dejaron de sostenerla y la ayudó a sentarse en una silla.

Luego miró la foto y también reconoció a su excompañera de Estupefacientes, con unos cuantos años más.

—Creo que nos debes una buena explicación, compañero —dijo volviéndose hacia García.

El comisario miró a su vez a Jemsen y Flavie Keller. Todo el mundo se había quedado mudo; el malestar era general. Derrumbada en la silla, Ana lloraba. Sin parar.

1984

—¡Sam!

La sangre resbalaba por la cara de Sylvain Ansermet, que, al ver que su chivo expiatorio daba media vuelta y huía hacia el bosque de La Bâtie, alzó los ojos al cielo y gritó su nombre. Luego, bajó la cabeza, fulminó a sus esbirros con la mirada y les ordenó:

—¡Largaos, chicos! ¡Idos a casa! ¡Ya! ¡No quiero testigos! Esto es entre él y yo.

Los cuatro chavales dudaron, casi decepcionados al ver que se quedaban sin juguete y que el juego había acabado. Tras unos segundos de silencio, Philou se volvió hacia los otros tres y les dijo:

—Venga, chicos, vámonos.

Sam corría pesadamente por el camino de La Bâtie, en dirección opuesta al cementerio de Saint-Georges y el parque zoológico. A su izquierda, ligeramente elevados, se sucedían los huertos por los que había llegado. El camino discurría por una especie de depresión entre dos colinas y descendía hacia el Ródano. Un poco más abajo, había un restaurante, el Café de la Tour, con su gran terraza a la sombra de los árboles.

Con un poco de suerte, habría gente dentro y podría refugiarse allí. Cuando fueron a ver los animales del parque, su padre lo había llevado a comer a aquel sitio. De lo que le había contado, recordaba que el restaurante, abierto en 1896, es decir, mucho antes de que nacieran sus abuelos, se había construido sobre los restos de dos viejas torres.

Todos los ginebrinos conocían el lugar, que era una institución. Pero, cuando Sam llegó, se le cayó el alma a los pies: el local estaba cerrado por obras.

Se volvió. No veía a Sylvain. Se quitó la mochila escolar, cosida a navajazos y llena de cuadernos, y la escondió detrás del murete de la terraza. Luego, aligerado de aquella carga que se bamboleaba y lo entorpecía, reemprendió la carrera a lo largo de un estrecho sendero que zigzagueaba cuesta abajo hacia el viaducto ferroviario de La Jonction, a través del bosque.

Sam salvó dos curvas cerradas resbalando ambas veces en la pendiente, arrastrado por su sobrepeso. A cada paso, notaba que sus michelines subían y bajaban. Jadeaba y sudaba a mares. El pantalón húmedo se le pegaba a las piernas, y los calcetines, empapados, escurrían la orina dentro de los zapatos cada vez que plantaba un pie en el suelo. Pero solo pensaba en una cosa: cruzar el Ródano.

El viaducto de La Jonction unía el bosque de La Bâtie con el barrio de Saint-Jean, en la margen derecha del río. Lo habían construido durante la Segunda Guerra Mundial para que los trenes pudieran circular desde la estación de Cornavin hasta los puertos francos de Les Acacias y la estación de clasificación de La Praille.

Sam llegó al puente y avanzó por el andador reservado a los peatones que bordeaba la vía. Río abajo, se divisaban los arcos del puente Butin. Río arriba, la punta de La Jonction, que señalaba la confluencia del Ródano y el Arve.

Sam siguió corriendo por el viaducto unas decenas de metros y, luego, se detuvo haciendo muecas y se llevó la mano al costado derecho. Las punzadas del flato le impedían continuar la carrera.

Al volverse, vio a Sylvain Ansermet en la entrada del puente. El jefe de la banda avanzaba hacia él con paso decidido. La sangre que le resbalaba por la cara y su mirada asesina le hacían parecer un psicópata salido directamente de una película de terror. En la mano derecha, sostenía con fuerza la navaja automática, abierta.

Sam, aterrado, miró a su alrededor. Estaban solos en el viaducto. Sin perder de vista a la amenaza que iba ganando terreno, empezó a retroceder. Aún estaba en mitad del puente, y comprendió que no tenía ninguna posibilidad de escapar. No le daría tiempo a llegar a la orilla derecha. Trepar por el balasto no le serviría de nada: una valla de seguridad separaba el andador para peatones de las vías. Podía saltarla, pero, cuando estuviera entre los raíles, no encontraría ninguna otra salida. Y podía venir un tren.

Por el otro lado, la caída era escalofriante. El puente se elevaba unos treinta metros sobre el río. Abajo, las aguas azul acero del Ródano se mezclaban con las verde grisáceas del río alpino, produciendo al mezclarse un degradado de tonalidades que, en algunas zonas, recordaba el de las islas polinesias. El agua del Arve estaba fría incluso en verano y, en invierno, a veces arrastraba bloques de hielo.

Sam podía elegir cómo morir: el hierro o el agua.

Con las manos extendidas hacia delante en actitud de defensa, Sam suplicó a Sylvain con la mirada, pero de sus temblorosos labios no salió ninguna palabra.

Ansermet avanzaba hacia él con la navaja por delante.

—¡Me las vas a pagar, pedazo de cerdo! ¡Te cortaré la cola y haré que te la comas! Después, te arrancaré el estómago y se lo arrojaré a los peces.

Sin vacilar, el jefe de la banda le lanzó un navajazo. Instintivamente, Sam dio un paso atrás e intentó parar el golpe, al tiempo que cerraba los ojos. La hoja le atravesó la palma de la mano izquierda y le arrancó un alarido de dolor.

En ese momento, se oyó otro grito, casi simultáneo, en el extremo del puente, en el lado de La Bâtie.

—¡Sylvain! ¡Detente!

Con un movimiento reflejo, Sylvain retiró la hoja de la mano de Sam y soltó la navaja, que produjo un ruido metálico al golpear el suelo. Se volvió y vio a Princesa con las manos sobre la boca, aterrada. Estaba llorando.

Sylvain iba a ordenarle a su novia que se marchara, pero no le dio tiempo.

Sam había vuelto a abrir los ojos y echado un rápido vistazo a su mano herida y a la sangre que manaba de ella. Luego, su mirada se concentró en su amenaza. Había comprendido que Sylvain no bromeaba: el jefe de la banda pensaba matarlo.

Así que aprovechó la breve tregua que le había ofrecido Princesa para arrojarse sobre el desprevenido Ansermet. En el cuerpo a cuerpo, la corpulencia daba ventaja a Sam. Sylvain, que no pudo evitar su embestida, sintió que sus pies se alzaban del suelo y su cuerpo pasaba por encima del pretil.

En un gesto desesperado, intentó agarrarse a él, pero sus manos solo asieron el aire.

Las miradas de los dos chicos se encontraron durante una décima de segundo. La rabia había cambiado de bando. Y Sylvain vio la muerte en los ojos de Sam.

Los cuerpos se separaron, y Ansermet cayó al vacío, una caída que a Princesa le pareció eterna, y desapareció en las aguas de mil tonos azules de La Jonction.

Cuarta noche

52

Mitch había reservado dos habitaciones en el Grand Hôtel Les Endroits, un poco alejado de la ciudad. Ana no había abierto la boca en todo el trayecto de Neuchâtel a La Chaux-de-Fonds. Había llorado mucho. Comprendiendo que era inútil tratar de consolarla, Mitch la había dejado tranquila.

Le habría gustado distender el ambiente, bromear diciendo que podían haber cogido una sola habitación para ahorrarle dinero al Estado o invitarla al magnífico spa del hotel sabiendo que ella rechazaría la oferta, sacaría a relucir su obesidad y añadiría que, de todas formas, no habían traído los bañadores.

Mitch también había olvidado un detalle: La Chaux, situada a más de mil metros de altitud, era la ciudad más alta de Europa. Cuando en el litoral hacía aquel tiempo, allí arriba había que restar cinco grados. Y, cuando nevaba en abundancia en la meseta y la región del Lemán, había que esperar más de veinte centímetros suplementarios en las Montañas de Neuchâtel.

Les Endroits estaba situado en un pliegue del Jura, al noroeste de la ciudad. El equipamiento invernal del coche apenas fue suficiente para llegar al hotel.

Tras tomar posesión de sus habitaciones, habían dejado sus cosas y quedado en el restaurante del hotel. Mitch había pedido vieiras al champán, chirivías y avellanas. Ana, una simple ensalada verde, que ni había tocado.

—¡Cómo pude ser tan gilipollas! —murmuró humedeciéndose los labios en la copa de Château La Lagune.

—No lo sabías —le recordó Mitch.

—¡Pero tendría que haberlo sospechado, joder! Todo el mundo cayó, menos ella, que se volatilizó. Llevo cinco años esperando una señal suya, compadeciéndola por haber elegido huir en vez de tener el valor de enfrentarse a la IGS... ¡Y resulta que esa puta trabajaba para ellos!

Mitch suspiró.

—Estabas enamorada de esa puta, como la llamas ahora, ¿no?

—Estaba enamorada de Lucille, no de esa Alba no sé cuántos o de esa...

—Tanja Stojkaj.

—¡Me importa un carajo su verdadero nombre! Se rio de mí, se infiltró entre nosotros, me utilizó. No me lo puedo creer. Jamás habría imaginado que la IGS sería capaz de colaborar con la Policía Judicial Federal para hacernos caer poniéndonos un topo.

Mitch intentó hacerla razonar.

—Hay que reconocer que, en esa época, algunos descontrolaron bastante...

—¡No sigas! Tú sabes cómo funciona Estupefacientes. Si quieres resultados, a veces hay que coquetear con la línea roja, cuando no cruzarla.

—No hasta el punto de robar dinero o droga. Eso no tiene ninguna justificación. Un poli que toca la droga, aunque solo sea para consumir, no tiene cabida en la casa. Es una cuestión de imagen y de credibilidad.

—Hoy todo el mundo consume —ironizó Ana.

—Yo no.

—Da igual, la cuestión es que lo dejé todo por ella. Marido, hijos, casa, toda mi vida. Perdí a mi familia por una chica que jugó con mis sentimientos, únicamente para conseguir su objetivo y hacer caer a sus compañeros. Me dan ganas de vomitar.

—Dices eso porque aún la quieres...

—Quizá —respondió Ana—. Pero ella no me ha querido nunca.

Los ojos se le llenaron de lágrimas. Mitch extendió la mano por encima de la mesa y la posó sobre la suya. Ana no la retiró.

—Necesitarás tiempo para digerir todo esto —le dijo Mitch en tono afectuoso.

Ana le sonrió tristemente.

—Siempre que mi pobre corazón me lo conceda...

—Las penas de amor se acaban curando. En fin, eso dicen.

Ana lo miró, sorprendida de que no la hubiera entendido; luego, cayó en la cuenta de que Mitch no estaba al tanto de sus problemas cardiacos, puesto que nunca le había hablado de ellos.

—Estoy enferma de verdad, idiota. He tenido el segundo infarto.

Mitch, estupefacto, abrió unos ojos como platos.

—Joder... ¿Cuándo?

—Hace nada. Tendría que haberme operado ayer.

—¿Y por qué no lo hiciste?

—La investigación.

Mitch soltó un suspiro.

—¡Joder, Annie, en la vida hay prioridades!

—Esta investigación es una de ellas.

El inspector volvió la cabeza hacia la ventana. Las luces del hotel bañaban la terraza y los montículos de nieve que la cubrían. Volvió a suspirar.

—Muy bien, terminaremos juntos este caso —dijo al fin—. Pero prométeme una cosa. En cuanto regresemos, irás directa al hospital.

Ana le dedicó una sonrisa que equivalía a un compromiso. Sus manos no se habían separado. En su fuero interno, Ana no creía en su curación. Estuvo tentada de pedirle que le prometiera cuidar de Lucifer si a ella le pasaba algo, pero se abstuvo.

En voz baja, para que no los oyeran en las mesas vecinas, Ana y Mitch retomaron la investigación desde el principio y reexaminaron cada elemento, cada hipótesis. Cuando tuvo que elegir postre, Ana no pudo resistirse a un café con dulces. Había recuperado el color; Mitch volvía a reconocerla. Y, cuando surgió la cuestión del corazón dentro de otro corazón, declaró:

—Hay un factor que hemos pasado por alto.

—¿Cuál?

—El motivo por el que fuiste a buscarme: Correos. Toda la actividad del Filatelista gira en torno al Gigante Amarillo. Los sellos, los paquetes, las sucursales...

—¿Crees que el corazón podría ser una sucursal de La Chaux-de-Fonds?

—Lo he pensado. Dos están dentro del radio de la antena activada por el móvil de Morin, entre ellas, la principal, situada en el Pod, la avenida Léopold-Robert. Pero en la ciudad hay otro edificio, también en el sector de marras, que es mucho menos conocido para el público en general, pero todo un símbolo para los verdaderos filatelistas.

—¿Cuál?

—La antigua imprenta Hélio Courvoisier. Cuando trabajaba en Correos, tuve ocasión de visitar sus dependencias en el 149 de la rue Jardinière. Era un verdadero museo Gutenberg. Hélio Courvoisier tenía el monopolio de la fabricación de sellos postales en Suiza.

A Ana se le iluminaron los ojos.

—¡Para falsificar sellos casi perfectos, nada mejor que tener acceso a esas máquinas!

—Eso me he dicho yo. El problema es que la imprenta cerró sus puertas en 2001. En la actualidad, el edificio está abandonado.

—¿Qué hicieron con las máquinas?

—No lo sé. Pero quizá podríamos ir a echar un vistazo...

Mitch esbozó una sonrisa cómplice. Ana temía adivinar lo que estaba pensando.

—¿Ahora? ¿Sin avisar a nuestro colega García y al fiscal Jemsen?

—Mi idea está prendida con alfileres, Annie. No tengo ningún argumento concreto para convencer a Jemsen de que valide la autorización de registro de la fiscal Vino. Lo mejor es ir por nuestra cuenta. Si encontramos algo, siempre podemos decírselo mañana por la mañana.

53

Ana y Mitch salieron del hotel Les Endroits cuando daban las once e iniciaron el descenso a la ciudad. Pasaron ante una granja aislada transformada en vivienda y adornada con luces navideñas. Un hombre con anorak, guantes y gorro pasaba la quitanieves manual alrededor de un viejo Skoda. Ana se dijo que había que estar loco para vivir en un sitio tan perdido.

La carretera serpenteaba como una pista de *luge* helada a través de un bosquecillo y, luego, bordeaba el aeropuerto de Les Éplatures. Ana y Mitch llegaron al bulevar del mismo nombre y se dirigieron hacia el centro urbano atravesando una zona comercial e industrial, verdadero polígono de tiendas y empresas con fachadas a menudo grises y cochambrosas, que recordaba un poco las periferias de las pequeñas ciudades francesas.

A la altura del centro Coop des Entilles, un gigantesco búnker de ladrillo rojo, torcieron a la izquierda y remontaron el damero de calles que les había descrito Flavie Keller, la secretaria judicial de Jemsen. El 149 de la rue Jardinière estaba debajo de la calle de Le Parc, en un barrio sembrado de fábricas y almacenes contiguos. La calzada era estrecha y el estacionamiento de vehículos estaba prohibido en uno de los lados debido a las medidas invernales que tomaba la ciudad todos los años, del 1 de noviembre al 15 de abril, para permitir la retirada de la nieve.

Mitch aparcó en la acera, sin tener la certeza de que estaba permitido, porque la nieve cubría las señales viales. Por si acaso, dejó su carnet policial apoyado en la cara interior del parabrisas. Estaba estampillado en Ginebra, pero, entre colegas, se solía hacer la vista gorda. El adhesivo IPA —International Police Association— también podía ayudar, pero, desde que las policías municipales se habían disuelto, tanto en Neuchâtel como en otros cantones, para dejar sitio a los agentes de seguridad pública, a veces, los viejos privilegios perdían valor.

Ana y Mitch bajaron del vehículo. Un viento glacial barría las calles y arrancaba cúmulos de nieve de los tejados circundantes. Caían a las aceras, cubiertas ya de montículos blancos y carámbanos desprendidos de los canalones. El barrio, mal iluminado, tenía un aspecto lúgubre. Los dos inspectores se arrebujaron en las chaquetas de plumón y se calaron las capuchas.

—Es aquí —dijo Mitch señalando un viejo edificio.

La enorme construcción consistía en una planta baja de piedra amarilla, con ventanas protegidas por rejillas metálicas, sobre la que se alzaban otras cuatro, en cuyos mugrientos muros de hormigón faltaba la mitad de los cristales. En los dos extremos del edificio, una escalera corta conducía a una puerta abovedada. La sede de la antigua imprenta llevaba más de veinte años desocupada.

—¿Qué hacemos? —preguntó Ana.

—Buscar un acceso.

A Ana, la idea de forzar la entrada no le hacía ninguna gracia. Miró a derecha e izquierda, pero no vio un alma. Un poco más adelante, los balcones de unos edificios de viviendas y algunas ventanas iluminadas daban al sitio en que se encontraban. Pero, con aquel tiempo, era poco probable que nadie saliera de casa o se asomara fuera. Y estaban en una calle muy oscura.

—Olvidémonos de las puertas de entrada, parecen muy sólidas. Rodearon el edificio por la rue des Entilles y, en la rue du Parc, vieron una escalera que bajaba al nivel del sótano y acababa ante una portezuela resguardada de las miradas. La nieve había cubierto los peldaños y bloqueaba la puerta, pero se distinguían huellas de pasos.

—¿Has visto? —preguntó Mitch señalándolas.

—Déjate de gilipolleces —gruñó Ana—. Eso no quiere decir nada. Pueden ser de unos críos que vinieran a jugar aquí ayer u hoy mismo.

Mitch bajó la escalera. La nieve se le metía en los zapatos y se fundía con el calor de su cuerpo. Sentía el frío mordiéndole la piel. Al llegar abajo, se volvió hacia Ana y asintió con la cabeza. Ella comprendió, miró a su alrededor, comprobó que no había nadie y le hizo una seña para confirmárselo.

Mitch se sacó un destornillador grande de un bolsillo, introdujo la punta entre la hoja y el marco, y empezó a ejercer presión hacia ambos lados.

Los minutos pasaban. Tiritando de frío, Ana seguía montando guardia, cuando oyó un crujido. Abajo, Mitch acababa de forzar la puerta tirando de la hoja con las dos manos. El pasador cedió, la manilla exterior cayó en la nieve y la interior en un suelo de hormigón, lo que produjo un ruido metálico que resonó en el sótano vacío.

Con el pie, Mitch apartó la nieve para poder abrir la puerta y se volvió hacia Ana, invitándola a bajar. Ella descendió las escaleras y lo siguió al interior del edificio.

En la oscuridad más absoluta, Ana y Mitch activaron la aplicación linterna de sus móviles para alumbrarse. Estaban en un sótano totalmente vacío. Viejos conductos de calefacción recorrían el techo. Había mucha humedad, hacía frío y se notaban las corrientes de aire que circulaban por los pasillos.

Encontraron una escalera que ascendía a la planta baja. Por precaución, apagaron las linternas: sus haces podrían verse desde la calle.

Esperaron a que sus ojos se acostumbraran a la penumbra; la claridad de las farolas que se filtraba por las ventanas iluminaba muy tenuemente el interior del edificio.

Empezaron por inspeccionar las cuatro plantas, divididas en habitaciones de distinto tamaño, todas vacías y destartaladas. El enlucido se desprendía de las paredes y los techos y, al pie de las ventanas rotas, el suelo estaba cubierto de astillas de cristal.

—Aquí no hay nada —murmuró Ana—. Dudo que encontremos una sola máquina de imprenta. Si aún valían algo en el momento del cierre, seguro que las vendieron o acabaron en la chatarrería.

—Probablemente —respondió Mitch, que parecía decepcionado.

La escalera no acababa en la cuarta planta. Descubrieron una quinta bajo el tejado, con tragaluces. Desde la calle, no habían reparado en ella. Era una especie de granero transformado en una serie de salas de trabajo. También vacías.

—¿Crees que habrá un segundo sótano? —preguntó Ana mientras volvían a bajar.

—No sé, tal vez.

Regresaron abajo, volvieron a encender las linternas de los móviles y se separaron para inspeccionar hasta el último rincón.

Al final de un pasillo sin salida, Ana encontró una puerta en un vano abovedado. Accionó la manilla. La puerta no estaba cerrada con llave. Al abrirla, vio una escalera que descendía en la oscuridad. Se volvió y llamó:

—¡Mitch, por aquí!

Su voz resonó en la negrura. Oyó una vaga respuesta y, al fin, vio el haz de la linterna de su compañero.

—¿Has encontrado algo? —le preguntó Mitch.

—Hay otro sótano. ¿Te llega el hedor?

De las entrañas del edificio, ascendía una corriente de aire y, con ella, el olor de la muerte.

54

En su guarida de hacker, Manu Junod debía de ser uno de los últimos investigadores que seguían en las dependencias de Carl-Vogt. Odiaba no entender las cosas y aún no había digerido el fracaso del análisis de las grabaciones de videovigilancia de la sucursal de Lausana.

Además, le fastidiaba que, unos días antes, Morin lo hubiera tomado por idiota.

Desde mediodía, trabajaba sin descanso revisando desde todos los ángulos el caso del Filatelista y los dosieres conectados con él. En los datos retroactivos del móvil de Morin había aparecido una anomalía. A última hora de la tarde, Junod había hecho la primera llamada a un colega de Neuchâtel en quien confiaba y le había pedido un favor.

Luego, había accedido al dosier del caso Rosselet y, rompiendo algunos cortafuegos, al de la IGS sobre la denuncia de Maxime Dutoit. La lectura de los documentos no le había proporcionado ninguna información nueva. Acto seguido, había llevado a cabo algunas indagaciones complementarias sobre el matrimonio Rosselet y reconstruido los currículos de ambos cónyuges, remontándose hasta su infancia. Pero no había encontrado ningún vínculo entre ellos, Dabrowska y Morin, más allá de la supuesta relación adúltera de Charlotte Rosselet con el inspector de la Criminal.

El tiempo había volado sin que se diera cuenta. El reloj del ordenador marcaba las 22.10, pero el informático no había acabado ni de lejos. La adrenalina y una decena larga de cafés lo ayudaban a combatir el cansancio.

A continuación, Junod se concentró en Veronika Dabrowska e Yves Morin. Como en el caso de los Rosselet, hizo numerosas búsquedas en internet y en sus datos personales para reconstruir sus biografías.

Remontándose a sus pasados, descubrió un vínculo entre ellos mucho más antiguo que su actual idilio. Seguramente, «rollo de cama» habría sido una expresión más adecuada que «idilio» para definir su relación, pero, pese a su fama de informático un poco desconectado de las realidades del mundo, en el fondo Junod era un hombre sensible.

El vínculo se remontaba a la década de 1980. Dabrowska y Morin iban a la misma clase en la escuela Les Tattes, en Onex. Y Junod dio con un viejo artículo de la *Tribune de Genève*: un compañero de clase había muerto en un terrible accidente.

Decidido a averiguar algo más, el informático bajó al sótano de la jefatura. Los archivos de la época no estaban digitalizados. En una vieja caja de cartón, encontró el informe original y todos sus anexos. Entre ellos, figuraba la relación de todos los alumnos de la escuela con los que los investigadores habían hablado sobre el accidente en el que había muerto un tal Sylvain Ansermet.

Junod revisó la lista y se detuvo en otros dos nombres. El corazón le dio un vuelco. Cogió el móvil y llamó al comisario Gygli.

—Tienes que volver a la jefatura.

—¿Ahora? —preguntó el Hurón, sorprendido—. ¿Has visto la hora?

—Es muy importante. Creo que al fin tengo algo.

55

Ana había desenfundado su arma reglamentaria. La tenía en una mano y, con la otra, barría la oscuridad con la linterna del móvil. Bajaba los peldaños uno tras uno, lentamente, atenta al menor ruido, al menor movimiento sospechoso en la negrura.

Mitch la seguía a pocos peldaños de distancia con el móvil también encendido en la mano izquierda, el destornillador en la derecha y el codo doblado sobre la nariz y la boca para protegerlos de la pestilencia.

La escalera descendía por un pasillo abovedado con paredes de piedra. Parecía un viejo subterráneo de la Edad Media. El edificio debía de haberse levantado sobre los cimientos de una construcción mucho más antigua. Una corriente de aire frío ascendía por la escalera.

—¿Qué es este sitio? —cuchicheó Mitch.

—No lo sé —respondió Ana—. Un sótano debajo del primero...

«O un corazón dentro de otro», se dijo.

La escalera terminaba en el suelo de gravilla de una sala abovedada que hacía pensar en la bodega de un viejo monasterio. En el techo, un fluorescente colgaba de un cable eléctrico medio pelado.

Ana iluminó las paredes de la estancia con el móvil y buscó un interruptor. Lo encontró al lado de un cuadro de fusibles. Al pulsarlo, el tubo de neón empezó a crepitar y, cuando al fin se encendió, difundió una débil claridad azulada. Al cabo de un instante, el fluorescente se puso a parpadear, se apagó y volvió a encenderse chispeando ligeramente.

De pronto, algo se movió en una esquina de la sala. Ana dio un respingo, apuntó el arma hacia el lugar en el que había percibido el movimiento y se quedó quieta.

—¡Joder! —exclamó comprendiendo que había estado a punto de disparar.

Apartó el dedo del gatillo.

Al pie de la pared, había un plato con comida podrida. Las sobras de un pavo de Navidad, a juzgar por el aspecto. Justo al lado, dos ojillos brillaban como flashes al ritmo de la parpadeante luz. Una bola de pelos. La gruesa rata miró a Ana y, un segundo después, salió corriendo y desapareció entre dos sillares sueltos.

En el fondo de la sala, Ana distinguió una pesada hoja de madera. Parecía la puerta de una vieja mazmorra, como las que había en los castillos, con un grueso cerrojo y, en la parte inferior, una trampilla para pasar un plato con comida.

A ambos lados de la puerta, máquinas de imprenta del año de la nana, atacadas por el óxido. La frase de Mitch resonó en la cabeza de Ana: «Un auténtico museo Gutenberg». Diez años antes, había visitado el de la plaza Notre-Dame de Friburgo, antes de que trasladaran la colección a Derendingen, en el cantón de Soleure.

Ana recordaba aquella exposición permanente, aquellas increíbles máquinas para crear textos y dibujos, y también sellos y billetes de banco.

—¿Por qué cerró la empresa?

—Hélio Courvoisier nació en 1931, con la impresión de los primeros sellos postales *Pro Juventute* —respondió Mitch—. Luego, el mundo de los sellos cambió por completo. La competencia de las imprentas europeas y asiáticas, la privatización de los servicios postales nacionales y el cese del monopolio estatal sobre los sellos hicieron inviable el trabajo artesanal de esta gente. Hélio Courvoisier no fabricaba solamente sellos suizos, sino también los de otros muchos países. La mayoría de los sellos del mundo llevaban la etiqueta Courvoisier. Pero un día empezó a sustituirse el franqueo tradicional del correo por marcas impresas, se dio prioridad al fax y el email. Y en 2001 la globalización acabó con setenta años de talento artístico y mandó a una treintena de trabajadores al paro. Una verdadera pena.

Ana se acercó al pavo podrido y se acuclilló para olisquearlo. Parecía evidente que el hedor no procedía de aquellos restos de comida cubiertos de moho.

Se levantó, avanzó hasta la puerta de madera, descorrió el cerrojo y abrió. Los goznes chirriaron, la corriente de aire ganó fuerza y el olor a cadáver putrefacto se acentuó.

La habitación contigua estaba en total oscuridad. Ana entró y buscó un interruptor, en vano. Volvió sobre sus pasos y, en la sala anterior, encontró uno detrás de una de las máquinas. Lo accionó.

La estancia vecina se iluminó de forma distinta a la primera. Con una luz más cálida, aunque muy tenue, en lugar de la claridad azulada del fluorescente. Ana se fijó en la gran araña que colgaba del techo abovedado. Luego, en todo el decorado.

—Pero ¿qué mamarrachada es esta? —murmuró.

Cuando Mitch llegó junto a ella, se quedó mudo.

Ante ellos, se alzaba una verdadera cámara medieval a escala real, con una araña con velas eléctricas, muebles antiguos devorados por la carcoma, un gran espejo con la luna destrozada y, en las paredes, extraños cuadros que representaban rostros infantiles. Un traje de princesa colgaba de una percha fijada a la puerta de enfrente. En mitad de la habitación, una cama con dosel y sábanas manchadas de sangre. Y en un rincón, hecho un rebujo sobre la gravilla, un edredón del mismo color.

—La guarida del Filatelista —murmuró Mitch.

—Estabas en lo cierto respecto al corazón.

—Eso parece. Supongo que esta vez hiciste bien en pensar en mí.

Ana creyó percibir un deje de reproche en su voz.

—Si lo prefieres, lo dejamos aquí, volvemos arriba y llamamos a García...

Mitch iba responderle, cuando Ana se fijó en los cuadros. En aquellas caras infantiles un poco borrosas había algo malsano, pero también familiar. Al acercarse a ellos, la imagen global se volvió aún más imprecisa; en ese momento, comprendió que se trataba de collages: cientos de sellos de correos.

Retrocedió para tener una mejor vista de conjunto y los rostros se volvieron más nítidos. Y, de pronto, el tiempo se detuvo.

Ana abrió la boca, pero no dijo nada. No daba crédito a sus ojos. Permaneció inmóvil como una estatua largos instantes. Acababa de dar un salto hacia el pasado. Ana miraba a Ana. No cabía la menor duda, la niña del cuadro, en medio de los cinco chicos, era ella cuarenta años antes: Ana Bartomeu.

56

El Hurón no vivía muy lejos de Carl-Vogt. Poco después de las once, estaba con Junod en las dependencias del departamento de informática.

—Más vale que no me hayas hecho volver para nada, Manu —le advirtió, un poco malhumorado.

—Yo diría que no —respondió el informático tendiéndole un viejo informe policial que databa del verano de 1984.

Gygli leyó por encima el documento, que relataba la caída mortal al Ródano de un niño.

—¿Quién era el tal Sylvain Ansermet? —preguntó.

—Un alumno de la escuela Les Tattes, un buen elemento, el terror del centro, al parecer. Pero el nombre que nos importa es otro.

Junod atrajo la atención del comisario sobre el apellido del director de la escuela.

—¿Dabrowski? —exclamó el Hurón, sorprendido.

—Era el padre de Veronika Dabrowska, que también era alumna de la escuela. Iba a la misma clase que Morin y Ansermet.

—Dios bendito...

—Y eso no es todo —lo interrumpió Junod apuntando con el índice al centro de la lista de nombres—. Mira quién era la novia de Ansermet cuando ocurrió la tragedia.

57

Hipnotizada por su rostro del pasado, Ana no oyó acercarse a Mitch, pese a los crujidos de la gravilla.

—¿Qué hacemos, Annie? ¿Subimos? —Ana no respondía—. Annie... —insistió Mitch.

—Ahora no.

—¿Me lo explicas?

Ana apartó los ojos de su doble y miró los otros cinco cuadros, uno a uno. Reconoció a todos los chicos: Sylvain, Philou, Yves y los otros dos capullos, cuyos nombres no recordaba. Los había olvidado a todos, como a los demás alumnos de la escuela Les Tattes, sus compañeros de clase. Y luego estaba el gordito del que todos se burlaban. El chivo expiatorio del centro. ¿Cómo lo llamaban? Sam el Paleto. Pero no recordaba su verdadero nombre. A él también lo había olvidado.

Hacía tanto tiempo de todo eso, de esa época de su vida que había enterrado en lo más profundo de su memoria, una época que era sinónimo de abusos sexuales intrafamiliares y de sufrimiento, una infancia desgraciada, borrada de su recuerdo, que, de pronto, volvía a saltarle a la cara... Como un bumerán que había tardado cuarenta años en dar la vuelta a la tierra. Y que dolía.

—Nos quedamos —anunció.

Mitch no intentó hacerla cambiar de opinión.

Enfrente de la puerta por la que habían entrado, había otra. La puerta de la que colgaba el vestido rosa.

Ana se acercó a ella. El cerrojo estaba al otro lado, lo que confirmó su sospecha: aquel dormitorio de princesa era un calabozo. Ana cogió el tirador, una simple asa metálica clavada a la madera, e intentó abrir. El cerrojo estaba echado. Alzó la vista y, colgado de la percha, vio un cordón de seda del que pendía una llave, como si fuera un aderezo que completaba el atuendo de princesa. Ana cogió la llave, la metió en la cerradura y la hizo girar. La puerta se abrió.

Y el olor de la muerte la abofeteó.

—Es insoportable —dijo Mitch, que había vuelto a taparse la boca y la nariz con el interior del codo.

—Hemos olido cosas peores —replicó Ana—. Ya lo tenemos. ¡Vamos!

Entraron en la siguiente habitación, que estaba tan a oscuras como las anteriores. Ana palpó la pared a su izquierda y dio con el interruptor casi de inmediato, en el mismo sitio que en la primera sala. Una habitación espejo en aquella sucesión de criptas.

El fluorescente crepitó y se encendió con dificultad para dejar al descubierto la bóveda y los muros de piedra, el suelo de gravilla y otra puerta enfrente de ellos. Por todas partes, viejas máquinas de imprenta tan herrumbrosas como las de la primera sala. Pero más numerosas.

En el centro, un potro de gimnasia y trozos de cuerda.

Y junto al aparato, dos cadáveres uno al lado de otro, ennegrecidos por la putrefacción de los tejidos.

Pistola en mano, Ana avanzaba ya hacia los dos cuerpos, cuando el móvil, que se había guardado en un bolsillo del pantalón, empezó a sonar. Era Fivaz. El aparato apenas tenía señal. Ana aceptó la llamada y puso el altavoz para que Mitch pudiera oír la conversación.

—¿Sí? —gruñó Ana por todo saludo.

—¿Dónde estás?

—No es el momento, abrevia.

—Vale. El ADN de los sellos de piel y del estómago no se corresponde con el de Jean-Claude Weissbrodt. El ex de Veronika Dabrowska está sano como un roble. Los compañeros de Vaud lo han localizado y han podido hablar con él. Está esquiando en Gryon con su actual mujer. Y ahora agárrate...

—¡Venga, escupe!

—El ADN es el de Morin. El padre del bebé es él. Y la víctima, también.

Sin cortar la comunicación, Ana dio unos pasos hacia los cuerpos. Los dos estaban desnudos y eran casi irreconocibles. Un hombre y una mujer.

El varón tenía el abdomen abierto y las vísceras a la vista. Lo habían destripado de forma nada profesional. El cuello estaba rebanado de oreja a oreja. Ana rodeó su cabeza e intentó reconocer el rostro detrás de las ennegrecidas facciones. La putrefacción había atacado sobre todo a la cavidad abdominal. Siempre se iniciaba ahí: los órganos internos se pudrían antes que lo demás.

La piel del rostro estaba negra, pero casi intacta. En el límite de la momificación. Alrededor de los labios y los orificios nasales, se distinguían algunas mordeduras. También le habían roído los lóbulos de las orejas; los ojos habían desaparecido. Las ratas se lo habían pasado en grande. Pero reconoció a Morin.

A su lado, la mujer se encontraba en un estado de descomposición mucho menos avanzado. Debía de haber muerto horas, quizá días, más tarde que él. En la palma de su mano derecha, orientada hacia el techo, descansaba una navaja automática, abierta. El mango tallado presentaba características que la hacían única. Ana la reconoció, aunque hacía cuarenta años que no la veía. El mango llevaba las iniciales S. A. La navaja de Sylvain Ansermet.

—¿Algo más? —le preguntó a Fivaz.

—De momento, no.

Ana cortó la llamada.

Dio una vuelta alrededor de los cadáveres. Todo se mezclaba en su cabeza. Pasado y presente. Conocía a Morin desde la escuela Les Tattes de Onex, pero se habían perdido de vista, hasta que se lo encontró de nuevo en los bancos de la escuela de policía. Nunca volvieron a hablar de los trágicos hechos del verano de 1984 ni, en realidad, de su infancia. Siempre habían hecho como si su pasado en común no hubiera existido.

A Veronika Dabrowska, en cambio, no la conocía. El apellido le recordaba vagamente algo, una imagen lejana y muy imprecisa, un detalle que creía insignificante. Pero el vínculo que relacionaba a todas aquellas personas, las del pasado y las del presente, a Dabrowska y los Rosselet, estaba ausente.

Pero algo la perturbaba especialmente. Había intercambiado mensajes con Morin durante los últimos cuatro días. Incluida esa misma mañana, desde las dependencias de Carl-Vogt. Y estaba claro que Morin llevaba mucho tiempo muerto.

Miró el móvil, abrió WhatsApp y releyó el último mensaje de Morin: «Busca la sede de las emociones, las pasiones y la inteligencia, y me encontrarás».

Dudó un instante y, luego, con un dedo tembloroso, pulsó el botón de llamada.

58

Al leer el nombre que le señalaba Junod en la lista de alumnos, el Hurón había palidecido: Ana Bartomeu.

—¿Annie? —murmuró incrédulo—. ¿La chica de Sylvain Ansermet?

—Sí —dijo el informático.

—Pero ¿por qué no nos ha hablado del asunto? De Morin, de Dabrowska... Tenía que conocerlos.

—Ella es la única que puede responder a esas preguntas. En cualquier caso, iba a la misma escuela que ellos, aunque tenía dos años menos. Tú, por ejemplo, ¿te acuerdas de todos los alumnos de tu escuela, o al menos de los que iban a tu clase?

Gygli lo pensó un instante.

—No de todos, es verdad —dijo—. Es prácticamente imposible, éramos muchos. Pero, de todos modos, si Ana salía con un chico mayor que ella, tenía que conocer a sus amigos.

—No necesariamente. Según el informe de la policía, cuando se produjo el accidente, solo hacía dos o tres días que salía con Ansermet. Es lógico pensar que ya tenía contacto con él antes de que empezaran a salir, pero, a esa edad, ya sabes lo que pasa. Eres despreocupado, y las cosas pueden ir muy rápidas, a veces por un capricho. De hecho, a juzgar por las declaraciones de los otros alumnos, esa relación sorprendió a todo el mundo. Ana no había tenido ningún otro novio antes de Sylvain.

—Es alucinante —resopló el Hurón.

—Y eso no es todo —continuó Junod—. Hace un rato he llamado a Dabrowski y, a pesar de que era tarde, he tenido la suerte de que me respondiera. Lleva muchos años jubilado, va a cumplir ochenta, pero me ha dicho que ya no tiene contacto con su hija. Me ha parecido entender que sus relaciones se habían enfriado desde que ella se divorció de Jean-Claude Weissbrodt. Al parecer, Dabrowski apreciaba mucho a su yerno. En cualquier caso, no sabe dónde se encuentra su hija actualmente.

—¿Qué te ha dicho sobre el asunto de 1984?

—Como suele ocurrir a su edad, cuando le hablas del presente, se le va un poco la cabeza, pero, si se trata de cosas del pasado, sus recuerdos son mucho más claros. Se acuerda de ese asunto con todo detalle. En especial, de un compañero de clase de Ana que era el cabeza de turco de Les Tattes, sobre todo de Sylvain Ansermet y los chavales de su pandilla. Ese chico se llamaba Sam. Era hijo de un compañero que ya ha muerto y nieto de un matrimonio de campesinos de Lancy, también fallecidos. Dabrowski sospechaba que Sam estaba implicado en la muerte de Ansermet, pero nunca tuvo ninguna prueba. Y la policía, tampoco. El asunto se archivó como accidente.

—Y ese Sam..., ¿cuál era su apellido? —preguntó el Hurón.

Junod deslizó el índice hasta otro nombre de la lista de alumnos.

—¡Dios santo, Manu! —exclamó Gygli palideciendo de nuevo—. ¿Dónde están Ana y Mitch?

—En La Chaux-de-Fonds, pero no consigo que cojan el teléfono. Ana no responde y el móvil de Mitch debe de estar apagado o sin cobertura. He contactado con el hotel Les Endroits, donde cogieron habitaciones para esta noche, pero la recepción me ha dicho que habían salido después de cenar. Su coche no está allí.

—Joder... ¿Qué podemos hacer?

—Tengo un contacto en la policía de Neuchâtel —respondió el informático—. Ya lo he llamado esta tarde por un problema que he encontrado en los retroactivos de Morin. También te tengo que hablar de eso. Pero después.

Y, en presencia del Hurón, Junod llamó al comisario Daniel García.

1984

—¿Sam?

Sin verlos realmente, el niño miraba alelado los retratos que adornaban las paredes del despacho. Estaban todos los anteriores directores de la escuela Les Tattes, en una gama de trajes que reflejaban sus respectivas épocas. Un día, el rostro del hombre sentado frente a él se encontraría entre ellos.

En opinión de Sam, los cuadros eran a cuál más feo. No obstante, uno le producía curiosidad. Estaba formado por múltiples manchitas yuxtapuestas, en lugar de la habitual mezcla de colores. El contraste daba como resultado una cara más bien simpática. Parecía un cuadro de Seurat. En lugar de los puntitos de pintura, Sam se imaginó sellos.

El director esperaba una respuesta, pero en vano. Se volvió hacia el padre del alumno, que insistió:

—¿Sam? ¿No has oído al señor Dabrowski? Te ha preguntado qué te ha pasado en la mano.

El niño suspiró y miró el grueso vendaje que le cubría la mano derecha.

—Ya te lo he explicado, papá. Y a la policía, también.

—Pero a él no.

—¿Por qué siempre tengo que repetirlo todo? Parece que todo el mundo crea que soy un mentiroso.

—Nadie te ha acusado de mentir —intervino el director—. Pero lo que ha pasado es muy grave y tengo que asegurarme de que no vuelva a suceder en mi escuela jamás. ¿Lo comprendes?

En el escritorio, había un ejemplar de la *Tribune de Genève* de ese día, con una foto del viaducto de La Jonction bajo un gran titular: «Un niño muere jugando a hacer equilibrios». Sam sabía lo que decía el artículo, su padre lo había leído en voz alta esa mañana, durante el desayuno.

Unos paseantes habían encontrado el cuerpo sin vida del joven Sylvain Ansermet flotando entre unas ramas de la orilla del Ródano, a la altura del parque de Les Evaux. En la subsiguiente investigación, los policías habían hablado con todos los alumnos de la escuela Les Tattes, uno tras otro. Ninguno había podido contar lo ocurrido, salvo el único testigo del accidente.

Las frases del periodista seguían resonando en la cabeza de Sam: «Según la policía, el joven Sylvain trepó a la barandilla del puente para mantenerse en equilibrio sobre ella, con la intención de impresionar a su novia. Y, ante los ojos de la chica, cayó al vacío. A la pregunta de por qué no buscó ayuda, los investigadores han respondido que habían encontrado a la pequeña Ana en estado de shock».

—¿Qué ha dicho Princesa sobre mi mano? —preguntó Sam.

Dabrowski le sonrió de un modo extraño.

—No me corresponde a mí decirte lo que me ha contado Ana. Te lo pregunto a ti.

El niño se enfadó.

—¡Ya lo he dicho! Intenté saltar la verja del cementerio de Saint-Georges, y una punta de lanza me atravesó la mano.

—¿Qué pretendías hacer?

—Visitar la tumba de mamá.

—¿Por qué no utilizaste una de las puertas? Estaban abiertas.

Sam no respondió.

Al entrar en el despacho del director, se había cruzado con Princesa, que salía con su padre, un obrero portugués con cara de pocos amigos que hablaba un francés macarrónico. En el pasillo, el señor Bartomeu se había vuelto y, a modo de disculpa, le había dicho al director:

—Mi hija miente mucho, pero le voy a enseñar a no hacerlo.

A Princesa se le habían bajado los humos; no le llegaba la camisa al cuerpo. Ya no era la reina de la escuela, su belleza se había desvanecido. Lloraba y había pasado delante de Sam cabizbaja, sin atreverse a mirarlo.

Sin embargo, no había dicho nada. Ni a la policía ni a sus padres ni al director. Ni siquiera que había visto a Sam agacharse, justo después de la caída de Sylvain, para coger la navaja automática y guardársela en un bolsillo.

Princesa debía de creer que Sam quería eliminar una prueba. Pero, si hubiera sido así, Sam la habría arrojado al río, no era idiota. No... Se había quedado la navaja por otro motivo, mucho más simple: la consideraba su trofeo.

Comprendiendo que no obtendría respuesta a su última pregunta, el director soltó un suspiro. Iba a insistir, cuando sonó el teléfono. Dabrowski descolgó el auricular.

—¿Sí? —respondió, y, mirando al padre de Sam, le sonrió apurado—: Ahora no es el momento. Estoy en mitad de una entrevista. Dígale que la llamaré en diez minutos.

Hizo amago de colgar, pero al parecer su interlocutor insistió.

—De acuerdo —cedió al fin—. Pásemela.

El director suspiró, se disculpó ante el padre de Sam con una simple mirada, apoyó la cabeza en la mano libre y esperó a que le pasaran la llamada, una nueva función de los teléfonos con teclas AT&T que poco a poco sustituían a los aparatos de disco.

Tras unos segundos, la conversación se inició:

—¿Qué ocurre, mi *snegúrochka*?

Al otro extremo de la línea, Sam oía una queja, como sollozos ahogados.

—Lo sé, es duro para ti. No llores. Enseguida volveré a casa e iremos al médico. —Dabrowski consultó su reloj, le lanzó otra mirada de disculpa al padre de Sam y añadió—: En una horita estoy ahí. Vuelve a acostarte, mi *snegúrochka*. Te quiero.

Y colgó.

—¿Algún problema? —preguntó el padre de Sam.

—Era mi hija Veronika —respondió el director—. Está muy afectada por lo que le ha pasado a Sylvain Ansermet. Creo que estaba enamorada del muchacho en secreto. Pero el tiempo acaba curando las heridas del corazón.

En el despacho, ninguno de los dos adultos reparó en la mueca de Sam.

Dabrowski se volvió de nuevo hacia el niño y reanudó el interrogatorio.

—Y, por supuesto, no viste caer a Sylvain...

—No... No estaba allí.

—¿Y sus amigos?

—Sus amigos, ¿qué?

—Philou, Yves y los demás, los que siempre estaban con Sylvain... ¿Tampoco los viste a ellos?

—No.

El director miró al alumno en silencio largos instantes, intentando sin éxito descifrar aquel rostro abotagado y rubicundo. Luego, se volvió hacia su padre.

—Bueno, no los retengo más, mi hija me espera —dijo—. Pero, antes de que se vayan, tengo una curiosidad. ¿Por qué todo el mundo, tanto alumnos como profesores, llama a su hijo Sam, cuando, según los datos oficiales de la escuela, su nombre no es ese?

El padre sonrió.

—Pues verá, es algo de lo que no se libra ningún policía. Llegas a la Casa Grande con tu nombre y tu apellido, y enseguida te colocan una etiqueta. Una especie de número de placa, si lo prefiere. Las dos primeras letras de tu apellido y la primera de tu nombre. Yo me llamo Xavier Sautter, pero todos mis compañeros me apodan Sax. A mi hijo Michel siempre le ha hecho mucha gracia. Y, como nunca le ha gustado el nombre que le pusimos su madre y yo, hace años que, incluso en la familia, todo el mundo lo llama Sam.

59

Ana estaba llamando al número de Morin. El tono del teléfono sonaba en su oído y hacía eco a su espalda. De pronto, reconoció la melodía del móvil de Morin, que resonaba en el sótano. Incrédula, se volvió lentamente.

Mitch estaba en el vano que separaba las dos últimas salas. En una mano, tenía el destornillador y, en la otra, un móvil que no era el suyo. La pantalla estaba vuelta hacia Ana y mostraba el nombre de quien llamaba: Annie.

A Mitch le había cambiado la cara, el miedo había desaparecido de su rostro y ahora observaba a Ana con un rictus malévolo. Ella lo miraba sin comprender, o sin querer comprender, porque su cerebro temía las respuestas que empezaban a invadirlo.

—Bienvenida a mi corazón —dijo él.

—Mitch, yo... —balbuceó Ana—. ¿Qué es esto? Explícamelo.

Instintivamente, había alzado el arma en su dirección poco a poco, pero temblaba. Al darse cuenta, soltó el móvil, que cayó en la gravilla, y sujetó la pistola con las dos manos para estabilizarla.

Mitch no se movía, parecía tranquilo, casi aliviado.

—He tenido que ayudarte un poco, pero has acabado encontrándome, mi Princesa.

«Mi Princesa...». Parecían palabras salidas de ultratumba, no las había oído desde hacía cuarenta años. El único que la llamaba así en esa época era su novio, Sylvain

Ansermet. Ella tenía diez años; él, doce. Pero Sylvain había muerto, en circunstancias que su mente había silenciado, enterrado en las profundidades del olvido.

—¿Quién eres? —le preguntó Ana.

A su vez, Mitch dejó caer el móvil de Morin en la gravilla, alzó la mano izquierda y le mostró la palma. En el centro, se distinguía una marca blanca, ligeramente rosácea, una vieja cicatriz producida por una cuchillada. El cerebro de Ana liberó las imágenes del pasado.

—Sam... —murmuró con los ojos desorbitados.

Mitch sonrió maliciosamente.

—Sam —confirmó—. Porque nunca supiste o quisiste retener mi verdadero nombre. O, más bien, porque nunca te interesé. Tú, la reina de la clase, la princesa de la escuela, adulada por todos. Toni y yo éramos insignificantes, no existíamos para ti, no teníamos ningún interés. Éramos invisibles. No es de extrañar que, cuando entré en la policía, no me reconocieras. —Soltó un suspiro y continuó—: Bueno, es verdad, en tu defensa hay que decir que, cuando volvimos a vernos, yo tenía veinte años más y pesaba otros tantos kilos menos. Pero a Toni... Ni siquiera lo reconociste a él, en Daillens.

Ana enarcó las cejas, perpleja. Luego, visualizó a Antoine Cottier, el jefe de informática del centro logístico, que los había recibido.

Sam y Toni, los dos inútiles de la clase, los dos blancos de las burlas de la escuela. Inseparables como dedos de una misma mano y discretos como fantasmas. No formaban parte del grupo de amigos de Ana, que no los había vuelto a ver desde la tragedia de 1984, porque sus padres la habían sacado de inmediato de Les Tattes e inscrito en un internado para chicas.

Ahora los recuerdos emergían uno tras otro.

—Éramos unos niños... —murmuró Ana.

—Puede —respondió Mitch—. Pero yo te amaba, Princesa. Con un amor sincero, no como el bestia de Sylvain, o como el resto de los chicos de la escuela, que solo veían en ti un trofeo. Yo te habría hecho feliz.

Ana no daba crédito a sus oídos.

—Pero si solo teníamos diez años... A esa edad, no se puede amar realmente.

—Ya lo creo que sí. Los amores de la infancia son los más puros, los más fuertes, los que más duelen cuando te decepcionan. Y tú me decepcionaste mucho.

—Es absurdo, Mitch... No puedes creer lo que estás diciendo...

Mitch soltó una risita sarcástica.

—¿Cómo te atreves a ponerte en mi lugar? Jamás quisiste saber nada de nosotros. ¿Sabías siquiera que coleccionaba sellos postales? ¿Que fue esa pasión la que me llevó a trabajar en Correos? ¿O que a Toni le encantaban los videojuegos y la informática? ¿Que gracias a él y, más tarde, a la policía yo también fui aprendiendo? ¿O que a Toni lo contrataron en Correos como informático gracias a mí? Por supuesto que no. Ignoras todo eso porque, para ti, nosotros no existíamos.

Pasado y presente se mezclaban en la cabeza de Ana. Intentaba concentrarse para volver a juntar las piezas del puzle, pero no lo conseguía. Todo era confuso, absurdo. Con un gesto, indicó los cuerpos de Morin y Dabrowska.

—¿Cuánto llevan ahí? —preguntó.

—Una semana —respondió Mitch fríamente.

Ana recordó el mensaje de texto que había recibido de Morin tres días antes, mientras estaba en la sucursal de Balexert: «Hola, guapa, las vacaciones son sagradas. Si es realmente urgente, mándame un mensaje, y te llamo en cuanto pueda. ¡Muac!». En ese momento, Morin ya estaba muerto.

—Los mensajes, ¿fuiste tú?

Mitch asintió con la cabeza.

—Confieso que esta mañana ha sido muy estimulante contestarte mientras estábamos los dos en la misma sala.

—Pero... ¿y los datos retroactivos? Si tenías el móvil, los mensajes deberían haberte situado en Ginebra, no en La Chaux-de-Fonds...

Mitch se echó a reír.

—Pero ¡qué ingenua puedes llegar a ser, Princesa! Y qué previsible. Era evidente que ibas a pedirme que analizara los retroactivos del móvil de Morin. Es lo que he hecho esta mañana mientras vosotros registrabais su despacho. Un par de pequeñas modificaciones en los datos enviados por Swisscom, y luego he impreso el cuadro y te lo he mandado. Un juego de niños.

—Gracias, Toni... —murmuró Ana.

—¿Toni? —exclamó Mitch, sorprendido—. Deja a Toni al margen de todo esto, él no tiene nada que ver con este asunto. No está implicado, si es la pregunta que te haces. Toni sigue siendo mi mejor colega y, cuando dejé Correos, fue el primero que lo lamentó. La vida es así, aleja incluso a los mejores amigos del mundo cuando crecen. Pero, gracias a lo que Toni me enseñó desde que éramos niños, te confieso que espiar a Morin y Veronika fue pan comido. Un micro por aquí, una baliza por allí, unos cuantos troyanos en sus ordenadores y sus teléfonos... Y entrar en casa de ella para coger ropa suya y hacer que nuestros compañeros de Vaud la tomaran por loca... ¡Cómo me reí cuando Morin le pidió ayuda a Manu! Era tan pueril, ¡parecían críos haciendo trastadas con el miedo en el cuerpo! No te imaginas lo fácil que me resultó engañar al IMSI-catcher y entrar en la habitación del hotel mientras dormían para dejar uno de mis móviles... Me lo pasé en grande enfrentándolos al uno con el otro...

Mitch soltó una risita traviesa. Ana no comprendía lo de la habitación del hotel, pero no importaba. Lo importante era otra cosa.

—¿Los mataste?

—A él, sí —respondió Mitch con cierta ligereza y con un dejo de orgullo en la voz—. Pero ella no sé de qué murió.

De deshidratación, probablemente. Y eso que le dejé bebida: una vejiga bien llena. Puede que no tuviera el valor de agujerearla y se dejara morir de sed. O quizá lo hizo, pero la orina se desparramó por todas partes antes de que pudiera bebérsela. En realidad, importa poco. Lo importante es que le di elección.

Sam no la había tenido cuando Sylvain le había pegado la cantimplora de orina a la boca... Un recuerdo más había emergido a la superficie en la mente de Ana.

—O puede que Morin se vaciara al morir —respondió Ana—. Los músculos se relajan con la muerte, lo sabes perfectamente.

—Por supuesto —dijo Mitch—. Pero me cuidé de que eso no ocurriera.

La última frase intrigó a Ana. Instintivamente, volvió los ojos hacia la entrepierna de Morin. Toda la carne se había ennegrecido, la putrefacción impedía distinguir nada.

Mitch aprovechó ese segundo de distracción para extender la mano hacia la derecha de la puerta. El clic de un interruptor. La luz se apagó en todas las salas y el sótano quedó en la más absoluta oscuridad.

60

Presa del pánico, Ana sujetó el arma con fuerza y apretó el gatillo. La detonación resonó en la oscuridad, fugazmente iluminada por el disparo. El instante que duró el flash le bastó para comprobar que Mitch había desaparecido. El casquillo rebotó en la gravilla y produjo un tintineo que repercutió en las paredes del sótano.

—Annie...

Ahora la voz de Mitch parecía más lejana. Ligeramente cantarina, se mezclaba con el leve silbido de las corrientes de aire que recorrían el segundo sótano.

—Annie, la cerda sebosa...

—¡Creía que me amabas! —gritó Ana.

—Ya no...

—¡Estás loco!

—Este loco te va a hacer gruñir...

Ana se agachó y palpó nerviosamente el suelo buscando su móvil en la oscuridad.

—¿Cómo sabías que me encargarían la investigación?

—Porque yo lo sé todo, Annie. Mi trabajo consiste en saberlo todo. Sabía qué empresa relojera estaría de vacaciones en tal o cual región, desde cuándo y durante cuánto tiempo. El acceso informático a los datos de Correos, en especial a la lista de correos, no tiene secretos para mí. En cuanto a la investigación, utilicé el mismo método. Los paquetes vacíos no le interesarían a nadie, solo atraería la atención de la policía el de Balexert. Un paquete en suelo ginebrino, para provocar una investigación encomendada a la Criminal ginebrina. Y sabía que el Hurón recurriría a ti: él también es muy previsible. Yo tenía acceso a su programación, me bastaba con esperar mi oportunidad, el momento en que fueras la única disponible. Yo estaba en el banquillo, pero un pequeño GovWare metido de extranjis en el ordenador del jefe me informaba permanentemente sobre los efectivos de la brigada. En esa ocasión, era evidente que el Hurón no podría ponerte un compañero, debido a las vacaciones y a los permisos de fin de año. Y, como Morin estaba muerto, también era evidente que vendrías a buscarme. Una vez más, qué previsible eres, mi Princesa. Eres como un libro abierto para mí.

Ana dio con su teléfono, activó la linterna y se apresuró a iluminar la sala en la que se encontraba. Mitch no estaba allí.

—¿Y Morin? ¿Él tampoco te reconoció?

—Morin no iba a nuestra clase, Annie. Tenía excusa para no reconocerme.

—Pero estuvo allí, en el bosque.

—Por supuesto, pero no era más que un idiota, como los otros cuatro. No comprendió la verdad hasta que lo traje aquí, como te ha pasado a ti. Con mis años de más y mis kilos de menos, tuvo que hacer un gran esfuerzo de memoria para reconocer al fin al gordito de la escuela Les Tattes en la persona de su compañero escuchimizado y tocapelotas.

«Anoréxico y alcohólico», tradujo Ana mentalmente.

Sin moverse, iluminó la sala vecina. Solo veía una parte mínima de la habitación de la princesa, pero no podía decir si Mitch estaba allí o en la siguiente.

—Deberías haber visto su cara —continuó la voz, que no venía de ninguna parte, pero resonaba en todas— cuando se dio de bruces conmigo en la habitación del hotel de Delémont, justo después de que se fuera Manu. Casi se mea en los pantalones.

—¿Y la carta que encontramos en el paquete?

—Le ordené que la escribiera. No tuvo elección.

—¿Y los demás?

—Los demás, ¿qué?

—Philou y los otros dos amigos de Sylvain. ¿También los has matado?

—Claro que no. No me interesan, eran unos cretinos. Creo que Philou murió hace unos años, de un cáncer. De todas formas, no vamos a compadecerlo. En cuanto a los otros dos, ni siquiera recuerdo sus nombres. Pero tú tampoco, al parecer.

—Entonces ¿por qué Morin? ¿El caso Rosselet?

—El caso Rosselet solo fue una piedra en el camino, aunque el gilipollas de Morin se follara a la víctima y nunca quisiera asumirlo. Con su denuncia, Maxime Dutoit me metió en un buen marrón. Por su culpa, podía perder el trabajo. Pero Dutoit no era más que el engranaje defectuoso que gripa una máquina bien engrasada, el pelo en la sopa, la piedra en el zapato. Desviar las sospechas hacia él fue divertido, pero no quería matarlo. En Daillens, dudé un instante, es cierto. Habría podido arrojarlo al tren, pero no merecía la pena. —El haz de la linterna empezó a debilitarse. Ana miró la pantalla del móvil: apenas le quedaba batería. Se levantó y se acercó a la puerta sin dejar de apuntar con el arma hacia la sala vecina—. No —continuó Mitch—, fui a por Morin por ti, Annie.

—¿Por mí?

—Sí, por ti, Princesa. Cuando trabajaba en Correos, una carta a tu nombre cayó en mis manos por casualidad. Aún vivías en Collonge-Bellerive con tu marido y tus hijos. Ver tu apellido de soltera al lado del apellido de tu marido fue un shock para mí. Casi había conseguido olvidar ese periodo de mi vida, pero había una cosa que siempre me devolvía a mi pasado. Nunca he podido tener una relación estable con una mujer. Un día, un psicólogo me preguntó si había vivido un trauma en mi infancia. Nunca conseguí hablarle de ello.

Ana pulsó el interruptor, pero la luz no se encendió. Comprendió que Mitch había cortado la corriente en el cuadro eléctrico de la primera sala.

—No veo la relación con Morin —dijo.

—Un momento, Annie, un momento. Tenemos tiempo, todo el tiempo del mundo.

Ana miró su móvil. La batería estaba a punto de agotarse. Desde luego, a ella mucho tiempo no le quedaba.

—El descubrimiento de esa carta fue lo que me llevó a cambiar Correos por la Casa Grande —continuó Mitch—. El asunto del acoso de Françoise Le Berre solo fue un pretexto. Encontrarte se había convertido en una auténtica obsesión que me devoraba el cuerpo y el alma. Pero, cuando al salir de la escuela de policía entré en Estupefacientes, asistí a tu declive. Primero, dejaste a tu familia por Lucille. Parecías feliz con ella, pero, en cuanto rascabas un poco la superficie, te dabas cuenta de que solo era apariencia. Luego, intervino la IGS, Lucille desapareció y tú iniciaste un auténtico descenso a los infiernos. Confieso que en esos momentos ya no estaba muy seguro de mis intenciones: conquistarte, compadecerte o deleitarme viendo cómo te hundías día tras día en el pozo de la depresión.

Ana escuchaba el monólogo de Mitch, pero permanecía atenta a la batería del móvil. Mitch debía de conocer el lugar como la palma de su mano; ella, no. Sabía que, en la oscuridad, no tendría ninguna oportunidad, así que decidió entrar en la habitación de la princesa procurando hacer el menor ruido posible. Pero con la gravilla era difícil.

—Y luego estaba Morin. Para mí, verlo a tu lado en la policía fue una sorpresa monumental. Cuando te tiró los tejos y tú lo mandaste a la mierda, una noche, después del curro, me divertí de lo lindo. Luego, pasaron los años, le cogí gusto al nuevo trabajo y dejé a un lado los viejos rencores, por arraigados que estuvieran. Pero, hará unos seis meses, sorprendí una conversación. Morin hablaba por teléfono con una mujer: la llamaba «mi princesa». Para mí, princesa solo había una: tú. Eso fue un nuevo shock, todo el pasado me saltó de nuevo a la cara. Sylvain te llamaba así, su voz todavía resonaba en mi cabeza. Pensé que

Morin había ocupado su lugar en tu corazón, y me volví loco. Os vigilé, os seguí, os puse micrófonos, pero nada. Y, luego, nueva sorpresa: comprendí que su princesa no eras tú, sino Veronika Dabrowska. La hija del director de la escuela Les Tattes. ¿Te acuerdas del señor Dabrowski? Tú también estuviste en su despacho, justo antes que yo. Probablemente, debería estarte agradecido por no haberme delatado ese día. Yo solo conocía a Veronika de vista. Era del grupo de los mayores, de los que no se interesaban por nosotros. No debía ni saber que yo existía. Pero también ella estaba enamorada de Sylvain, como tú. Años más tarde, ironías del destino, se convirtió en una de las muchas amantes de Morin. También estaba registrada en páginas de citas con un seudónimo: *Snegúrochka*. Su padre la llamaba así. La princesa rusa que dio origen al cuento de Blancanieves; la historia de una muchacha hecha de nieve por un matrimonio campesino que no podía tener hijos. Una metáfora del paso del invierno al verano, o más bien de la infancia a la edad adulta. Por eso la llamaba «mi princesa» Morin. Y quizá también, inconscientemente, porque su antiguo líder, su maestro, su modelo, Sylvain Ansermet, utilizaba esas mismas palabras. Pero ¿con qué derecho? Princesa solo había una, ¡y eras tú! Morin y Dabrowska vivían su vida como si el pasado nunca hubiera existido, sin preocuparse del mal que Ansermet había sembrado a su alrededor mientras vivía. Así que decidí destruirlos y empecé a interferir en su relación. Resucité a Sam, pero me di cuenta de que habían olvidado incluso ese sobrenombre del pasado. Nunca relacionaron al Sam de hoy con el Sam el Paleto de 1984.

Cuanto más hablaba Mitch, más claro tenía Ana que estaba enfermo. Nada podía justificar semejante despliegue de rabia, violencia y odio. Ni siquiera la tragedia que habían vivido cuarenta años antes. Mitch lo mezclaba todo y, a todas luces, se había hundido en los abismos de la locura.

Decidida a actuar, Ana había atravesado la mitad de la habitación. Ella tenía una pistola; Mitch, un destornillador. Dio un paso más, pero entonces su móvil pasó a mejor vida, y Ana quedó sumida de nuevo en la oscuridad.

61

Ana se había detenido en medio de la habitación de la princesa. Permaneció inmóvil unos instantes, aguzando el oído, esperando a que sus ojos se habituaran a la oscuridad. Pero era demasiado densa; así que se agachó, cogió un puñado de gravilla y lo lanzó hacia la primera sala. Los guijarros rebotaron en la piedra y la madera de la puerta.

La única respuesta que obtuvo fue una risita, seguida de una canción infantil. Mitch canturreaba:

Un chancho
colgando de un gancho.
Una lechoncita
tirando piedrecitas.

Ana dio unos pasos en la oscuridad y probó suerte:

—Aún puedes parar todo esto, Mitch...

—¿Y por qué iba a parar ahora, Princesa? El juego está a punto de acabar.

—Estás enfermo. Entrégate. No irás a la cárcel, te lo prometo. Me ocuparé de ti.

—¿Cómo te ocupaste entonces?

—Te protegí.

—Mentira. No hiciste nada, estabas con ellos, te reías.

—Le mentí por ti a la policía, al director de la escuela e incluso a mis padres.

—Lo hiciste por ti misma, Princesa, no por mí. Te daba miedo que te creyeran cómplice, te daba miedo la reacción de tus padres.

—Que me mandaron a un internado.
—Y no te ha ido tan mal en la vida.

Ana avanzó a tientas hasta la puerta apuntando al frente en la oscuridad. Ahora parecía que sus ojos distinguían formas, entre negro y gris muy oscuro. Sentía que el corazón le iba a mil y el sudor le resbalaba por debajo de la ropa, a pesar del frío.

Una sombra pasó rápidamente por delante de ella.

Ana apretó el gatillo.

Nueva detonación, nuevo resplandor.

Duró lo justo para que viera volar una forma blanda y rosa.

El ruido del disparo resonó entre las paredes del sótano.

Cuando se dio cuenta de que Mitch había lanzado el edredón por los aires, era demasiado tarde. Sintió que el delgado cuerpo del hombre se abalanzaba sobre el suyo y que la punta del destornillador penetraba en su carne, en el costado derecho. La pistola produjo un ruido metálico al golpear el suelo. Ana perdió el equilibrio y arrastró a Mitch en su caída. Rodaron abrazados por el suelo pedregoso.

Mitch no había soltado el mango del destornillador. Ana sintió que la hoja se retiraba de su costado y el dolor le arrancaba lágrimas, pero ya temía un nuevo golpe.

Así que se debatió como una posesa contra aquel enemigo fantasmal, lanzó puñetazos, patadas y rodillazos al aire en la negrura, notó que su puño derecho golpeaba algo duro y blando a la vez, una especie de arista, que crujió. Mitch soltó un grito y se apartó de ella, que lo empujó a patadas.

En la oscuridad, Ana distinguió unas formas rectangulares alineadas. Los peldaños de la escalera. Se levantó y dio un paso en su dirección, pero sintió que una mano se agarraba a su tobillo izquierdo. Se volvió y, con el otro pie, lanzó una patada a ciegas con todas sus fuerzas, se soltó y se precipitó hacia la escalera.

—¡Annie! —gritó Mitch en alguna parte, detrás de ella.

Ana subió los escalones de dos en dos, perdió el equilibrio varias veces, se agarró donde pudo, desollándose las manos contra los muros de piedra... Su sobrepeso representaba un gran hándicap, no era una sílfide precisamente, y su mala condición física en general, también. Resoplaba como una foca.

—¡Zorra! —gritó Mitch desde el sótano—. ¡Me has reventado la nariz!

Ana ya no lo escuchaba. Lo único que importaba era salir de la negrura. Llegó al primer sótano, ahora sus ojos veían mucho mejor en la oscuridad. Distinguía el pasillo con los conductos del techo. Empezó a correr pesadamente sintiendo que las articulaciones le crujían a cada paso y que sus músculos y tendones atrofiados podían romperse en cualquier momento debido al esfuerzo.

—¡Annie! —gritó Mitch desde las entrañas del edificio—. ¡Me las pagarás! ¡Te voy a desangrar como a una cerda! ¡Corre, Annie! ¡Corre!

Annie se había quedado sin aliento y empezaba a tener mareos, las paredes daban vueltas a su alrededor. Los sudores habían aumentado. Le costaba respirar, sentía que una prensa le comprimía los pulmones.

«¡No —pensó—, eso no, ahora no!».

Conocía aquellos síntomas, los había tenido unos días antes y hacía tres años: el infarto.

Dejó de correr, procuró controlar la respiración y avanzó con pasos rápidos hacia la salida. La puerta que habían forzado estaba allí, delante de ella. A través del hueco, entreveía ya el exterior, blanco e iluminado débilmente por el alumbrado público. El viento penetraba en el edificio con un leve silbido y arrastraba puñados de nieve hacia el interior del sótano.

Llegó a la puerta y salió. El aire glacial le inundó la boca, las fosas nasales, la tráquea y los pulmones. Ahora un dolor continuo le comprimía todo el tórax. Irradiaba de debajo del esternón y se extendía hacia la espalda, los hombros, el brazo izquierdo, incluso la mandíbula.

«Tienes que aguantar —le ordenaba el cerebro—, alejarte de aquí, encontrar a alguien...». Pero todo estaba desierto. Dio unos pasos por la rue du Parc en dirección al cruce con Les Entilles. Habría intentado pedir socorro, pero sabía que de su boca no saldría ningún sonido. Lo único que aún era capaz de hacer, a duras penas, era respirar.

—Princesa... —oyó decir a su espalda.

Se volvió y vio que Mitch solo estaba a unos metros de ella. La calle se movía, la vista se le nublaba, el dolor del pecho aumentaba. Sintió que las piernas le fallaban y la abandonaban las fuerzas.

Se dejó caer en el suelo a cuatro patas y, luego, rodó hasta quedar boca arriba. Mitch avanzaba hacia ella; era una forma borrosa, pero, a medida que se le acercaba, Ana empezó a distinguir la sangre que le manaba de la nariz partida. En la mano derecha, seguía teniendo el destornillador.

—Pero bueno, Princesa... —dijo—. ¿Qué te pasa? —Miró a su alrededor y, en tono condescendiente, exclamó—: ¡Ah, sí, el corazón! Te está fallando... ¡Qué faena, eh! No es el momento, ¿verdad? Pero ten en cuenta, Annie, que no siempre se puede elegir el momento... —Ana estaba tendida boca arriba con los brazos doblados y crispados sobre el pecho. Temblaba de pies a cabeza. Ya no podía responder. Mitch se sentó a horcajadas sobre la parte inferior de su vientre—. Oye, ¿cómo era aquello que decía tu novio? ¡Ah, sí, ya me acuerdo! «¡Te voy a abrir en canal y voy a echarles tus tripas a los perros!». De todas formas, tiene gracia: en esa época, yo estaba obeso y tú eras una sílfide. Y ahora, justo al revés. Es como si solo fuera divertido destripar a los gordos. Lo que te aseguro es que yo me voy a divertir.

Mitch alzó el destornillador sobre su cabeza, dispuesto a asestarle una puñalada. Paralizada por el dolor que se extendía por todo su cuerpo, Ana casi deseaba que la muerte la librara de él.

Ahora hasta la visión de cerca le fallaba, revolvía los ojos en todas direcciones, le daban vueltas. Su asesino ya no era más que una vaga silueta. Otros rostros más nítidos bailaban en su campo visual y le sonreían. El de Lucille. Los de sus hijos, Paola y Luis. La cara de Lucifer, también.

Ana les devolvió la sonrisa.

Mitch se disponía a golpear y liberarla al fin de su maltrecha envoltura carnal.

De pronto, en la noche de La Chaux, sonó un disparo. Mitch se quedó inmóvil, como si el tiempo se hubiera detenido. Un instante después, Ana lo vio derrumbarse y sintió el peso de su cuerpo, inerte sobre el suyo. Luego, perdió el conocimiento.

Epílogo
(Primera parte)

El comisario Dan García conducía el Subaru de Estupefacientes por la congestionada autopista en dirección a Ginebra, en algún punto entre Gland y Nyon. Jemsen iba sentado a su derecha. El asiento trasero estaba vacío: el fiscal no había querido que su secretaria judicial los acompañara, a pesar de que ella insistió en hacerlo. Flavie, molesta, se había vuelto y le había dado la espalda, pero su jefe sabía que lo comprendía.

Habían pasado de un año a otro, pero ninguno de los tres lo había celebrado. Tenían la cabeza en otra cosa.

Era 5 de enero. La nieve se había fundido en buena parte de la región del Lemán, pero no en La Chaux-de-Fonds. El paisaje había recuperado algunos colores, pero en los corazones de los tres de Neuchâtel seguía predominando el gris. Llevaban más de ocho meses esperando ese día.

Los plazos de extradición variaban mucho de un país a otro. Con Francia, incluso si el detenido estaba de acuerdo, a menudo había que esperar meses para obtener la firma del ministro de Justicia. Éric Dupond-Moretti había estampado la suya en el decreto de extradición de Alba Dervishaj a principios de diciembre.

La oficina SIRENE había informado a la Justicia del correspondiente cantón, y el grupo Rapaz, encargado de las extradiciones dentro de la policía de Neuchâtel, había organizado la logística del viaje entre el aeropuerto Faa'a, en Papeete, y el de Cointrin, en Ginebra.

—No sé si hicimos bien diciéndoles la verdad sobre Tanja a los compañeros de Ginebra... —comentó García.

—Michel Sautter ya no puede divulgar la verdad —respondió Jemsen—. En cuanto a la inspectora Bartomeu, creo que todos comprendemos su dolor. De todas formas, es increíble que una infiltración pueda provocar semejantes daños colaterales.

—Son de lamentar, efectivamente, pero inevitables. Estoy en una posición inmejorable para saberlo.

El comisario García también lideraba la BRES, la Brigada Romanda de Investigaciones Secretas, encargada de la formación de agentes infiltrados y de las personas de contacto, los *covermen*, como se los llamaba en la jerga policial: los únicos investigadores autorizados para tener contacto directo con el agente infiltrado una vez que comenzaba la misión. El propio García había actuado como persona de contacto en más de una ocasión. La BRES también era responsable de los aspectos logísticos de las infiltraciones, como la creación de las identidades falsas de los agentes o el *backstopping*, es decir, la confección de todos los documentos necesarios para la misión: partida de nacimiento, contrato de alquiler, pasaporte, documentos de identidad, registro en el censo, póliza del seguro de salud, datos del fondo de pensiones, permiso de conducir, expediente penal y todo lo que era indispensable para crear la ficción de una vida real alrededor de una persona que no existía.

Tanja Stojkaj se había convertido en Alba Dervishaj gracias al trabajo de la BRES.

—En el caso de Lucille, ¿estabas al corriente? —preguntó Jemsen.

—No. De eso hace más de cinco años, y entonces aún no conocía a Tanja. E imagino que, como la investigación afectaba a la propia policía, la IGS prefirió tratar directamente con la Policía Judicial Federal, sin pasar por la BRES. Para evitar chivatazos.

—Hay que reconocer que fue un éxito, pero no puedo evitar compadecer a la inspectora Bartomeu. En su día, la exculparon, pero Tanja se las hizo pasar moradas.

García no apartaba los ojos de la autopista ante él. No tenía nada que responder a eso.

—De todas formas, ese asunto del Filatelista es increíble... ¿Se sabe algo más?

—La verdad es que no. La instrucción principal sigue en manos de mi colega ginebrina, Sonia Vino. Por mi parte, me limité a ordenar las autopsias de Veronika Dabrowska, Yves Morin y Michel Sautter.

—¿Merecía la pena hacérsela a Sautter? Sabemos de qué murió. Quien le disparó fui yo.

—No tenía elección, Dan, y lo sabes. Pero dime una cosa: ¿cómo te oliste que no convenía dejar a los de Ginebra sin vigilancia?

—Es confidencial y no figurará en mi informe. Pero a ti puedo decírtelo, porque confío en tu discreción. Cuando se fueron del BAP, recibí una llamada de un investigador de la policía de Ginebra con el que colaboro a menudo en el marco de la BRES. Se llama Emmanuel Junod. Un genio de la informática. Te ahorro los detalles, pero, en definitiva, descubrió que Sautter había falseado las localizaciones de un móvil, datos esenciales para su investigación. Me preguntó si podía colocar discretamente una baliza en el coche de sus compañeros y seguirles la pista hasta el día siguiente. De modo que fui al hotel Les Endroits y, a escondidas, coloqué un rastreador GPS en el vehículo. En el viaje de vuelta, recibí una segunda llamada de Junod. Estaba con su jefe en las dependencias de Carl-Vogt, en Ginebra. Me pidieron que interviniera de forma urgente porque querían interrogar a Sautter. Di media vuelta. Y así fue como acabé en la rue du Parc esa famosa noche. *In extremis.*

—Desde luego, es una historia alucinante —dijo Jemsen—. Una salvajada así me recuerda mis misiones en los Balcanes. Sautter le hizo de todo al pobre Morin. Según el forense, le cauterizó la punta del miembro con un hierro al rojo para impedirle orinar y, luego, lo obligó a tragar litros de agua. Seguramente, con un doble objetivo: hidratarle la piel con el fin de poder retirarle de la espalda la necesaria para confeccionar treinta y dos sellos postales falsos y, en segundo lugar, proporcionarle bebida a Dabrowska. También obligó a Morin a tragarse el feto que llevaba la mujer. Luego, le cortó el cuello y le abrió el abdomen para extraerle el estómago.

—¿Y Dabrowska? —preguntó García.

—En su sangre había restos de mifepristona y misoprostol. Así que no era un aborto espontáneo. Se lo provocó Sautter, como si se tratara de una IVE farmacológica. Según el forense, la mujer vivió otros dos o tres días después de la muerte de Morin. En su estómago, se encontró un poco de orina de Morin. Pero murió por deshidratación.

—Es horrible.

—Y que lo digas. Y la inspectora Bartomeu, ¿cómo está?

—Los médicos la mantienen con vida en el hospital —respondió García—, pero hay pocas esperanzas. El pronóstico es reservado. Tiene el corazón muy dañado.

Jemsen suspiró.

—Pobre mujer, la verdad es que ha pasado las de Caín. Quizá podríamos hacer una última cosa por ella...

Epílogo
(Segunda parte)

Rigurosamente trajeados bajo las chaquetas de plumón, Jemsen y García esperaban en las dependencias de la Policía Internacional del aeropuerto de Cointrin. El vuelo de París llegaría a su hora.

Se habían puesto de acuerdo sobre algo importante: durante el viaje de vuelta, no abordarían con Tanja lo sucedido en Polinesia.*

Estaban terminando el café, cuando un policía vino a avisarlos:

—Sus compañeros han llegado.

Le dieron las gracias, se levantaron y lo siguieron por la pista de aterrizaje. Evitaban mirarse: ninguno de los dos podía ocultar del todo sus emociones. El ambiente era sombrío.

Los agentes del grupo Rapaz eran los únicos que habían bajado del avión por una escalerilla instalada en la puerta posterior. Con expresión seria, Jemsen y García saludaron al sargento primero Mergy y a su compañero. Entre ambos, con las muñecas esposadas, Tanja mantenía la cabeza gacha.

Llevaba la cabeza rapada, zapatillas deportivas, pantalón de chándal y una camiseta. Jemsen y García advirtieron de inmediato su extraordinaria delgadez, cercana a la anorexia o a las imágenes que todo el mundo conservaba de la liberación de los campos de la muerte al final de la Segunda Guerra Mundial. Tenía el cuello y los brazos cubiertos de tatuajes rituales; prácticamente, ya no se distinguía el color de su piel.

---

* Ver la obra del mismo autor: *Les Larmes du lagon* (Slatkine, 2022).

—Gracias, muchachos —les dijo García a los agentes del grupo Rapaz—. Tomamos el relevo.

A modo de respuesta, Mergy esbozó una sonrisa un poco triste y le tendió la llave de las esposas. Su misión y la de su compañero había terminado, todo se había acordado previamente.

Jemsen y García escoltaron a Tanja hasta el Subaru de Estupefacientes. La sentaron detrás y abandonaron el aeropuerto en dirección a Balexert y el centro de Ginebra, por la carretera de Meyrin y la estación de Cornavin. Hicieron el trayecto en silencio hasta llegar al Ródano y cruzarlo por el puente de La Coulouvrenière.

—¿No me lleváis a Lonay? —preguntó de pronto una vocecilla desde el asiento posterior.

—Más tarde —respondió García echando un vistazo al retrovisor central.

Sus ojos se encontraron con los de Tanja. La detenida, ojerosa y demacrada, tenía el rostro surcado de arrugas. Parecía haber envejecido más de diez años en ocho meses.

Subieron hasta el barrio de Plainpalais, entraron en el aparcamiento subterráneo del hospital y estacionaron en la zona reservada a la policía para el traslado de detenidos. Con los médicos, también se había organizado todo de antemano.

Jemsen, García y Tanja avanzaban por los pasillos del hospital. Le habían quitado las esposas a la detenida, que había prometido no intentar nada.

Confiaban en ella, pero García no bajaba la guardia.

En la unidad de cuidados intensivos, se dirigieron a una habitación separada del pasillo por una luna. Un médico los esperaba. Al otro lado del cristal, había una mujer acostada en una cama, conectada a un monitor y un gotero.

Pese a los cinco años transcurridos y, sobre todo, a su obesidad, Tanja la reconoció.

—¿Por qué hacéis esto? —murmuró.

—No es por ti —respondió Jemsen—. Lo hacemos por ella.

El médico abrió la puerta y la invitó a entrar.

—¿Qué tiene? —le preguntó Tanja.

—Insuficiencia cardiaca terminal. Está consciente, pero no le queda mucho tiempo.

Tanja avanzó lentamente hasta la cama. El médico volvió a cerrar la puerta y se quedó en el pasillo con el comisario y el fiscal. También se habían puesto de acuerdo en eso: lo que las dos mujeres tuvieran que decirse no era asunto suyo.

—¿Realmente no se puede hacer nada? —le preguntó García al médico.

—No. El corazón ya no hace su trabajo. Es cuestión de horas.

—¿Y su familia?

—Hemos avisado a su exmarido y sus hijos, pero no quieren verla.

A Jemsen se le hizo un nudo en la garganta. No podía entender una decisión así. Por mucho daño que les hubiera hecho, Ana Bartomeu no se merecía eso. El mundo estaba lleno de relaciones familiares tensadas al máximo y el perdón se estaba convirtiendo en una especie en vías de extinción. Jemsen estaba seguro de que un día los hijos de la inspectora lamentarían amargamente su decisión. Pero sería demasiado tarde.

El fiscal y el comisario miraban a las dos mujeres, que estuvieron hablando durante más de media hora. La conversación era tranquila y serena. Tanja no intentó establecer contacto físico en ningún momento, pero Ana parecía aliviada. Cuando cerró los ojos, a los dos hombres les pareció que sonreía.

En el pasillo, se oyó una alarma. El monitor mostraba una línea plana.

El médico entró, varias enfermeras acudieron corriendo.

Tanja salió de la habitación como había entrado, con paso lento. Su rostro estaba impasible, pero no era de extrañar. Jemsen y García sabían que, desde hacía ocho meses, a Tanja no le quedaban lágrimas que llorar. Las había derramado todas en el atolón.

En el trayecto de vuelta, Jemsen y García hicieron un segundo alto en un refugio para animales de Versoix. Luego, reanudaron la marcha hacia la prisión de Lonay.

En el asiento trasero, Tanja acariciaba a Lucifer. Le había hecho una promesa a Ana, pero sabía que no podría cumplirla. Al menos, de momento.

—Al sitio al que voy —le susurró al gato, que ronroneaba sobre sus rodillas—, no puedes acompañarme.

—Le he mandado un mensaje a Flavie —le dijo Jemsen a Tanja—. Está de acuerdo en cuidarlo hasta que salgas.

—

Este libro se terminó
de imprimir en
Móstoles, Madrid,
en el mes de
enero de 2025